KB273197

최소한의 문학

새로운 서사의 시대에 우리가 알아야 할

최소한의 문학

강영준 지음

우리는 매일 수많은 이야기를 접한다. 뉴스를 보며 세상의 흐름을 따라가고, 영상 속 짧은 장면에 웃음을 터뜨리며, 사람들과의 대화에서 각자의 하루를 나눈다. 그리고 그 모든 순간에는 지금이라는 시간이 담겨 있다. 그런데 지금은 너무도 빠르게 지나간다. 시끄러운 뉴스 속 사건도, 소셜미디어를 뜨겁게 달구던 이슈도 며칠이 지나면 자연스럽게 잊힌다. 유튜브, 숏폼, 소셜미디어처럼 도파민을 즉시 분출시키는 이야기들은 휘발성이 강할뿐더러 더 자극적인 이슈로 얼마 전 지금을 얼마 후의 지금으로 쉽게 덮어버리기 때문이다. 가히 이야기의 무덤들이 속속 생겨나는 셈이다.

그런데 흥미로운 것은 그 이야기 속에 여전히 살아남은 것들이 있다. 제목도, 문장도 흐릿해지지만, 이상하게 그 장면만은 생생하게 떠오른다. 그런 이야기는 대개 우리 시대의 진짜 얼굴을 하고 있다. 그리고 그것들은 대체로 '왜 이런 일이 생겼는가', '무엇이 우리를 이렇게 만들었는가' 같은 질문을 던지는 이야기들이다. 그런 이야기에는 시대의 공기, 혹은 우리가 놓쳤던 질문이 담겨 있다.

이 책, 《최소한의 문학》은 그런 이야기들을 다룬다. 이름은 소설이지만, 실은 한국 사회가 지나온 100년의 자화상에 가깝다. 일제강점기의 모순과 근대의 욕망, 전쟁이 남긴 상처, 성장의 이면에 가려진 고통, 민주화 이후에도 계속되는 불평등과 차별, 그리고 이제는 장르도, 문법도, 경계도 무너진 이야기들까지. 이 책은 그런 소설들을 따라가며 '우리가 어떤 시간을 지나왔는가'를 되묻는다.

이 책에는 교과서에서 봤을 법한 고전들도 있고, 서점가를 뜨겁게 달군 최신 작품도 있다. 하지만 낡은 것과 새로운 것을 가르는 것이 이 책의 목적은 아니다. 우리는 이 소설이 왜 그때 쓰였는지를 묻고, 이 이야기를 통해 지금 무엇을 다시 생각할 수 있을지를 고민한다. 이를테면 '소설로 읽는 인문학'이고, '소설로 이해하는 한국 사회'다.

여기 실린 작품은 모두 어떤 방식으로든 '당대를 정면으로 마주한 이야기'다. 어떤 소설은 시대를 정면으로 고발하고, 어떤 소설은 시대를 회피하는 인물을 통해 오히려 더 깊은 상처를 보여준다. 어떤 소설은 분노로 터져 나오고, 어떤 소설은 체념으로 쓸쓸히 흘러간다. 하지만 공통점이 있다. 그것은 모두 '말하지 않으면 사라질 것들'을 이야기하고 있다는 점이다.

누군가는 문학이 세상을 바꿀 수 있느냐고 묻는다. 솔직히 말하면, 소설 한 편으로 세상이 갑자기 좋아지진 않는다. 하지만 누군가의 눈을

머리말

뜨이게 할 수는 있다. 몰랐던 삶을 알게 하고, 이해하지 못했던 고통에 다가가게 만들고, '나만 이런 건 아니었구나'라는 위로를 건넬 수 있다. 그 힘이 결국 세상을 조금씩 움직인다.

이 책은 국어 교과서에 갇힌 '작품 읽기'가 아니다. 고등학생에게는 한국사보다 더 생생한 시간 여행이 되고, 대학생에게는 교양 수업보다 더 깊은 생각의 출발점이 될 수도 있다. 사회 초년생에게는 내 삶이 어디쯤에 있는지 가늠할 수 있는 거울이 될 수도 있고, 누구에게나 '이야기가 왜 필요한가'를 묻는 질문이 될 것이다.

어떤 이야기는 머리에 남고, 어떤 이야기는 마음에 남는다.

이 책이 담고자 하는 태도를 한 문장으로 대신한다면 이렇게 말할 수 있다.

"진짜 여행은 새로운 풍경을 보는 것이 아니라,
새로운 눈으로 보는 것이다."

_마르셀 프루스트, 《잃어버린 시간을 찾아서》

차례

1부

식민지 조선, 꿈틀거리는 근대

1910년대부터 1940년대까지, 조선은 식민지 체제 아래 근대를 맞이했다. 이 시기 근대는 누군가에게는 계몽과 진보의 이름이었고, 또 누군가에게는 식민지 지배와 자본의 논리가 결합된 위선의 얼굴이었다. 문학은 이처럼 뒤엉킨 현실 속에서 새로운 삶의 가능성과 동시에 그로 인해 벌어지는 혼란과 고통을 함께 응시했다.

이광수의「무정」은 흔히 한글 신문에 연재된 최초의 근대 소설로 불린다. '계몽'과 '신여성'이라는 당대의 새로운 화두를 내세우며, 문명과 교육을 통해 더 나은 세상을 꿈꾸는 인물들을 그렸다. 그러나 이 꿈은 곧 식민지 현실과 부딪히며 이상과 현실의 틈을 드러낸다. **현진건의「고향」**은 바로 그 간극에 사는 이들의 고통을 담았다. 도시로 떠났던 주인공은 다시 찾은 고향에서 가난과 침묵에 잠긴 사람들을 마주하며 황량한 고향을 몸소 체험한다. 그는 근대가 누구에게 혜택을 주었는가 성찰하게 만드는 인물이다.

한편 **박태원의「소설가 구보 씨의 일일」**은 도시의 골목을 배회하는 주인공의 시선을 따라가며 근대 도시 공간의 규율과 고독을 묘사한다. 낯선 제도와 문물이 일상을 바꾸는 동안, 사람들은 저마다의 방식으로 익숙했던 세계에서 밀려나 소외를 경험하고 있었다.

이상의「날개」와 **김정한의「사하촌」**은 근대화의 이면에 드리운 정체성 혼란과 계급의 불평등을 각기 다른 색깔로 그려낸다. **이태준의「복덕방」**

과, **채만식**의 「치숙」에 이르면, 더 이상 문학은 근대의 이상을 찬양하지 않는다. 대신 그 부작용을 낱낱이 직시한다.

1부의 일곱 편의 소설은 모두 저마다의 방식으로 '근대'와 씨름한다. 누군가는 그것을 꿈꾸고, 누군가는 그것에 속고, 또 누군가는 그것에 상처 입는다. 그리고 그 모든 과정을 문학은 낱낱이 기록해왔다. 이 시기의 문학은 단지 새로운 서사 형식의 시작이 아니라, '근대'라는 이름의 바람이 조선 땅에 불어왔을 때 사람들의 삶과 감정, 관계가 어떻게 뒤흔들렸는지를 생생하게 담아낸 귀중한 증언이기도 하다. 근대는 그저 하나의 시대가 아니라, 누군가에게는 약속이었고, 또 누군가에게는 실패였다. 1부를 통해 우리는 그 약속과 실패가 어떻게 동시에 시작되었는지를 만나게 될 것이다.

계몽과 연애,
근대를 꿈꾸다

이광수, 「무정」(1917)

근대의 문을 두드린 첫 장편

1917년, 한 편의 장편소설이 신문 연재를 통해 세상에 나왔다. 제목은 「무정」. 신소설과 고전 소설 사이에서 머뭇거리던 문학의 흐름 속에서, 이광수의 「무정」은 누구보다 먼저 '근대 장편소설'이라는 새로운 형식의 문을 열어젖혔다. 그리고 그 문틈 사이로 독자들이 쏟아져 들어왔다.

1910년대는 나라를 빼앗긴 식민지 조선의 지식인들이 문학을 '국민 계몽'의 도구로 삼던 시기였다. 그런 까닭에 이 시기 작품들은 종종 감정보다는 교훈을, 서사보다는 이념을 앞세우는 경향을 보였다. 「무정」 역시 그러한 시대정신을 반영하고 있다. 그러나 이광수는 여기에 머물지 않았다. 그는 단지 이념을 전달하는 데 그치지 않고, 대중이 공감할 수 있

최소한의 문학

는 '이야기'의 힘을 빌려 문학을 시대와 연결하고자 했다. 바로 그 점에서 「무정」은 시대적 과제를 예술적으로 풀어낸 성취에 해당한다.

이광수는 대중의 감정에 가장 민감하게 호소할 수 있는 남녀 간의 사랑 이야기, 그중에서도 전형적인 삼각관계를 서사의 중심에 놓았다. 고전부터 현대에 이르기까지 연애담은 언제나 가장 강력한 서사 장치였고, 이는 식민지 조선의 독자들에게도 마찬가지였다. 오락성의 측면에서 「무정」은 연애 서사를 통해 독자의 관심을 끌어들이는 데 성공한 것이다.

하지만 단지 사랑 이야기여서 이 소설이 사랑받은 것은 아니다. 「춘향전」의 춘향이 신분제에 저항하며 자유를 택하고, 「운영전」의 운영이 봉건적 질서를 거스르며 사랑을 추구한 것처럼, 연애담은 언제나 현실의 문제와 맞닿아 있다. 「무정」 역시 연애 형식을 빌려, 조선의 낡은 질서와 계몽의 필요성을 이야기하고자 했다.

「무정」은 감정의 문과 이성의 문을 동시에 연다. 독자는 감정의 서사를 따라가며 몰입하고, 어느 순간 현실에 대한 자각과 새로운 삶의 방향에 대해 생각하게 된다. '오락성과 계몽성(읽는 재미와 생각할 거리)'이라는 두 요소가 균형을 이룰 때 문학은 감동을 넘어 강력한 힘을 가진다. 「무정」은 그 조화를 구현한 작품이다.

물론 계몽적 색채가 너무 강한 나머지, 후반부의 "과학! 과학!"과 같은 외침이 드러나는 장면은 작가의 사상이 전면에 개입된 듯한 인상을 주기도 한다. 이러한 교훈성은 당시 문학 전반의 한계이기도 하다. 그러나 「무정」은 그 시대적 한계 속에서도 대중의 감정과 계몽의 메시지를 절묘하게 연결하며, 문학이 시대를 바꾸는 도구가 될 수 있음을 보여준 사례라 할 수 있다.

일본 유학을 마치고 조선으로 돌아온 이형식은 경성학교에서 영어를 가르치고 있었다. 그는 학교 일을 마치면 김 장로의 집으로 향한다. 그곳에서 형식은 미국 유학을 준비 중인 김 장로의 딸 선형에게 하루에 한 시간씩 영어를 가르쳐 주었다. 두 사람은 자연스럽게 서로에게 연정을 품게 된다.

그러던 어느 날, 이형식에게 한 여자가 찾아온다. 옛 스승의 딸인 박영채. 그녀는 아버지가 정해준 배필인 형식과 혼인하려고 찾아온 것이었다. 안타깝게도 영채의 집안은 이미 몰락해서 영채는 기생이 된 채 가족을 부양하며 살고 있었다. 하지만 형식과의 약혼을 잊지 않고 정절만은 굳게 지켜왔다. 그렇게 세 사람의 삼각관계가 시작된다.

형식은 영채의 순수한 마음에 끌리고 책임감을 느끼지만, 전통적인 사고를 지닌 그녀에게 알 수 없는 거리감을 느낀다. 그럴수록 형식은 신여성 선형이 더 가깝게 느껴졌다. 형식은 옛 스승과의 약속에 대한 의무와 새롭게 피어나는 사랑 사이에서 갈등한다.

'나는 누구를 사랑하는가. 누구와 함께 미래를 꿈꿔야 하는가.'

형식의 갈등이 커져가던 어느 날, 영채가 경성학교 배 학감에게 겁탈을 당하는 일이 벌어진다. 절망한 영채는 자살을 시도한다. 그러나 우연히 만난 신여성 김병욱의 위로와 설득으로 그녀는 다시 삶을 이어간다.

"당신은 당신의 길을 걸어야 합니다. 과거가 아니라, 미래를 보세요."

영채는 병욱의 말에 힘입어 점차 변화하기 시작한다. 정절과 순종을 미덕으로 여기던 자신을 벗어나 자기 삶에 대한 자각이 생긴 것이다.

병욱의 권고로 자살을 단념한 영채는 일본 유학을 결심한다. 그리고 유학길 기차 안에서 미국 유학을 준비하는 형식과 선형을 우연히 마주친다. 유학길에 오른 형식, 선형, 영채, 병욱. 이들은 유학길 기차 안에서 삼랑진 홍수로 고통받는 민중의 참상을 목격한다. 자연의 힘 앞에 무력하게 고통받는 조선의 민중을 보며 형식은 깊은 충격을 받는다.

'그들은 힘이 없다. 그들의 삶은 마치 모래로 쌓아올린 것처럼 자연의 폭력에 저항 한번 못하고 무너져 내렸다. 그저 몇 푼어치 농사지을 지식이나 있을 뿐. 큰 홍수가 나면 또다시 썩은 볏섬을 씻겨 보내고 말겠지. 그래서 시간이 지날수록 더 가난해질 것이다. 저들에게 힘을 주어야겠다. 지식을 주어야겠다. 그리해서 생활의 근거를 안전하게 해줘야겠다.'

"과학! 과학!"

형식은 민중 계몽의 필요성을 절감하며, 교육과 지식이 조선
의 미래를 바꿀 수 있다는 확신을 갖는다. 선형과 병욱도 이에 공
감하며 수해로 삶의 터전을 잃은 이들을 위한 자선 음악회를 열
기로 결심한다. 계몽과 교육, 민중의 자각이라는 근대적 가치를
실현하려는 실천이 시작된 것이다.

계몽과 연애의 변증법

작품의 줄거리를 통해서 알 수 있듯이 작품을 꿰뚫는 오락적 요소는 연
애다. 형식을 사이에 두고 선형과 영채가 대칭적으로 자리를 잡고 있는
전형적인 삼각관계가 작품의 주된 구조다.

그러나 이 작품은 단순히 연애 이야기만은 아니다. 현실 세계에 대
한 문제 의식과 삶에 대한 방향성을 고민하는 주제 의식도 담아내고 있
다. 그것은 바로 이형식이 외쳤던 '과학'과, 그 과학으로 조선 민중을
깨우치는 것, 즉 '계몽'에 있다. 작품이 창작되던 1917년, 식민지 조선
은 과학적이고 합리적인 사고가 자리를 잡지 못하고 있었다. 병에 걸리
면 의원을 찾기보다 무당을 찾아가 굿판을 벌였고, 사랑 없이 사주팔자
에 기대 혼인을 하는 경우가 허다했다. 어느 작가의 표현대로 당시 식
민지 조선은 캄캄한 '묘지'나 다름없는 곳이었다. 작가는 이러한 전근
대적인 상황에서 벗어나기 위해 '계몽'을 작품 속에 녹어내 자신이 꿈
꾸는 근대 세계로 나아갈 방향을 제시한 것이다.

최소한의 문학

계몽은 글자 그대로 깨우침이다. 그렇다면 계몽을 실천하는 가장 강력한 방법은 무엇일까? 그것은 다름 아닌 교육이다. 작품을 보면 인물 사이의 관계에서 연애 못지않게 중요한 것은 선생과 제자로서의 관계다. 첫째, 형식과 선형. 이 둘은 서로 사랑하는 사이면서 동시에 선생과 제자 사이다. 그뿐만 아니다. 형식의 직업이 교사여서 그의 주변에 등장하는 인물들은 모두 형식이 깨우침을 전달하는 상대가 된다.

영채와 병욱도 선생과 제자의 관계에 놓여 있다. 영채는 원래 '정혼'이라는 유교적이고 전통적인 질서를 따르던 인물이면서, 정절이라는 전통적 관습 속에 얽매여 살아가고 있었다. 그러던 영채는 동경 유학생 병욱에게 깨우침을 얻어 비로소 새로운 시대에 눈을 뜨게 된다. 결국 이 둘의 관계는 계몽을 통해 근대적인 사고와 생활방식을 깨우치는 과정을 표현하기 위한 것이다. 이렇게 보면 영채는 병욱의 제자이며, 병욱은 영채의 선생이다. 이처럼 등장인물을 이어주는 중요한 끈은 다름 아닌 '교육'이며, 교육으로 이루어지는 '계몽'에 있다.

계몽이란 무엇인가 : '스스로 생각할 용기'

계몽이란 무엇인가? 계몽의 의미를 더 확실히 이해하기 위해 1784년 독일의 철학자 칸트Immanuel Kant가 《베를린 월보》에 발표했던 짧은 논문을 찾아볼 필요가 있다. 칸트는 「계몽이란 무엇인가」라는 글을 통해 계몽은 '미성숙한 자아가 성숙한 자아로 나아가는 것'을 의미한다고 말했다. 여기서 성숙한 자아란 다른 사람의 생각에 의해 살아가는 존재가 아니라 자기 스스로 생각하며 행동하는 존재를 의미한다.

　근대 이전에 인간의 생각과 생활방식을 지배하는 것은 자기 자신이 아니라 자신보다 높은 지위에 있는 영주, 그리고 영주를 지배하는 왕과 교회 권력이었다. 이런 상황 속에서 대중은 스스로 생각할 용기마저 지니지 못했고 그런 까닭에 교회와 권력은 대중들을 비합리적인 미신과 종교적 상상력으로 지배할 수 있었다. 칸트는 이런 상황에서 '계몽'의 개념을 통해 스스로 생각할 용기를 지녀야 한다고, 이성을 적극적으로 사용해야 한다고 주장했다. 칸트를 위시하여, 흄David Hume, 볼테르Voltaire, 루소Jean Jacques Rousseau, 로크John Locke 등 당대의 계몽사상가들은 계몽 프로젝트를 철학적으로 실천했고, 그 결과 중세를 지배해 왔던 봉건적 질서라든지, 교회의 권력은 합리적인 이성에 의해 무너져 내렸다. '계몽'은 정치권력을 교회와 봉건영주로부터 빼앗아 시민 스스로 정치권력을 행사할 수 있게 해준 것이다. 이처럼 '계몽'은 시민사회와 과학의 발달로 대표되는 유럽의 근대를 열어주었던 핵심적인 추진력이었다.

　이런 견해는 식민지 조선에도 대입하는 게 가능하다. 조선은 오랫동안 유교의 봉건적인 질서가 유지된 사회로서, 일반 백성들은 유교 질서를 내면화한 채 살아가면 그만이었다. 합리적이고 이성적인 사유, 체제나 질서를 뛰어넘는 생각은 지배층에게 역모의 씨앗처럼 보였을 것이다. 이런 오랜 역사 속에서 백성 스스로 이성을 적극적으로 사용하는 것은 몹시 어려운 일이었다. 「무정」에는 바로 이런 봉건적 질서 아래 살아가는 인물들이 등장한다. 자기 삶을 스스로 개척하지 못한 채 전통에 기대어 혼인하려 하고 그것이 뜻대로 되지 않자 목숨을 끊으려는 영채가 그 대표적인 인물이다. 또한 수해라는 자연재해에 속수무책으로 당하는 무지몽매한 조선의 민중도 그런 인물에 해당한다.

작가 이광수는 주인공 형식을 통해 식민지 조선에 과학과 지식이 필요함을 힘주어 제시한다. 작가의 표현대로라면 그 당시 조선은 '너무 약하고 어리석고, 조선인들의 얼굴은 무슨 지혜가 있을 것 같지 않고 모두 다 미련해 보였으며 무감각해' 보였다. '과학'과 '이성'을 갖추지 않는 한, 조선인은 원시인 같은 야만적인 상태를 벗어날 수 없다고 작가는 보았을 것이다. 이는 미신과 주술, 그리고 교회 권력의 논리에 스스로 이성을 사용할 줄 몰랐던 중세인들의 모습과 큰 차이가 없다.

결국 이러한 식민지 조선의 상황에서 벗어나기 위해서는 스스로 '이성을 자발적으로 사용하는 존재'로 거듭나야 할 필요가 있었고, 작가는 이를 위해 동경 유학생 같은 선구적 존재가 대중을 '교육'해야 한다고 역설한 것이다.

서구식 계몽의 태생적 한계

「무정」은 연애담이라는 오락적 구조 속에 계몽이라는 주제 의식을 자연스럽게 녹여내며 독자들의 관심을 끌었다. 사랑의 감정을 스스로 결정하는 자유연애, 자신의 삶을 주체적으로 설계하는 여성 인물, 그리고 민중을 깨우치기 위한 교육과 과학의 강조는 모두 근대라는 새로운 질서의 필요성을 설득력 있게 전달하고 있다. 이러한 면에서 「무정」은 고전에서 근대로의 이행기에 놓인 문학적 전환점으로서 중요한 의미를 가진다.

1부·식민지 조선, 꿈틀거리는 근대

그러나 작품 속 계몽이 지닌 한계 또한 분명하다. 작가는 계몽을 통해 조선을 바꾸고자 했지만, 그 방식은 주로 외부로부터의 지식을 이식하는 데에 집중되어 있었다. 형식과 병욱 같은 인물은 '배워서 남 주자'는 계몽주의적 이상을 실천하지만, 그것은 어디까지나 이미 완성된 서구의 과학과 문명을 조선에 가져오는 방식에 가까웠다. 다시 말해, '어떻게 생각할 것인가'를 가르치기보다는, '무엇을 받아들일 것인가'를 강조한 계몽이었다.

이는 계몽의 본질, 즉 '스스로 생각할 용기'라는 정의와는 거리가 있다. 진정한 계몽은 누군가에 의해 주입되는 것이 아니라, 개인이 주체적으로 생각하면서 현실을 비판적으로 바라보는 능력에서 비롯되어야 한다. 그러나 「무정」의 인물들이 보여주는 계몽은 지식과 체제의 단순한 수용에 의존하고 있어, 비판 없이 서구를 모방하려는 태도라는 한계를 지닌다.

이러한 접근은 당시 조선 사회의 변화 속도에 비추어 보면 충분히 이해 가능한 선택이었지만, 동시에 식민지라는 조건 속에서 서구식 근대를 무비판적으로 수용할 위험성을 내포하고 있었다. 실제로 작가 이광수는 이후 일제의 근대를 '문명'으로 받아들이며 친일로 나아가는 길을 걷게 된다. 그가 「무정」에서 제시한 계몽이 자칫하면 자발적 사고 없이 외세를 받아들이는 논리로 이어질 수 있다는 점에서, 이 작품은 근대에 대한 이상과 그 한계를 동시에 품은 텍스트라 할 수 있다.

그럼에도 불구하고 「무정」은 계몽이란 무엇인가를 묻고, 조선 사회가 어떤 방향으로 나아가야 하는가를 고민한 문학적 시도이자 사회적 문제 제기로서 여전히 중요한 위치에 있다. 연애라는 감정, 교육이라는

최소한의 문학

도구, 그리고 계몽이라는 철학이 서로 맞물리며 만들어낸 이 서사는, 여전히 유효한 물음을 던진다.

"나는 누구를 사랑할 것인가?"와 동시에, "나는 어떻게 살아갈 것인가?"

제국주의와 식민지,
근대의 부산물

현진건, 「고향」(1926)

식민지 근대의 뒷모습

1920~1930년대 조선은 일제 식민 통치 아래에서 급격한 사회 변동을
겪고 있었다. 철도, 학교, 공장, 병원 등 도시 기반 시설이 들어서며 빠
른 속도로 근대화가 진행되었고, 백화점, 카페, 영화관 등이 속속 들어
서면서 전례 없던 소비문화도 차츰 자리를 잡아가고 있었다. 그런데 합
리와 효율을 앞세운 근대가 조선인의 삶을 개선하기 위한 것은 아니었
다. 더러 근대의 혜택을 받은 이들도 있겠지만 대체로 근대의 효율과 합
리는 식민지 조선인의 삶을 개선하기보다 통치와 수탈을 정교화하는 수
단으로서 기능했다.

예를 들어 철도는 표면적으로는 교통망 확장이라는 명분을 내세웠

지만, 실제로는 사람들에게 이동의 편리를 제공하기보다는 자원과 노동력을 빠르게 집결시키고 수송하는 수단이었다. 탄광과 철공장은 외형적으로는 산업화의 상징처럼 보였지만, 조선인들에게는 안정적인 일자리를 제공하기보다는 혹독한 노동 조건 속에서 새로운 빈곤층을 양산하는 수탈의 현장에 가까웠다. 근대의 상징들이 오히려 삶의 터전을 빼앗는 기제로 전락한 셈이다.

농촌의 근대화는 그보다 더 직접적이고 악의적인 형태로 나타났다. 일제는 동양척식주식회사와 같은 식민 통치 기구를 앞세워 '토지를 근대적으로 관리한다'는 명분 아래 토지조사 사업을 대대적으로 실시했다. 하지만 그 실상은 식민지 조선 농민들의 토지 소유권을 박탈하고 일본 자본과 지주들에게 헐값으로 토지를 넘기는 구조적 강탈이었다. 이런 제도적 폭력의 결과, 수많은 농민들이 하루아침에 자작농에서 소작농이나 떠돌이 노동자로 전락했고, 오랜 세월 유지되어 온 농촌 공동체의 연대는 급속히 무너져 내렸다. 고향을 상실한 것이다.

이러한 시대적 배경 속에 소설가 현진건은 「운수 좋은 날」, 「빈처」, 「술 권하는 사회」 등의 작품을 통해 식민지 조선의 하층민과 도시 빈민의 삶을 사실적으로 그려냈다. 그의 소설들은 사회적 약자에 대한 연민과 식민지 지배하의 조선 사회가 만들어낸 구조적 모순을 고발하는 데에 초점을 맞추고 있다. 특히 1926년에 발표한 단편소설 「고향」은 고향을 상실한 인물의 유랑과 좌절을 통해, 식민지 근대화가 개인의 삶을 어떻게 해체하는지를 뚜렷하게 보여주는 작품이다.

대구에서 서울로 향하는 기차 안이었다. 나는 맞은편 사내를 물끄러미 바라보았다. 옥양목 저고리 위에 기모노를 걸치고, 아래로는 중국식 바지를 입은 그는, 마치 동양 삼국의 풍속도를 한 몸에 걸친 듯했다. 그는 무료함을 이기지 못했는지 내게 말을 걸었다.

"어디꺼정 가는 기오?"

"서울까지 가오."

기대하던 대답이었는지 그는 반가워하며, 막벌이꾼이 서울에 가면 어디서 묵어야 하느냐, 무슨 일을 구할 수 있느냐고 잇달아 물었다. 그의 말투, 행동, 그리고 얼굴은 그의 과거를 숨기지 못하고 있었다. 눈가엔 깊은 주름이 패이고, 광대뼈는 도드라졌으며, 입꼬리 아래로는 고된 세월이 흘러내리고 있었다.

그의 고향은 대구 근처의 외진 동리였다. 백여 호 남짓한 작은 마을. 역둔토를 일구며 살아가던 평범한 농촌 사람들. 토지는 비록 개인 소유는 아니었지만 그들은 평화롭게 농사를 지을 수 있

• 역둔토: 역토(驛土)와 둔토(屯土)를 아울러 이르는 말로, 조선시대 관청이나 역참(옛 교통 통신 기관)의 경비를 충당하기 위해 지급된 토지.

최소한의 문학

었다. 그러나 세상이 뒤집히면서 모든 것이 바뀌었다. 동양척식주식회사가 토지를 수탈했고, 중간 소작인이 생겨 실제 농사꾼은 한 해 두 해 빚만 늘어났다. '죽겠다', '못 살겠다'는 말이 일상이 되었고, 사람들은 하나둘 고향을 떠났다.

열일곱, 그는 서간도로 이주했다. 그러나 황무지는 그들을 환영하지 않았고, 먹고살 길은 막막했다. 그 와중에 아버지는 병들어 세상을 떠났고, 어머니마저 곧 뒤따랐다.

그는 신의주, 안동현을 떠돌다 일본으로 갔다. 구주(규슈)의 탄광, 대판(오사카)의 철공장. 벌이는 조금 나았지만 외롭고 방탕한 삶이었다. 결국 고향을 찾아 돌아왔으나, 기다리던 고향은 없었다.

"고향이 통 없어졌더마. 집도 사람도 개도 없어졌구마."

그는 참담함에 말을 잇지 못했고, 나는 그 눈물 속에서 조선의 얼굴을 본 듯했다.

"그래, 고향 사람은 하나도 못 만났습니까?"

"하나 만났구마. 한 이웃에 살던 사람인데…… 나와 혼인 말이 있었던 여자요."

그는 그녀 이야기를 시작했다. 열네 살 무렵 혼인이 오갔던 그녀는 열일곱에 아버지에 의해 유곽에 팔렸다가 몸에 병이 들고 늙어서야, 겨우 놓여났다고 했다.

나는 할 말을 잃었다. 우리는 말없이 술을 비웠다. 그는 중얼거리듯 노래를 읊조렸다.

벗섬이나 나는 전토는
신작로가 되고요—
말마디나 하는 친구는
감옥소로 가고요—
담뱃대나 떠는 노인은
공동묘지 가고요—
인물이나 좋은 계집은
유곽으로 가고요—

제국주의와 식민지 : 팽창하는 자본주의

현진건의 「고향」은 간결하고 짧은 단편이어서 인물 사이의 복잡한 갈등도 없고 운명적인 대결이나 인간의 굳센 의지를 드러내지도 않는다. 대신 작품은 당대 현실의 모순을 매우 사실적으로 고발한다. 이 작품에서 고발하려는 것은 다름 아닌 식민지의 비참한 현실이다. '전토(농토)는 신작로로 변하고, 말마디나 하는 친구는 감옥으로 가고, 인물 좋은 계집은 유곽으로 갈 수밖에 없었던' 조선의 비참한 현실을 작가는 표현하려 했다. 어째서 식민지인들의 삶은 이토록 비참할 수밖에 없었을까, 그리고 왜 20세기 초 세계는 제국주의와 식민지의 관계로 재편되었던 것일까?

　제국주의는 근대 국민국가를 모태로 한다. 서구에서 근대 국민국가는 정치적으로는 자유주의, 경제적으로는 자본주의가 자리를 잡으면서 봉건적 질서로부터 벗어난 정치경제적인 체제라고 말할 수 있다. 이렇게 볼 때 국민국가는 역사적으로 긍정적인 역할과 기능을 수행해 왔다. 그런데 국민국가의 모델이 형성되는 과정, 특히 자본주의가 퍼져가는 과정에는 쉽게 해결할 수 없는 모순이 존재하고 있었다.

　자본주의는 무엇보다도 생산과 소비가 활발하게 이루어져야 하고, 생산 과정에는 반드시 잉여가치(이윤)가 발생해야 한다. 물건을 팔면 남는 게 있어야 한다는 말이다. 왜냐하면 잉여가치가 다시 자본으로 바뀌어 생산 과정에 재투자되어야 하기 때문이다. 따라서 생산 과정에서 노동자에게 주어지는 임금은 노동자가 생산한 가치보다 항상 적을 수밖에 없다. 임금을 지불하고 난 후에도 잉여가치가 남아야 그것으로 새롭게 투자할 수 있는 까닭이다. 이때 노동자들이 소비할 수 없는 재화이자 잉여가치는 외부의 또 다른 시장에서 소비되어야 자본으로 바뀔 수 있다.

　이러한 경향은 생산성이 높을수록 커진다. 왜냐하면 자본의 총액에서 노동자의 임금이 차지하는 비중은 줄어들기 마련이고, 단위 시장보다 과잉 생산된 재화는 더 큰 외부 시장에서 소비되어야 하기 때문이다. 결국 이 과정에서 아직 자본주의가 발달하지 않은 국가를 상품 판매 시장으로 이용하려는 시도가 나타날 수밖에 없는데, 그것이 곧 제국주의의 전략이고, 이때 이용당한 국가가 아시아, 아프리카 식민지였다.

　앞에서 살펴본 대로 자본은 끊임없이 그 규모가 커지는 경향이 있다. 따라서 제국주의는 잉여가치를 자본으로 바꾸는 데 그치지 않고, 그 이상의 잉여가치를 얻기 위해 이를 생산 과정에 다시 투입한다. 그리고 이 과정에서 제국주의 국가들은 더 많은 원료를 필요로 하게 되고 이것을 식민지로부터 얻고자 했다. 같은 이유로 제국주의 국가들은 노동력도 끊임없이 늘려야 했는데 그 까닭에 식민지의 농민 같은 토착민을 저임금 노동자로 만들었다. 자본주의와 거리가 멀었던 자작농이나 소작농을 공장의 값싼 노동자로 전락시키는 것이 근대 제국주의의 전략이었다. 「고향」의 '그'는 바로 제국주의 근대의 희생양이었던 셈이다.

떠도는 이름, 지워진 얼굴

소설 속 인물은 단지 경제적인 희생양만은 아니다. 그는 경제적인 공간으로서의 삶의 터전뿐만 아니라, 자신의 정체성을 증명해 줄 '고향'이라는 정신적 기반까지 상실한 인물이다. 그는 고향을 떠난 것이 아니라, 고향으로부터 밀려난 존재였다. 그의 삶에서 '이주'는 선택이 아닌 강제된 결과였다. 일제의 농업 정책과 토지 수탈로 인해 그는 더 이상 땅을 일굴 수 없게 되었고, 열일곱 나이에 서간도로 이주할 수밖에 없었다. 그러나 낯선 땅은 그를 받아들이지 않았고, 이후 신의주, 안동현, 일본의 규슈와 오사카를 전전하는 유랑의 삶이 이어진다. 그리고 마침내 그는 고향을 다시 찾지만, 그곳은 이미 자신이 알던 고향이 아니었다. 삶의 궤적을 증명해 줄 그 어느 지표도 남아 있지 않았다. 그는 자기 정체를 증명할 정처를 상실해 버린 것이다. 그리고 이 모든 여정은 단지 한 개인의 불운한 이력이 아니라, 식민지 조선에서 유랑민으로 살아야 했던 수많은 사람들의 집단적이고 반복적인 경험이었다.

작품 속 '그'는 '농민'이자 '이주민', '조선인'이자 '제국 내 피식민 노동자'라는 복합적인 정체성을 지닌다. 그러나 이 정체성들은 하나로 통합되지 못한 채 해체되어 있다. 그는 어디에도 뿌리내리지도, 소속되지도 못한 채 경계에 위치한 존재로 떠돈다. 기차 안에서 그가 입고 있는 복장이 '옥양목 저고리, 기모노, 중국식 바지'라는 사실은 단순한 의상의 묘사가 아니다. 그것은 근대와 전통, 조선과 일본, 동양의 여러 문화가 덧입혀진 식민지 조선인의 혼란스럽고 분열된 자아를 상징한다. 그는 하나의 세계에 속하지 못한 채, 파편화된 시간과 장소를 통과하며 자기 정체성의 경계에 선 인물로 남는다.

이러한 정체성 해체는 자본주의적 제국주의가 만들어낸 구조적 산물이다. 제국은 식민지인의 삶을 뿌리째 뽑아, 도시와 공장의 저임금 노동력으로 재조립한다. 농촌을 떠난 '그'는 자발적으로 이주한 것이 아니라, 근대화라는 이름의 강제적 유랑과 잉여화의 경로에 편입된 사람이다. 그가 거쳐온 공간들(서간도, 규슈, 오사카)은 모두 식민지 조선인이 생존을 위해 떠돌던 공간이며, 고향이 아닌, 임시로 몸을 누이던 비참하고 위태로운 장소였다. 그 여정 끝에 그는 결국 "고향이 없어졌다"고 말한다. 이것은 단지 지리적 장소의 상실이 아니라, 삶의 방향성과 존재의 뿌리를 잃은 것이며, 정체성, 공동체, 인간 존엄성의 종합적인 해체를 뜻한다.

새로운 제국의 시대

「고향」 속 '그'는 고향을 떠난 것이 아니라, 고향으로부터 쫓겨난 사람이다. 제국은 그의 삶의 터전을 강탈했고, 자본은 그를 생존을 위한 유랑 속으로 몰아넣었다. 그러나 작품이 묘사하는 고향 상실의 서사는, 단지 과거의 역사로만 남아 있지 않다. 오히려 그 질문은 오늘의 독자에게 묻는다. "지금, 우리에게는 고향이 있는가?"

현대의 우리는 더 이상 철도와 탄광을 따라 움직이지 않는다. 대신 다양한 플랫폼과 알고리즘을 따라 살아간다. 제국주의는 사라졌지만, 사람들을 떠돌게 만드는 힘은 여전히 존재한다. 그것은 정보와 자본의 흐름을 중심으로 작동하며, 사람들의 감정과 판단마저 데이터로 환원한다. 소속은 약해지고, 정체성은 분산되며, 고향은 점점 더 추상적인 말이 되어간다. 그렇게 우리는 '지리적 고향'이 아닌, 삶의 중심, 정체성, 그리고 공동체로서의 고향을 잃어가고 있다.

그렇다면 오늘날의 우리는 어떤 '고향'을 잃어버렸는가? 사람들은 더 이상 자신이 속한 사회에서 정서적 소속감을 느끼지 못한다. '그'가 말없이 술을 마시고 노래를 읊조렸던 것처럼, 우리 역시 삶의 언저리에서 침묵을 배우고, 소통을 단념하고, 고립을 일상화한다. 하지만 도리어 이 침묵은 무력함이 아니라, 감정의 가장 깊은 층위에서 나오는 내면화된 연대의 형식일 수도 있다.

「고향」이 남긴 깊은 울림은, 말하지 않음으로써 더 선명해진다. 그는 분노하지 않고, 항의하지 않으며, 다만 "없어졌다"고 말한다. 그것은 과거의 폐허를 가리키는 동시에, 지금의 현실을 되묻는 말이기도 하다. 고향을 잃어버린 사람에게 남는 것은 무엇인가. 그 상실은 어떻게 기억되고, 무엇을 새롭게 사유하게 만드는가.

작가 현진건은 그 해답을 독자에게 맡긴다. 그의 문장은 눈물보다는 침묵에 가깝고, 비판보다는 제시에 가깝다. 그러나 그 조용한 목소리는 지금도 유효하다. 「고향」은 단지 하나의 장소를 상실한 이야기로 끝나지 않는다. 그것은 우리가 살아가는 이 시대에도 여전히 유효한, 고향 없는 삶에 대한 가장 내밀한 성찰이다. 그 침묵은 질문으로 남고, 그 질문은 오늘의 문턱에서 다시 쓰일 수 있다.

도시, 규율,
그리고 소외

박태원,
「소설가 구보 씨의 일일」(1934)

1930년대 경성, 근대의 르네상스

1930년대의 식민지 조선의 경성은 동아시아 여느 도시 못지않게 근대화가 빠르게 진행되던 도시였다. 근대 문물 중 단연 돋보이는 것은 도시의 맥박처럼 움직이던 전차였다. 종로와 명동, 청량리와 동대문을 가로지르는 전차는 사람들에게 이전까지 경험하지 못했던 시간의 질서와 이동의 규칙을 깨우쳐 주었다. 전차를 기다리는 줄, 내리는 동작, 창밖을 바라보는 시선은 모두 새로운 도시 문화를 형성하는 하나의 장면이었다.

전차가 지나가는 선로 주변에는 근대적 공간들이 속속 들어섰다. 종로 거리에는 화신백화점이 높이 솟아 있었고, 그 주변으로 영화관과

우체국, 병원, 이발소, 댄스홀, 다방 등이 줄지어 있었다. 유리 진열장이 반짝이는 백화점 안에는 모던보이와 모던걸들이 유행을 소비했고, 댄스홀에서는 서양 음악에 맞춰 짧은 단발머리를 흔들며 젊음을 만끽하는 이들도 있었다. 전봇대와 전선, 철제 가로등은 경성의 풍경을 더욱 낯설게 만들었다.

일제 식민 통치라는 억압적 구조 속에서도, 1930년대 경성은 근대 도시로 빠르게 변화하고 있었다. 시공간의 변화는 단지 물리적인 형태만 변한다는 의미는 아니다. 그것은 사람들의 일상생활과 사고방식까지 뒤바꿨다. 사람들은 필요한 게 아니라 새로운 것을 소비했고, 공동체가 아닌 개인적 취향을 추구했다. 근대의 장소들은 단지 새로운 장소가 아니라 '근대적인 감각'의 기반이 되었다. 우리가 지금 당연하게 누리는 도시의 문화적 질서와 소비 양식이 이 시기를 기점으로 형성되었다는 점에서, 1930년대 경성은 현재를 구성하는 숨은 원형이라 할 수 있다.

당대 소설가들이 변화하는 경성의 모습을 놓쳤을 리 없다. 구인회(1930년대 순수문학 단체)에 속해 있던 김기림, 정지용, 이상, 이태준 등 이른바 1930년대 모더니스트들은 급속하게 변모해 가는 근대 도시의 일상을 작품으로 꾸준히 표현해 왔다. 이들 중에서 우리가 살펴볼 작가는 「소설가 구보 씨의 일일」의 박태원이다. 박태원은 여러 작품을 통해 근대적인 일상을 마치 카메라로 촬영하듯이 서술하고 있는 점에서 그 누구보다도 근대를 자세히 묘사한 작가다. 1930년대 경성을 사실적으로 묘사하는 동시에 낯선 근대에 대한 정서가 진솔하게 제시된 점에서 「소설가 구보 씨의 일일」은 충분히 주목할 만하다.

직업과 아내가 없는 스물여섯 살의 '구보'는 낮 12시에 집에서 나와 광교와 종로를 걸으며 스스로 병에 걸렸다는 불안감을 느낀다. 그는 한 손에는 짧은 지팡이를, 또 한 손에는 공책을 들고 발 가는 대로 걷다 무심코 백화점에 들른다. 그리고 그곳에서 젊은 부부를 바라보며 자신은 어디서 행복을 찾을지 고민한다. 그러다 무작정 동대문행 전차에 오른다. 하지만 정작 그는 목적지가 없다. 구보는, 대체 이 동대문행 전차를 어디까지 타고 가야 할 것인가를, 생각한다.

장충단으로, 청량리로, 혹은 성북동으로……. 그곳에는 자연이 있었고, 한가로운 고독이 있었다. 요사이 구보는 고독을 두려워한다.

그는 갑자기 찾아오는 고독과 불안을 피하려고 경성역 삼등 대합실로 향한다. 그러나 고독은 오히려 그곳에 있었다. 사람들이 빽빽하게 모여 있어도, 그 누구에게도 인간 본래의 온정을 찾을 수 없었다. 그네들은 옆 사람에게 한마디 말을 건네는 일도 없이 오직 자기네들 사무에 바빴고, 간혹 말을 건네도 자기네가 타고 갈 열차의 시각이나 그러한 것만 물어볼 뿐이다.

구보는 자신의 만성 위통을 새삼스레 생각하지 않으면 안 되었다. 구보가 대합실 매점에 갔을 때, 그는 그곳에서도 또 다른 병자를 보지 않으면 안 되었다. 40여 세의 노동자. 크게 부어오른 목, 돌출한 안구, 손의 경미한 진동. 분명한 바제도씨병*. 그것은 누구에게든 결코 깨끗한 느낌을 주지는 못한다. 그의 좌우에는 좌석이 비어 있어도 사람들은 그곳에 앉으려 들지 않는다. 아이 업은 젊은 아낙네가 바구니에서 복숭아 한 개를 떨어뜨렸는데, 그것이 병자의 발 앞에까지 굴러가자 복숭아 줍기를 단념했다.

구보는 고독한 대합실을 떠나 다방에서 사회부 기자 친구를 만난다. 그곳에서 구보는 돈 때문에 매일 살인강도와 방화범의 기사를 써야 하는 친구의 사정을 애달파 하는 한편, 차를 마시는 연인들을 바라보면서 묘한 질투심과 고독을 느낀다.

또다시 다방을 나온 구보는 일본 동경에서 유학할 때, 자신이 사랑했던 한 옛 여인을 추억한다. 그는 자신이 용기가 없는 약한 기질을 타고난 탓에 여자를 불행하게 만들었다는 죄책감을 느낀다. 또, 전보를 배달하는 자동차가 지나가는 것을 보면서 오랜 벗에게서 한 장의 편지를 받고 싶다는 생각에 젖기도 한다.

상념에 사로잡힌 채 경성 길거리를 거닐던 그는 여급이 있는 종로 술집에서 친구와 술을 마시며 세상 사람들이 정신병자는

---

* 바제도씨병: 정식 명칭은 그레이브스 증후군. 갑상선 호르몬이 증가해 신진대사가 활발해지고, 맥박과 심장이 빨라지며, 안구 돌출과 다리 앞쪽의 점액수종을 특징으로 하는 병.

1부·식민지 조선, 꿈틀거리는 근대

아닐까 하는 생각에 빠진다. 새벽 두 시의 종로 네거리, 어느 순간 구보는 어머니가 원하는 대로 결혼도 하고 생활도 하며 창작도 하겠다고 다짐하며 집으로 향한다.

근대 : 주체와 타자의 이분법

「소설가 구보 씨의 일일」은 여느 소설들처럼 이야기 전체를 이끌어 가는 특별한 갈등이나 사건도 없이 '구보'가 도시를 산책하거나 전차를 타고, 다방에서 차를 마시며 근대적인 문물을 관찰하고, 거기서 느낀 감정이나 기억을 풀어 쓴 것이 전부다. 주목할 것은 1930년대 경성이 예상과 달리 번화하고 활기찬 곳이 아니라 퇴폐적이고 병적으로 그려져 있다는 사실이다. 구보는 근대 도시를 편리하고 안락한 공간이 아니라 불편하고 고독한 공간으로 느꼈던 것이다.

구보는 백화점, 경성역, 다방, 술집 등 근대적인 공간을 두루 돌아다닌다. 고독에서 벗어나 행복을 찾기 위해서였지만 그는 어딜 가나 고독만 느낄 뿐이다. 대표적인 공간은 경성역 대합실. 분명히 경성역 안은 고독을 느낄 수 없을 만큼 사람들로 북적대고 있다. 그러나 구보는 그곳에서 '인간 본래의 따뜻한 정'을 찾지 못한다. 근대 이전의 공간, 즉 촌락에서는 사람들이 모이면, 시끌벅적 이야기꽃을 피우고, 정이 담긴 음식을 권하며 고독에 빠지는 대신 서로 공감을 나눴다. 그러나 경성역 대합실 안의 대화는 고작 타고 갈 기차 시간을 묻는 정도다. 경성역이라는 근대적인 공간이 사람들에게 효율적 가치만 추구하도록 영향을 끼친 셈이다. 효율만 남고 관계는 단절된 근대적 일상을 구보는 느끼고 있었다.

경성역 장면에서 흥미로운 것은 질병에 대한 사람들의 태도다. 바제도씨병을 앓고 있는 40대의 노동자. 사람들은 앉을 자리가 있는데도 그 옆에 앉기를 꺼린다. 한 아낙네는 잘못 꺼낸 복숭아 한 개가 그의 앞까지 굴러가자 줍기를 포기한다. 정상인들이 병에 걸린 사람을 혐오스러운 존재로 여기는 탓이다. 물론 병든 사람을 꺼리는 것은 인간의 보편적인 마음일 수 있다. 그러나 작품에서 이를 드러내 놓고 강조한 것은, 도시인들이 자기 자신을 정상으로 여기고, 병든 사람이나 지저분한 사람을 비정상적인 존재로 배제하는 태도를 지적하기 위함일 것이다.

사회철학자 미셸 푸코_{Michel Foucault}는 근대의 지식체계와 권력이 인간을 '정상적인 주체'와 '비정상적 타자'로 구분해 왔음을 탐구했다. 그는 근대적인 시스템이 보편적이고 합리적인 규율을 활용해서 이를 준수하는 이들은 정상적이며, 이에 미치지 못하거나 따르지 않는 존재는 비정상적이라며 타자화한다고 보았다. 이에 따라 병자, 죄인, 광인, 성적 소수자가 근대의 규율로 타자화된 것이다. 그리고 그런 근대적인 규율 권력 중 하나가 근대적인 시공간이다. 시간과 공간은 기능에 따라 효율적으로 분절되어 그에 맞춰진 존재를 주체로 양성한다. 이제 주체는 자신의 의지가 아니라 기차 시간표에 따라 움직이고, 경성역이라는 공간의 질서에 맞춰 행동한다. 그리고 이를 벗어난 존재들은 철저히 타자화된다. 그러니 근대 도시에는 효율만 남고 사람 사이의 관계는 단절되며, 인간은 고독에 빠진다. 구보가 근대 도시의 어느 공간을 가더라도 고독에서 벗어날 수 없는 까닭이다.

소비의 풍경 속, 걷는 자의 외로움

구보는 경성의 거리를 하루 종일 걷는다. 낮 열두 시에 집을 나선 그는 종로, 광교, 동대문, 경성역, 다방, 백화점을 지나 새벽까지 도심을 배회한다. 이 산책은 단순한 이동이 아니다. 목적 없이 거리를 떠도는 이 걸음은 하나의 감각적 태도이며, 도시를 인식하는 방식이다. 이 점에서 구보는 근대 도시에서 등장한 '산책자', 곧 플라뇌르flâneur의 형상을 띤다.

독일의 철학자 발터 벤야민Walter Benjamin이 말한 플라뇌르는 도시의 군중 속에서 익명성을 누리며 거리를 관찰하고, 진열장과 사람들 사이를 유영하는 존재다. 그는 사물에 몰입하면서도 일정한 거리를 유지하며, 감각적으로 도시를 읽어간다. 그러나 구보는 이와는 사뭇 차이가 있다. 그는 도시를 관찰하지만, 끝내 어느 장소에도 스며들지 못한다. 걷기는 하되, 도시에 속하지 못한다. 그는 낯선 도시를 부유하는 주체이자, 경계에 선 이방인일 뿐이다.

이를 가장 선명히 보여주는 장면은 백화점이다. 구보는 진열장 너머로 쇼핑을 즐기는 젊은 부부를 바라본다. 그들은 안정되어 있고, 서로에게 따뜻한 말을 주고받으며 취향에 따라 물건을 소비한다. 반면 구보는 그 장면의 바깥에 서 있다. 그는 소비하지 못하고, 감정을 나눌 대상도 없다. 상품이 차고 넘치는 공간이지만, 아무것도 가질 수 없는 자로 남는다. 그는 도시의 중심에 있으면서도 철저히 배제된 존재다.

이러한 소외는 단지 경제적 조건의 문제가 아니다. 프랑스 철학자 장 보드리야르Jean Baudrillard는 소비 사회를 '정체성까지 소비되는 사회'라고 설명한 바 있다. 그에 의하면 백화점은 물건을 판매하는 공간인 동시에 감정과 관계, 취향을 연출하는 무대다. 이곳에서 사람들은 소비를 통해 '나는 누구인가'를 구성한다. 하지만 구보는 이 무대에 진입하지 못한다. 그는 상품을 바라보되 손대지 못하고, 타인을 응시하되 말을 걸지 못한다. 그는 관찰자로만 머무를 뿐, 소비 사회의 연극에 참여하지 못하는 주체 밖의 잉여에 불과하다.

도시의 다방과 술집에서도 상황은 크게 다르지 않다. 친구와 마주 앉아 있어도 구보의 대화는 피상적이다. 그는 말보다 시선을 통해 타인을 감지하며, 멀찍이 떨어진 자리에서 연인들을 지켜볼 뿐이다. 도시는 군중으로 가득하지만, 그 속에서 구보는 단 한 번도 '함께 있음'을 진정으로 경험하지 못한다. 그는 공간 속을 계속해서 스쳐 지나가지만, 아무에게도 머무르지 못한다.

결국 구보의 산책은 '관계 맺지 못하는 자의 동선'이다. 그는 도시를 감각하며, 도시가 무엇을 허용하고 무엇을 배제하는지를 온몸으로 체험한다. 이는 자유로운 유영이 아니라, 근대 도시에서 주변화된 자의 방황에 가깝다. 구보는 군중 속에 고립된 이방인으로, 도시적 감각을 지녔을 뿐, 정체성을 잃고 떠도는 존재로 그려진다.

근대 도시의 일상

「소설가 구보 씨의 일일」의 마지막 장면에서 구보는 새벽 두 시, 종로 네거리에서 문득 어머니의 뜻을 따라 결혼도 하고 창작도 하겠노라 다짐하며 집으로 향한다. 이 결심은 도시에서 끝내 어떤 관계도 맺지 못하고 소비에도 동참하지 못한 구보가, 현실의 체계로 귀환하려는 하나의 몸짓처럼 보인다. 그러나 이 선택조차 자율적이라기보다는, 고립된 자가 생존을 위해 택한 체념에 가까운 수동적 선택처럼 보인다. 결국 구보는 도시를 떠돌다 다시 제자리로 돌아오며, 근대 도시가 인간에게 부여한 고립과 소외의 일상을 체현하게 된다.

근대는 온갖 물질문명의 혜택과 세련된 도시 공간을 제공했다. 정돈된 거리, 백화점, 전차, 다방, 카페는 외형적으로 질서와 편의를 약속했다. 그러나 이처럼 깔끔하고 합리적인 공간은 동시에 사람을 철저히 구획된 규칙과 시공간의 질서에 예속시키는 구조로 작동했다. 누구든 표준적인 시간에 맞추어 이동하고, 정해진 공간에서 정해진 방식으로 소비하고 소통해야 했다. 효율을 중심으로 조직된 사회는 인간의 내면과 감각마저 그 질서에 맞추어야 한다고 강요했고, 이에 적응하지 못한 자들은 소외되고 주변화되었다.

근대는 무질서하고 비합리적인 과거로부터 벗어나기 위해 '보편'과 '합리'라는 이름의 규범을 만들었고, 거기에 부합하지 않는 존재는 점차 주체가 아닌 타자로 분류시켜 버렸다. 병자, 가난한 자, 정서적으로 불안정한 자, 그리고 '행복하지 않은 자'는 근대 사회의 효율성에 불필요하거나 방해가 되는 존재로 여겨지기 시작했다. 이런 점에서 경성역 대합실의 병자에 대한 시선은 우연한 장면이 아니라, 근대 사회의 배제 논리를 응축한 장면이다.

근대는 시공간을 본래의 고유성과 감각 대신, 철저히 단위화되고 환산 가능한 것으로 변형시켰다. 시간을 맞추지 못하면 기차를 놓치고, 공간을 벗어나면 존재는 무의미해진다. 이러한 보편적 질서 속에서 개인의 감정이나 관계는 점차 사라지고, 그 빈자리를 불안과 고독, 자기 회의가 메우게 된다. 구보가 하루 종일 걷고, 보며, 기억하고, 망설이며 되뇌었던 감정들은 모두 이 근대의 단단한 질서 아래에서 밀려난 자의 내면에서 일어난 진동이기도 하다.

박태원은 1930년대 식민지 조선의 경성을 통해, 근대화가 만들어 낸 병리적 풍경을 누구보다 일찍 포착한 작가였다. 「소설가 구보 씨의 일일」은 단순한 도시 산책기가 아니라, 근대적 시공간이 어떻게 인간의 감각과 관계, 삶의 방식 자체를 규정하고 해체하는지를 증언하는 초기 보고서로 기능한다. 그리고 그 보고서의 핵심에는 늘 제자리를 맴도는 한 사내의 걸음, 구보의 '일일'이 있다.

자본주의의 음침한
뒷골목 풍경

이상, 「날개」(1936)

두 개의 얼굴을 지닌 자본주의

자본주의는 과거에는 누릴 수 없었던 삶의 풍요를 가져다 주었다. 이성적이고 합리적인 체제는 효율적인 생산을 가능하게 했고, 인류는 이를 충분히 누릴 수 있게 되었다. 그러나 문제가 없는 것은 아니다. 자본주의 사회에서는 무엇보다도 '자본', 쉽게 말해 '돈'이 가장 중요하다. 자본은 생산 과정에서 반드시 필요할 뿐 아니라 동시에 생산이 추구하는 결과이기 때문이다. 따라서 자본주의가 유지되기 위해서는 '자본'을 끊임없이 순환시키고 확장해야 한다. 그래야 더 많은 직업이 생겨나고 생산이 지속되기 때문이다. 문제는 이 과정에서 인간이 목적이 아닌 수단으로 전락할 위험이 있다는 사실이다. 또한 모든 것이 자본으로 환원되어 마치 박제라도 된 듯, 각자의 고유성을 잃고 계량적인 수치로 전락할 위험이 존재한다.

한국 사회에서 근대가 이제 막 자리 잡기 시작한 1930년대. 근대 문명의 혜택을 누렸음에도 이에 적응하지 못한 한 작가가 있다. 자신을 '박제가 되어 버린 천재'라 표현하며 근대적 인간으로서 살아가기를 거부하는 인간, 그는 소설가이자 시인인 이상이다. 이상은 경성고등공업학교 건축과를 졸업하고 총독부의 건축기사로 활동하며 현대미술에도 조예가 깊었던 인물이다. 이처럼 그는 근대 문명의 혜택을 적지 않게 받았던 사람이었다. 그런데 그가 쓴 작품 「날개」에는 근대 문명의 긍정적인 모습이 거의 드러나 있지 않다. 오히려 근대 자본주의가 감추고 싶은 뒷골목의 풍경이 고스란히 나타난다.

휘황찬란한 겉모습과는 달리 자본주의 체제는 그 시작부터 오물과 악취가 가득했던 뒷골목도 함께 존재해 왔다. 예를 들어 산업화 초기 영국 런던은 수많은 노동자들을 수용하기 위해 비좁은 골목길을 사이에 두고 미로처럼 이어지는 아파트를 지었는데 오물을 제때 처리하지 못해 대단히 불결하고 악취가 심했다고 한다. 또한 당시 노동자들은 하루의 피로를 잊기 위해 사창가와 아편굴 같은 곳을 전전했다고 전한다. 바로 이러한 곳이 작가 이상이 「날개」를 통해 주목한 자본주의의 뒷골목 풍경이었다.

　박제가 되어버린 천재를 아시오? 나는 유쾌하오. 이런 때 연애까지가 유쾌하오.

　33번지에는 18가구가 똑같은 모양새인데, 그곳에는 송이송이 꽃 같은 젊은 여자들이 살고 있다. 나는 해가 들지 않는 33번지 일곱째 칸, 작은 방에서 산다. 아내는 아랫방에 있다. 볕이 드는 쪽, 그 방엔 색색의 치마들이 벽에 걸려 있고, 화장대는 햇살을 받아 찬란하다. 아내는 낮에도, 밤에도 외출한다. 나는 그녀가 무슨 일을 하는지 모른다. 때때로 아내가 외출한 틈에 아랫방에 내려가 그녀의 화장품 냄새를 맡거나, 돋보기를 들고 휴지에 불을 붙이며 논다. 그것이 나의 유일한 오락이다.

　아내는 내게 은화를 준다. 나는 그 은화를 벙어리 저금통에 모았다. 그러나 어느 날, 그조차도 귀찮아져 나는 저금통을 변소에 던져버렸다. 그 일로 아내에게 혼날 줄 알았지만, 그녀는 아무 말도 하지 않았다. 오히려 다시 은화를 내 머리맡에 놓아두었다. 나는 그 일이 이상하다고 생각하면서도 어쩐지 뜻모를 쾌감을 느꼈다. 왜 아내는 나에게 돈을 줄까? 그 돈은 어디서 오는 걸까? 나는 그 해답을 찾기 위해 밤에 거리로 나가보기도 했다. 그러나 결국은 피로에 지쳐 돌아왔을 뿐 돈은 하나도 쓰지 않았다.

며칠 뒤, 나는 다시 외출했다. 그리고 아내에게 오 원을 건넸다. 그 순간 이상하게도 나는 이상한 기쁨을 느꼈다. 마치 내가 '무언가를 했다'는 증거 같았다. 다음 날, 나는 처음으로 아내 방에서 잠이 들었다.

그러나 그날 이후 나는 감기에 걸렸고, 아내는 내게 하얀 알약을 주었다. 매일같이 그것을 먹고, 나는 끊임없이 잠에 빠졌다. 날이 밝고, 어두워지고, 다시 밝아지는 사이, 나는 하루 종일 잤다. 그러던 어느 날, 나는 아내의 화장대 밑에서 '아달린'이라 쓰인 약통을 발견했다. 그것은 최면제였다. 나는 한 달 동안 그것을 먹으며 잠들어 있던 것이다.

나는 혼란에 빠졌다. 아내가 나를 재우기 위해 일부러 그 약을 먹인 것인가? 나를 죽이려 했던 것인가? 아니면 내가 오해한 것인가? 그 진실을 확인하기 위해 나는 집을 나섰고, 돌아왔을 때 아내와 또 다른 남자의 모습이 눈앞에 펼쳐져 있었다. 아내는 나를 향해 분노를 쏟아냈다.

나는 다시 집을 떠났고, 돈도 없이 경성역 티룸에 앉아 이리저리 헤맸다. 허탈과 무력 속에서 나는 미쓰꼬시 백화점 옥상에 올랐다. 그곳에서 나는 내 삶을 회고했다.

우리 부부는 숙명적으로 발이 맞지 않는 절름발이다. 만약 그렇다면, 사실은 사실대로 오해는 오해대로 그저 끝없이 발을 절뚝거리면서 세상을 걸어가면 되는 것이다. 그렇지 않을까?

이때 뚜우 하고 정오 사이렌이 울었다. 사람들은 모두 네 활개를 펴고 닭처럼 푸드덕거리는 것 같다. 온갖 유리와 강철과 대리석과 지폐와 잉크가 부글부글 끓고 수선을 떠는 찰나, 그야말로 현란을 극한 정오다. 나는 불현듯이 겨드랑이가 가렵다. 아하, 그것은 내 인공의 날개가 돋았던 자국이다. 나는 중얼거렸다.

"날개야, 다시 돋아라. 날자. 날자. 날자. 한 번만 더 날자꾸나."

자본을 모르는 미숙아

이상의 「날개」는 그 공간적 배경이 성(性)을 사고 파는 유곽이다. 이곳은 자본주의의 가장 추악한 뒷골목 풍경이다. 이는 이 작품이 처음부터 자본주의를 긍정하기보다는 비판하는 데에 치우쳐 있음을 보여준다. 작품의 주인공은 매춘을 직업으로 하는 어느 여자와 그녀에게 빌붙어 살아가는 사내, 곧 '나'다. 소설은 두 사람 사이에 일어나는 사소한 오해와 갈등을 통해 진행된다. 작품의 첫 시작에 언급된 '박제가 되어 버린 천재'처럼 주인공 '나'는 햇볕이 들지 않는 쪽방에 틀어박혀 살아간다. '나'는 아내가 외출했을 때 잠시 아랫방으로 건너와 마치 어린아이와 같이 아내의 화장품을 만지작거리며, 돋보기로 불장난하는 것이 생활의 전부다.

그렇다고 '나'의 교육 수준이 낮은 것이 아니다. 작품에서 '나'는 러시아 작가 도스토옙스키Fyodor Mikhailovich Dostoevskii, 사회주의 사상가 마르크스Karl Marx, 프랑스의 문호 빅토르 위고Victor Hugo와 프랑스 혁명을 잘 알고 있는 지식인으로 그려져 있다. 그런 그가 어째서 좁은 방에 감금 아닌 감금을 당하고 있는 것일까? 그것은 그가 자본주의적인 질서를 전혀 이해하지 못하는 어린아이와 같은 태도를 지녔기 때문이다.

작품 속에서 아내는 '나'에게 50전짜리 은화를 베개 위에 얹어주지만 '나'는 그것을 사용할 줄 몰라 저금통 속에 하나둘씩 모았다가 끝내는 변소에 빠뜨려 버린다. 그뿐만 아니라 아내가 어떻게 돈을 모으는지에 대해서도 전혀 관심이 없다. 이처럼 지식인인 '나'는 근대 자본주의 질서에서 소외되었거나 아니면 처음부터 이를 거부한 인물로 그려진다. 당연히 '나'는 아내에게 '남편'의 권리를 내세우지 못한 채 마치 아내의 '아이'처럼 보호받고 감시당하는 존재로 전락해 있다.

이와 대조적으로 아내는 가장 타락한 방식으로 경제적 활동을 할 만큼 자본주의 체제에 과도하게 적응한 존재다. 또 자본이 인간의 행위에 커다란 영향을 끼친다는 것도 명확히 인식하고 있다. 예를 들어 아내는 남편의 시간을 돈으로 사기도 했다. 그녀는 외출에 재미를 붙인 남편에게 돈을 주면서 '자정(밤 12시)'까지는 집에 들어오지 못하도록 은밀히 강요한다. 자신이 매춘하는 동안 남편이 들어와 방해하지 못하도록 한 것인데 이는 아내가 돈으로 남편의 시간을 산 것으로 볼 수 있다. 아내는 그 누구보다도 자본주의적 질서를 철저히 내면화했던 것이다.

결국 이 작품은 '아내'로 상징되는 자본주의가 '나/남편'으로 상징되는 '자연인'을 지배하고 규율하는 구조로 되어 있다. 천재를 박제로 만들어 버리고, 아내의 쪽방에 '나'를 가두어 두고, 또 '자정'까지 집 안에 들어올 수 없게 한 것은 '돈', 즉 '자본'인 것이다. 이처럼 자본은 인간의 행위를 지배하고 규율하는 폭력으로 작용하고 있었다.

감각을 잃은 도시, 인간을 잃은 공간

작품 속에서 '나'를 억압하는 것은 아내만이 아니다. 그가 거처하는 33번지라는 공간도 '나'의 정체를 위협하고 억압하는 공간으로, 자본주의 사회가 인간을 어떻게 공간 속에 배치하고, 개성을 제거하며, 감각을 탈취하는지를 보여주는 장치다. 소설 속 33번지에는 "송이송이 꽃 같은 젊은 여자들이 산다"고 묘사되지만, 이 표현은 그 자체로 역설적이다. '꽃'이라는 비유는 화려함이나 생동감을 암시하지만, 실제 이 공간은 햇빛조차 들지 않는 어두운 골목이다. 각 방은 구조가 같고, 창의 모양도, 아궁이의 위치도, 사람들이 놓인 자리도 동일하다. 이곳에서 개인은 이름이 아니라 방 번호로 분류되고, 그들의 일상은 반복되는 구조 속에 묻힌다. 이는 도시의 자본주의가 인간을 얼마나 표준화된 방식으로 배열하는지를 상징적으로 드러낸다.

이러한 공간에서 '나'는 점점 감각을 잃어간다. 아내의 화장품 냄새를 맡고, 돋보기를 가지고 종이에 불을 붙이는 행위는 감각을 유지하려는 마지막 몸부림처럼 해석할 수도 있다. 그러나 그것은 타인과의 접촉이나 사회적 행위가 아닌, 철저히 자기 안에 갇힌 감각의 순환이다. 감각은 살아 있지만, 그 감각은 세계를 인식하는 통로가 아니라 고립된 내면을 자극하는 장난감에 불과하다. 이렇게 단절되고 고립된 감각은 곧 실존의 붕괴로 이어진다.

장 보드리야르가 말한 것처럼 현대 사회에서 기호는 실체를 잃고 반복적인 이미지로만 존재한다. 「날개」에서의 '나' 역시 더 이상 현실을 직접적으로 경험하지 않는다. 아내와의 관계는 감각적으로도 단절되어 있

고, 외출 역시 경험이라기보다는 '외출했다는 사실'만이 기억으로 남는
다. 은화를 저금통에 넣었다가 그것조차 변소에 던지는 행동은 물질의
실질적 가치를 인식하지 못한 채 자본을 감각적으로도 인지하지 못하는
인간의 초상을 드러낸다. 이는 단순한 경제적 미숙함이 아니다. 그것은 자
본주의라는 거대한 기계 안에서, 인간이 스스로를 잃고 있다는 징후다.

　도시는 인간에게 풍요와 활력을 제공하는 공간이기도 하지만, 자본
주의 아래의 도시는 때로 사람들을 '동일한 방', '동일한 창', '동일한
삶'으로 집어넣는다. 그런 의미에서 '나'는 어떤 잘못을 저지른 것도,
특별히 실패한 인물도 아니다. 단지 도시 자본주의의 한복판에서, 누구
도 알지 못하는 익명의 한 존재로 박제되어 있는 것이다.

날개 : 탈자본, 탈박제의 꿈

자, 그렇다면 '나'를 억압하는 자본에서 벗어날 수 있는 방법은 무엇일
까. 소설의 결말에는 "우리 부부는 숙명적으로 발이 맞지 않는 절름발
이"라는 표현이 등장한다. 자신이 아내와 성격이 전혀 다른 존재라는 것
을 '나'가 자각하는 대목이다. 이후 "사실은 사실대로, 오해는 오해대로
그저 끝없이 발을 절뚝거리면서 세상을 걸어가면 되는 것이다"라는 독
백이 이어진다. 앞으로 자신은 자본과 무관하게 살아가겠다는 의지의
표현이자, 더 이상 아내와 자본에 구속되거나 지배당하지 않겠다는 자
의식의 표명이다.

　결말의 시간이 정오인 것도 주목해야 한다. 정오는 '나'에게 어떤

시간인가. 그것은 정확히 자정(子正)을 뒤집어 놓은 시간이다. 아내가 '나'의 시간을 소비하고 억압했던 정반대편, 곧 해방의 시간이다. 이는 지금까지 자본에 의해 억압된 자기만의 고유한 정체성을 회복하는 시간이다. 이때 박제는 다시 천재가 되고, 날개는 다시 돋아나는 것이다.

근대 자본주의는 인간에게 전에 없던 물질적 풍요를 안겨주었고, 합리적이고 효율적인 삶의 형태를 제공했다. 그뿐 아니라 현대의 자본주의적 메커니즘은 네트워크와 알고리즘, 인공지능의 형태로 우리 삶에 더 깊숙이 스며들어 있다. 음식 배달과 택시 호출, 심지어 인간관계조차 앱을 통해 정렬되고 구매되는 시대, 자본은 더 은밀하게, 그러나 더욱 강력하게 우리의 시간을 포획한다. 플랫폼 노동자들은 '일을 선택하는 자유'를 얻었지만, 동시에 '항상 연결된 노동자'로서 해방의 시간을 점점 잃어가고 있다. 이러한 삶의 방식은 박제가 된 채 책상 앞에 갇힌 주인공의 모습과도 묘하게 겹친다.

자본주의적인 삶의 양식을 배제하는 것은 마치 문명적 질서를 거스르는 것처럼 느껴진다. 그럼에도 불구하고, 모든 가치를 자본의 기준으로 수량화하고 수단화해서는 안 된다. 모든 가치를 자본으로 환산한다면, 그것은 천재를 박제로 만드는 일과 같다.

무엇보다 자본에 중독되지 않고 자신의 정체성을 지켜가는 것이 중요하다. 「날개」의 주인공이 "날자. 날자. 한 번만 더 날자꾸나"라고 외치는 것은 자본으로 박제될 수 없는, 진실한 존재로서 살아가려는 작은 저항의 몸짓이었다. 자본이 전부가 아닌 세상, 인간이 목적이 되는 세상에서 진정한 주체로서 날개를 펼칠 가능성을 끊임없이 꿈꾸는 것. 그것이 지금 우리에게도 여전히 유효한 '비상의 상상력'이다.

최소한의 문학

식민지 시대 포퓰리즘의
의의와 한계

김정한, 「사하촌」(1936)

생존을 위한 저항

1930년대는 조선 사회의 경제적·정신적 구조가 급격히 재편되던 시기였다. 일본 제국주의는 식민지 조선에 자본주의적 경제 체제를 도입하는 동시에 속으로는 기득권층과 결탁한 지주·사찰·지방 권력을 앞세워 농민들을 철저히 종속시켰다. 농민들은 수확의 대부분을 소작료로 내놓아야 했으며, 자력으로 살아갈 수 있는 자율성은 점점 사라져 갔다. 그들의 노동은 곧바로 권력자들의 자본으로 이전되었고, 삶은 언제나 빚과 기근, 가뭄의 위협에 노출되어 있었다. 땀 흘려 일한 대가는 돌아오지 않았고, 생존을 위한 투쟁은 날이 갈수록 절망에 가까워졌다.

하지만 문제는 경제적 착취만이 아니었다. 더 심각한 것은 지배계층이 농민들의 정신까지 지배하고자 했다는 점이다. 정치사상가 안토니오 그람시 Antonio Gramsci는 지배는 단순한 물리적 폭력이 아니라, 피지배층이 지배 질서를 '자연스럽고 정당한 것'으로 받아들이게 만드는 '헤게모니 hegemony[•]'를 통해 이루어진다고 보았다. 실제로 당시 조선 농촌에서는 사찰의 승려들이 종교적 권위와 관습, 그리고 마을의 전통을 동원해 농민들을 길들였다. 농민들은 사찰의 불공이나 기우제에 동원되었고, 자신들이 시주하는 것을 의무처럼 여겼다. 비가 내리지 않는 해에도 절에 재물을 바쳐야 했고, 승려의 말 한마디가 곧 신의 뜻처럼 받아들여졌다. 물리적 폭력은 보이지 않지만, 정신적 굴종이 더욱 치명적으로 작동한 것이다.

그러나 농민들은 침묵만 하지 않았다. 점차 삶의 조건을 인식하고, 공동체 안에서 서로의 고통을 공유하며 새로운 언어와 집단의식을 형성해 나갔다. 밤마다 모이는 야학당은 단순한 문맹 퇴치 공간이 아니라, 기존 헤게모니에 저항하는 대항 헤게모니의 출발점이었다. 그곳에서 농민들은 세상이 자신들에게 얼마나 불공평한지를 서로 확인하고, 공동의 행동을 계획하며 자신들의 삶을 스스로 조직하려 했다. 야학당은 단순히 교육의 장이 아니라, 정치적 자각의 공간이자 해방의 가능성을 꿈꾸는 장소였던 것이다. 이는 단순한 반항이 아닌, 억압받는 이들이 '인식의 주체'로 성장해가는 중요한 계기였다.

김정한의 소설 「사하촌」은 이러한 시대적 배경을 토대로, 물과 토

[•] 헤게모니: 한 집단이나 국가, 사회 계급이 다른 집단을 지배하는 상태나 그 능력으로, 물리적 강제력뿐 아니라 피지배 집단의 자발적 동의를 통해 이념적·문화적으로 지배하는 권력이나 방식.

지를 둘러싼 기득권의 착취 구조와 그에 저항하는 농민들의 움직임을 담담하면서도 힘 있게 그려낸 작품이다. 이 소설은 농민의 절박한 생존과 연대를 통해, 헤게모니에 포섭되지 않는 삶의 가능성을 모색하고 있다. 현실을 꿰뚫어보는 날카로운 시선과 함께, 희망의 씨앗을 잃지 않으려는 집단적 상상력이 돋보이는 소설이 바로 「사하촌」이다.

    딱딱하게 말라붙은 뜰 가운데, 지렁이 한 마리가 버둥거린다. 타들어 가는 땅, 숨 막히는 더위 속에서 개미 떼의 공격을 받으며, 생명은 필사적으로 땅 위를 기어간다.

    비 한 방울 내리지 않는 이곳 성동리는 보광사라는 절이 소유한 땅을 소작하며 농사를 짓는 가난한 마을이다. 본래 마을 사람들은 자작농이었으나 보광사 승려들의 꼬임에 넘어가 땅을 절에 시주하고 그 땅에서 소작하는 참으로 안타까운 처지에 놓이게 되었다.

    마당에서 미꾸라지를 잡던 치삼 노인은 집으로 들어오는 아들 들깨를 향해 묻는다.

    "논은 어떻게 돼 가니?"

    "다 틀렸어요. 물도 없고, 보에 있는 물도 중들이 가로막고 서

55

있으니.”

　가뭄으로 논에 물이 부족하자 농민들의 속은 타들어 갔다. 논마다 부족한 물로 곳곳에서 싸움이 벌어졌다. 중들과 농민들은 서로 물꼬를 차지하려 다투었고, 그 과정에서 성동리 고서방은 보광리 사람들에게 구타까지 당했다.

　가뭄은 계속되었다. 비는 내리지 않고, 절에서는 기우제를 지낸다며 대규모 불공을 치른다. 절에서는 불공을 드린다면서 소작농들이 가진 적은 재물마저 시주하라고 강요했다. 하지만 그런 불공에도 끝내 비는 내리지 않았다.

　그 와중에 산에서 알밤을 줍던 아이가 산지기에게 쫓기다 낭떠러지에서 떨어져 죽는 일이 벌어졌다. 가난과 착취, 절망이 만든 비극이었다.

　가을이 오고, 곡식이 제대로 여물지 않은 가운데 절에서는 여느 해처럼 소작료를 정하려고 간평을 시작한다. 간평이란 농작물을 수확하기 전에 농사가 잘 됐는지 여부를 따져서 소작료를 정하는 일이다. 가뭄이어서 흉작인데도 간평은 예년과 다름없이 정해졌다. 부당한 일이었고 농민들의 애틋한 사정은 전혀 반영되지 않았다.

　소작료를 감당할 수 없게 되자, 농민들은 보광사에 빚진 비료 대금 연기를 요구했다.

　“돈을 안 내겠다는 것이 아니라 조금만 연기해 달라는 거죠.”

"그런 우는소리는 더는 듣고 싶지 않소. 난 더 이상 당신들과 이야기하지 않겠소."

결국 논마다 '입도차압*'이라는 팻말이 세워지고, 고서방은 가족을 데리고 야반도주한다. 이튿날 아침, 가을비는 고서방이 수확한 벼이삭과 차압 팻말 위에 무심하고 차갑게 하루 종일 내렸다.

그날 이후 농민들은 저녁마다 야학당이 터지게 모여들었다. 그리하여 어느 날 아침, 징 소리와 함께 성동리 농민들이 일제히 야학당 뜰에 모였다. 그들의 손에는 빈 짚단이며 콩대, 메밀대가 잡혀 있었다. 이윽고 그들은 긴 줄을 지어 '차압 취소'와 '소작료 면제'를 탄원하려고 묵묵히 마을을 떠났다. 아낙네들은 전쟁에나 보내는 듯이 남정들을 보냈다. 짚단을 든 무리들은 어느새 동네 뒤 산길을 넘어갔다. 철없는 아이들도 행렬의 꽁무니에 붙어서 절 태우러 간다고 부산히 떠들어댔다.

• 입도차압(立稻差押): 추수하지 않은 채로 곡식을 소작료로 거두어가는 행위.

보이지 않는 사슬

「사하촌」은 작품 제목대로 '보광사'라는 절 아래 마을에서 땅을 소작하며 살아가는 민중들의 이야기다. 작품이 창작되던 1930년대 당시 조선의 소작농은 전체 농민의 70퍼센트에 육박했다. 1910년대만 해도 자작농이 절반 이상이었던 것을 감안하면, 시간이 흐를수록 농지를 잃은 농민들이 많아졌음을 알 수 있다. 대체로 일제의 토지조사사업으로 인해 토지를 빼앗겼지만, 「사하촌」처럼 권력자나 종교인의 농간에 의한 사례도 존재했다.

이처럼 농민들이 경제적으로 종속되는 구조는 단순히 '가난'이라는 말로는 설명되지 않는다. 당시 소작료는 소출의 절반을 넘겼고, 비료대금, 수리조합비, 이자 같은 부가비용까지 더해지면 농민들이 손에 쥐는 것이 거의 없었다. 흉작이어도 지주의 이익은 줄지 않았고, 오히려 농민들의 빚은 늘어났다. 흥미롭게도 같은 시기 조선의 쌀 생산량은 산미증산계획으로 증가했지만, 이는 농민의 삶을 개선시키지 못했다. 늘어난 쌀은 지주의 수익이 되었고, 일본으로 값싸게 수출돼 자본화된 농민의 노동은 이중삼중으로 착취당할 뿐이었다.

안타깝게도 「사하촌」이 보여주는 지배는 경제적 착취에 그치지 않는다. 작중 지배자는 농민들의 정신과 영혼까지 통제한다. 핵심에는 '보광사'라는 사찰이 있다. 보광사는 단순한 지주가 아니라, 종교적 권위를 바탕으로 삶의 질서를 합리화하는 존재였다. 시주로 땅을 '받아냈다'는 설정은 경제적인 지배 이외에 정신적인 지배 양상을 고스란히 보여준다. 불심과 복덕이라는 추상적 명분 아래, 농민들이 스스로 땅을 헌납하고 그 위에 다시 노동을 얹는 기묘한 구조가 형성된 것이다.

이는 억압이 외부에서만 가해지는 것이 아니라, 관습과 언어를 내면화한 방식으로 삶을 억제한다는 점에서 더 심각하다. 보광사는 재산 수탈을 넘어, 신앙과 제의의 형식을 통해 농민들의 감정과 판단까지 지배한다. 가뭄이 들어 농삿일이 어려울 때조차 정성스럽게 시주하면 기우제에 도움이 될 거라는 거짓 믿음을 조장하기도 하고, 굶주림 속에서도 복을 빌러 절을 찾아 시주하도록 정신을 지배한다. 승려들은 중생을 구제하기는커녕, 권위와 제의를 무기 삼아 재화를 갈취하며 그것을 정당한 관행으로 포장한다.

보광사는 이처럼 경제적 수탈에 종교적 지배를 병행한다. 농민들은 단지 땅을 빌리는 존재가 아니라, 절의 권위에 정서적으로도 종속된 상태다. 농사를 망쳐도 고개를 들지 못하고, 폭력을 당해도 침묵한다. 겉으로는 '시주'를 하면서도, 속으로는 불만과 분노가 차오른다. 그 감정은 즉각적인 저항이 되지 못하고, 억눌린 수긍의 태도로 표출될 뿐이다.

그러나 이들이 끝내 순응만 하는 존재는 아니다. 소설은 후반부에서 그 침묵의 균열을 암시한다. 야학당에 모인 농민들, 짚단을 들고 나선 사람들, '차압 취소'와 '소작료 면제'를 외치는 행렬은 하나의 전환점을 예고한다. 그것은 아직 조직화된 저항도, 이념화된 운동도 아니지만, 기존 질서에 대한 문제 제기의 시작이었다.

저항은 어떻게 시작되는가

「사하촌」에서 야학당에 모여 서로의 고통을 공유하고, 빈 짚단을 손에 쥔 채 보광사로 향하는 농민들의 행렬은, 단순한 항의가 아니라 스스로 정치적 주체로 각성하려는 움직임이었다. 이때부터 농민들은 무기력한 순응의 태도에서 벗어나, 자신들의 목소리를 갖기 시작한다.

이는 포퓰리즘적 성격을 지닌 저항의 서막이었다. 포퓰리즘은 흔히 '인기영합주의'로 오해되지만, 본래는 제도권에서 소외된 다수 민중이 정치적 목소리를 내며 기득권 체제에 균열을 내기 위한 움직임을 뜻한다. 특히 민주주의가 온전히 자리 잡지 못한 사회에서, 소외된 이들이 정치적 단결을 통해 불합리한 질서에 저항할 때, 포퓰리즘은 강력한 연대의 언어가 된다. 「사하촌」의 농민들 역시 지식인이나 지도자의 개입 없이, 사상이나 이념의 구호 없이 스스로 현실을 인식하며 움직인다. 야학당은 그들의 감각과 고통이 집단적인 자각으로 바뀌는 공간이었다.

이러한 흐름은 안토니오 그람시가 말한 저항 헤게모니 개념으로도 설명된다. 그람시는 지배 질서가 문화·종교·교육 같은 '일상적 질서'를 통해 피지배자의 동의를 이끌어 내는 헤게모니로 작동한다고 보았다. 보광사 역시 땅을 빼앗고 소작을 강요했을 뿐 아니라, 불공과 기우제를 통해 정신적으로 농민들을 포섭했다. 시주를 '복덕'으로 포장한 그들은 농민들을 조용히 순응하도록 길들였고, 고통은 신의 뜻이나 업보로 설명되었고, 저항은 죄악시되었다.

그러나 농민들은 그 억압이 더 이상 '자연스러운' 것이 아님을 깨닫는다. 절에 대한 맹목적 믿음이 흔들리고, 시주는 복이 아니라 수탈이

최소한의 문학

라는 자각이 퍼진다. 이때부터 농민들은 기존 헤게모니에 균열을 내기 시작한다. 이들의 저항은 거창한 혁명도, 급진 사상의 실천도 아니다. 이름 없는 이들이 고통을 나누고 현실을 질문하며, 더 이상 참지 않기로 결심한 것이다. 그람시가 말한 저항 헤게모니란 바로 이런 작은 자각에서 시작된다. 지배자의 질서를 내면화하지 않고, 자신만의 삶의 방식을 새롭게 구성하려는 시도 말이다.

「사하촌」은 경제적 지배와 정신적 억압을 동시에 드러낸 리얼리즘 소설이면서, 민중이 새로운 정치적 주체로 발돋움하는 순간을 섬세하게 포착한 작품이다. 빈 짚단은 무기보다 약하지만, 그 안에는 '이제는 참지 않겠다'는 결연한 의지가 담겨 있다. 제도적으로 아무 힘도 없는 존재였지만, 저항하기 시작한 순간 그들은 이미 새로운 질서를 예고하고 있었다.

이러한 민중의 자발적인 연대와 발언은 단순한 분노의 표출이 아니다. 그것은 불합리한 질서에 균열을 내고, 새로운 사회적 상상력을 형성하는 출발점이다. 그런 점에서 「사하촌」이 보여주는 포퓰리즘은, 부정적으로 소비되는 '인기영합주의'와는 전혀 다른 결을 지닌다.

포퓰리즘의 한계를 넘어서서

일반적인 생각과 달리 포퓰리즘은 역사적으로 그 역할을 해왔다. 거시적으로 보면 프랑스 대혁명이나 근현대사에서 종종 목격했던 학생운동, 시민운동도 포퓰리즘의 한 형태라고 할 수 있다. 광화문 광장에 시민들이 모여 집회와 시위를 하는 것도 일종의 포퓰리즘이라고 할 수 있다.

그것은 기존의 체계를 뒤흔들기도 하고, 새로운 역사를 쓰기도 했다.

하지만 포퓰리즘은 명확한 한계를 지니고 있다. 우선 체계적이지 못하다. 일제 강점기 소작쟁의는 독립 운동적인 성격으로 발전하기도 했지만 대체적으로 산발적 저항에 멈춘 경우가 많았다. 포퓰리즘이 일시적으로 민중의 요구를 반영할 수는 있어도 지속적으로 사회를 유지해 가는 시스템을 갖추기에는 부족하기 때문이다. 또한 처음에는 동일한 목적을 위해 민중이 결속하지만 목적이 어느 정도 달성되는 순간 시민들의 연대는 소멸할 수 있다. 따라서 포퓰리즘이 의미를 가지려면 이후에 반드시 일정한 시스템을 갖춘 제도적 차원의 민주주의 형태로 나아가야 한다. 동시에 이 말은 민주주의가 위기에 처할 때 포퓰리즘이 언제든지 다시 나타날 수 있음을 의미하기도 한다. 민의가 지나치게 억압당할 때 민중은 다시 견고한 결속력을 발휘하기 때문이다.

포퓰리즘이 자주 나타나는 것은 사회 전체적으로 보면 결코 긍정적인 현상이 아니다. 게다가 최근의 포퓰리즘은 과거처럼 단순한 '선의의 민중 연대'로만 작동하지 않는다. 오히려 SNS와 유튜브, 정치 커뮤니티 등 디지털 플랫폼을 매개로 검증되지 않은 사실들이 여론을 자극하면서, 선동과 혐오의 정서가 결합된 이른바 '디지털 포퓰리즘'이 등장하고 있다. 정보 과잉 사회에서 대중의 불안과 혐오를 자극하는 방향으로 포퓰리즘이 변질되어 나타나는 것이다.

결국 문제는 포퓰리즘 그 자체가 아니라, 포퓰리즘이 끊임없이 호출되는 사회적 불균형이다. 「사하촌」의 민중처럼, 억압된 목소리는 언제든 다시 들려올 것이며, 우리는 그 외침이 정의로운 연대인지 감정적 선동인지 끊임없이 질문해야 한다.

최소한의 문학

소외란
무엇인가

이태준, 「복덕방」(1937)

근대 사회에서의 '소외'

어느 날 잠에서 깨어나 보니 자신이 끔찍한 벌레로 변해 있다면 어떤 생각이 들까? 또, 벌레가 된 후에 사랑하던 가족들마저 자신을 부끄럽게 생각하고 급기야는 자신을 향해 폭력을 휘두른다면 어떤 느낌이 들까? 프란츠 카프카Franz Kafka의 소설 「변신」이 우리에게 던지는 오랜 질문이다. 소설 속에서 샐러리맨 '그레고르 잠자'는 어느 날 갑자기 더 이상 일할 수 없는 끔찍한 벌레로 변한다. 그러자 그의 가족들은 그를 위로하고 걱정하기보다 집 밖으로 내칠 궁리만 한다. '잠자'는 그 누구도 자신을 공감해 주지 않는다는 사실에 감당할 수 없는 '소외'를 경험한다.

'소외'는 원래 독일 관념론자 헤겔Georg W. F. Hegel이 자신의 저서

《정신현상학》에서 사용한 개념으로 '정신의 소외'를 가리키는 말이었다. 인간이 자신을 둘러싼 세계와 대립하고, 타자와 충돌하는 과정과 그에 따른 고립된 정서를 그는 소외라고 보았다. 이후 마르크스가 이른바 '노동으로부터의 소외' 개념을 이론화하였으며, 하이데거Martin Heidegger, 사르트르Jean Paul Sartre 같은 철학자에 의해 그 의미가 심화되었고, 사회심리학자인 에리히 프롬Erich Fromm 등에 의해 확장되었다. 특히 프롬은 소외를 인간의 온갖 정신병리적인 증상과 연결하면서 소외란 인간이 자기 자신을 '타자(사물)'로 느끼는 현상이라고 보았다.

소외의 정서가 심각해진 것은 인류 전체 역사 속에서 그리 오랜 일은 아니다. 프롬에 의하면 현대인에 비하면 중세인은 소외를 그다지 느끼지 않았다고 한다. 신이 지배하던 중세는 모든 것을 신이 결정지었다. 미성숙하고 정신적으로 의지할 데가 없었던 이들은 오히려 통제된 사회 속에서 정신적 안정과 삶의 의미를 얻을 수 있었다. 요즘에도 정신적으로 나약한 이들이 미신에 빠지는 것을 보면 이러한 현상은 어렵지 않게 이해할 수 있다. 이렇게 보면 근대 이후 인간에게 주어진 '자유'는 한편으로는 자율성을, 다른 한편으로는 불안과 초조를 가져다주었다고 할 수 있다. 그리고 이 사이에 '소외'의 감정이 발생한 것이다. 결국 소외란 근대 이후에 본격적으로 사회 문제로 나타나게 된다.

흥미롭게도 이런 주제는 일제 강점기 우리 소설에도 등장한다. 초기 자본주의를 경험하던 1930년대, 식민지 조선에서는 소외로 고통을 겪는 인물이 이미 나타나고 있었다. 바로 이태준「복덕방」의 주인공인 안 초시다.

최소한의 문학

　추석을 며칠 앞둔 어느 날, 안 초시는 앞집에서 흘러나오는 뜨물 소리에 귀를 기울인다. 연이어 퍼지는 녹두 빈자떡(빈대떡) 냄새에 침이 고이지만, 안 초시는 술 한 잔 마실 수 없는 처지다. 헛헛한 허기를 달래며, 그는 자신의 궁핍한 삶을 곱씹는다.

　예전엔 장사도 하고 집도 있었다. 하지만 지금은 복덕방에 기웃거리며 딸에게 담뱃값을 꾸는 신세다. 언젠가는 다시 돈을 벌어 예전의 기개를 되찾겠다고 꿈꾸지만, 주머니에는 고작 십전짜리 하나뿐이다.

　복덕방에는 서 참의, 박 영감, 그리고 안 초시, 이 셋이 모여 수다를 떨고 시절을 한탄하며 시간을 보낸다. 서 참의는 예전에는 군인이었지만 지금은 복덕방을 운영하며 제법 넉넉하게 지낸다. 그런 서 참의를 안 초시는 은근히 부러워하면서도 그에게 멸시받지 않으려 애쓴다. 하지만 무용가가 된 딸 안경화를 얕잡아 보는 서 참의의 말에 분노해 한동안 복덕방에 발길을 끊었다.

　안 초시는 딸에게 돈을 받아 썼다. 하지만 그의 딸 경화는 돈을 넉넉히 준 적이 없다. 안경을 고치게 일 원만 달라고 하면, 그 절반인 오십 전만 주는 식이었다.

　"안경은 왜 안 고치셨어요?"

"흥……."

초시는 말은 하지 않았다. 딸은 며칠 뒤에 또 오십 전을 주며 말한다.

"아버지 보험료만 해도 한 달에 삼 원 팔십 전씩 나가요. 다 아버지 위해 들어뒀어요."

이 말을 들은 안 초시는 자신을 그저 '죽어야만 돈이 되는 존재'처럼 느낄 뿐이었다. 그는 '정말 날 위하는 거면 살아서 한 푼이라도 다오'라고 속으로만 중얼거렸다.

안 초시는 늙어가는 것이 원통했다. 어떻게 해서든 더 늙기 전에 돈 만 원이라도 붙들어 가지고 다시 한 번 이 세상과 교섭해 보고 싶었다. 지금 이 꼴로서야 문화 주택이 들어서고 자동차, 비행기가 파리 떼처럼 퍼진다고 해도 자신과는 전혀 상관없는 일이라고 생각했다.

그러던 중 박 영감이 황해도 연안에 항만이 들어선다는 '비밀 정보'를 흘리자, 안 초시는 마지막 희망을 걸고 투자하려 한다. 그는 딸에게 사정해 삼천 원을 마련하지만, 그 돈은 딸의 애인 손에 들어가고 만다. 안 초시는 불만을 삼키며 그래도 수익이 생기면 뭐라도 얻겠지 하고 기대한다.

그러나 1년 뒤, 그 땅은 개발되지 않았다. 모두 거짓 정보였고, 안 초시는 전 재산을 잃는다. 서너 끼를 굶고, 안경다리 하나도 고치지 못한 채 그는 무력감에 빠졌다.

추석날, 구름이 옥양목처럼 하얗게 떠 있는 하늘 아래서, 안 초시는 때 묻은 소매로 눈물을 훔친다. 안 초시는 끝내 독극물을 마시고 스스로 생을 마감했다.

장례식은 무용가인 딸의 연구소에서 치러졌다. 사람들은 안 초시를 애도하기보다, 유명한 무용가인 안경화를 보기 위해 모인 듯했다. 서 참의는 장례식에서 "자네 참 호사야. 잘 죽었네그려"라며 빈정거렸다. 박 영감은 울음을 터뜨렸지만, 아무 말도 하지 못했다.

복덕방, 유령들이 모이는 소외의 주소지

「복덕방」에서 가장 자주 등장하는 장소는 제목 그대로 '복덕방'이다. 추운 겨울이면 군불이 지펴지고, 안 초시를 비롯해 서 참의, 박 영감 같은 노인들이 드나들며 시국을 한탄하고 지나간 이야기를 되풀이하는 공간이 복덕방이다. 이들은 모두 과거에 일정한 지위를 누렸던 인물들이다. 그러나 지금은 뚜렷한 직업도, 소득도 없는 상태다. 복덕방은 단지 비가림이 되는 쉼터가 아니다. 이곳은 철저히 과거의 시간이 머물러 있는 공간, 즉 변화하는 자본주의 현실과 단절된 근대적 소외의 장소다.

복덕방은 본래 부동산 중개소를 뜻하지만, 작품 속 복덕방은 요즘 한 건의 거래도 제대로 성사되지 않는다. 공간은 남아 있되, 기능은 멈춘 상태다. 그러므로 복덕방은 더 이상 재산을 증식하지 못하며, 생산 활동도 일어나지 않는다. 이곳을 찾는 이들도 그저 과거를 회고하거나, '정보'라는 이름의 뜬소문을 나누며 허망한 희망을 품을 뿐이다. 이는 자본주의 사회가 요구하는 생산성과 효율성의 관점에서 볼 때 철저히 비생산적 공간이다. 복덕방은 현실에서 밀려난 자들의 '유령적 거처'가 된 셈이다.

특히 이곳에 모인 인물들은 공통적으로 현재와 단절되어 있다. 서 참의는 한때 군인이었지만 지금은 애매한 부동산 정보를 유통하는 것으로 생활을 유지하고, 박 영감은 허세 섞인 말로 기억의 파편을 떠올린다. 이들은 현실의 변화를 능동적으로 받아들이지 못하며, 과거의 자존심에 기대어 존재감을 유지하려 한다. 안 초시 역시 복덕방을 떠난다 해도 딸에게 의존하는 삶밖에 남지 않았기에, 다시 이곳으로 돌아올 수밖에 없다.

흥미로운 것은 이 복덕방에서 나누는 대화의 내용이다. 이들이 나누는 이야기에는 실질적 해결책이나 생산적 계획이 없다. 대개는 현실을 피하고, 과거를 재구성하며, 허망한 투자 정보를 공유하는 것으로 그친다. 이는 이들이 처한 공간이 물리적 고립의 장소일 뿐 아니라, 사고와 상상의 범위마저 제한받는 정신적 감옥임을 시사한다. 복덕방이라는 공간이 소외된 자들을 가둬두는, 일종의 소외의 주소지로 기능하고 있는 것이다.

또한 복덕방은 시대의 변화에 적응하지 못한 자들이 마지막으로 붙잡는 환상의 무대이기도 하다. 그들은 여전히 '한탕'을 꿈꾸며 복권 같은 부동산 정보를 좇지만, 결국 그것은 현실이 아닌 허상에 가깝다. 복덕방이 지닌 폐쇄성은, 공간 자체가 시대적 변화로부터 '단절'되어 있

최소한의 문학

음을 드러낸다. 과거의 영광을 안은 채, 현실과는 점점 멀어지는 복덕방의 내부는 유령처럼 떠도는 존재들의 회색 지대다.

결국 복덕방은 그저 노인들이 쉬어 가는 장소가 아니다. 그것은 근대 자본주의가 수용하지 못한 인물들, 즉 소외된 존재들이 모여 현실로부터 더 멀어지는 공간이다. 작품 속 복덕방은 현실을 전복하거나 돌파하려는 공간이 아니라, 점점 더 무기력과 고립, 환상과 패배감이 깊어지는 공간이다. 그러므로 복덕방은 그 자체로 소외를 심화시키는 공간, 곧 근대 사회에서의 소외가 구조화된 주소지라고 할 수 있다.

안 초시, 자본과 효율에서 버림받다

소설 속에서 안 초시는 극도로 소외감을 느끼고 있다. 세상은 갑자기 문화주택도 들어서고, 자동차, 비행기 같은 도시 문명이 자리를 잡아가고 있는데 자신은 계속해서 늙어만 가고 있어 세상과 단절된 듯한 느낌을 받는다. 심지어 그는 자신이 죽어 있는 '송장'과 같다고 말한다. 소외가 기본적으로 자신을 타인이나 물건으로 느끼는 정서라고 할 때 안 초시는 지독하게 소외를 경험한다고 할 수 있다. 카프카의 「변신」에서 '그레고르'가 어느 날 벌레로 변해버린 것처럼, 안 초시 역시 자신을 송장이라고 느끼며 소외감에 빠져든 것이다.

그렇다면 소외를 경험하는 까닭은 무엇인가. 그것은 안 초시의 말대로 '돈 만 원도 붙들' 능력이 없기 때문이다. 근대 자본주의 사회가 되면서 '자본'은 인간의 삶의 질을 가늠하는 중요한 도구가 되었고, 따라서 자본을 소유하지 못했거나, 자본을 생산할 수 없는 이들은 지독한 분리와 소외를 경험할 수밖에 없었다. 인간이 인간이라는 존재 자체만으로 그 의미와 가치를 인정받을 수 없게 된 것이다. 따라서 자본주의 사회에서 인간이 자신의 존재를 인정받고 소외를 극복하기 위해서는 무엇보다도 '자본'을 추구할 수밖에 없었다. 「복덕방」의 안 초시도 이런 분위기 속에서 어떻게든 '돈'을 구해 다시 '돈'을 불리고 그 후에 '세상과 소통'하고자 했다. 하지만 안 초시의 계획은 수포로 돌아가고 급기야 그는 자살하기에 이른다.

여기에 늙는다는 것도 안 초시의 소외를 부추긴다. 근대 이전까지 늙는다는 것은 동서양을 떠나 부정적인 의미는 아니었다. 그것은 죽음을 대하는 태도와 비슷하게 긍정적인 면도 더러 있었다. 종교가 지배하던 유럽에서 죽음과 늙음은 신에게로 나아가는 과정이었고, 동양에서 나이가 든다는 것은 그만큼 주위의 존경을 받고 배려를 받는다는 의미였다. 유교 가치인 효를 실천하는 대상이 곧, 나이 든 사람이었다. 그러나 효율과 합리를 앞세운 근대에서 '늙는다는 것'은 그만큼 효율이 떨어지고 가치가 줄어듦을 의미한다. 작품에서 안 초시는 그의 딸 경화로부터 보험 대상으로 전락하는데, 그의 말대로 '죽어야만 돈이 되는 존재', 곧 사라져야 할 대상으로 전락한다. 근대 자본주의 사회에서 자본이 가장 가치 있는 것이라면, 안 초시처럼 늙은이는 사라져야만 가치가 생기는 역설에 놓이는 것이다.

이밖에도 늙음은 자기 의지로 신체를 통제할 수 없다는 점에서 또 다른 형식의 소외를 경험한다. 말을 듣지 않는 신체는 곧 노인의 정신을 소외시키는 또 다른 정서적 위협인 셈이다. 소설 첫 시작에 이가 아

최소한의 문학

파 녹두전도 못 먹는 처지가 되어버린 안 초시의 모습은 병든 몸이 정신을 소외시키는 사례의 하나다.

소외를 극복하기 위한 연대

안 초시의 불행은 개인적인 것일 수도 있다. 사회 문제가 아니라 개인의 능력이 모자라 소외당했다고 볼 수 있는 것이다. 그러나 모든 현대인들이 개인의 무능력과 게으름, 혹은 운이 없는 까닭에 소외를 경험할까? 그것은 아닐 것이다. 우선, 마르크스의 소외 개념처럼 현대인은 자신이 애써 일한 노동의 결과를 스스로 누리지 못하고, 정당한 대가도 받지 못하는 상황에서 소외를 경험한다. 또한 기계의 부속품처럼 노동의 전체 과정으로부터도 소외당한다. 그뿐만 아니다. 사람들이 서로가 서로를 '연봉'과 같은 자본의 환산 단위로 평가하는 탓에 소외는 더욱 깊어진다. 인간의 가치가 수량으로 표현되면 될수록 소외는 갈수록 심해질 수 있다.

게다가 안 초시의 불행은 현재 한국의 독거노인 문제와 유사한 지점을 가진다. OECD 국가 중 독거노인의 비율이 가장 높은 것은 어제오늘의 이야기가 아니다. 상당수 노인들은 신체적인 고통과 경제적인 곤란, 정서적 고독과 같은 다층적인 소외를 경험하고 있다. 디지털 및 인공지능 시대에 꿔다놓은 보릿자루처럼 기술을 사용하지 못하는 것도 소외를 부추기는 또 다른 측면이다.

소외는 사회 구조적으로 해결해야 할 문제다. 그 실천 방안은 아마도 정치·경제적인 측면에서 접근해야 할 것으로 보인다. 무엇보다 소외의 극복은 가치의 회복에 있다. 자본주의 체제에서 살아가야 한다면, 노동의 정당한 가치를 인정받아야 한다. 성별과 지위, 연령에 관계없이 노동에 참여할 기회가 보장되고, 그에 대한 공정한 분배가 이루어지면 자본주의 체제에서도 소외를 줄여갈 수 있다. 활발한 정치 참여도 가치 회복에 도움이 된다. 자신이 속한 공동체에 의미 있는 결정에 참여함으로써 자신이 가치 있는 존재임을 느끼도록 하는 것이다.

「복덕방」의 안 초시는 결국 '소외' 속에서 죽음을 맞이했다. 그러나 우리 사회의 또 다른 안 초시들을 구해내기 위해선, 각자가 공동체를 다시 삶의 중심으로 불러와야 한다. 인간은 혼자가 아닌, 함께 살아갈 때 존엄을 되찾는다.

공허한 이상과
실천 없는 현실

채만식, 「치숙」(1938)

사회주의, 이상과 현실 사이의 간극

요즘 뉴스나 유튜브를 보다 보면 종종 '사회주의'라는 단어를 마주치게 된다. 기본소득이나 무상의료, 공공주택 확대처럼 복지와 분배를 강조하는 정책에 대해 '사회주의적 발상'이라고 비판하거나, 노동권과 사회적 연대를 언급하면 '좌파' 혹은 '사회주의 성향'이라고 낙인을 찍는 식이다. 이런 맥락에서 사회주의는 많은 이들에게 여전히 낯설고 때로는 경계해야 할 이념처럼 느껴진다.

하지만 원래 사회주의는 사적 이익보다 공동체의 이익을 우선시하고, 경쟁보다 협력과 연대를 중시하는 사상이다. 복지를 우선시하는 북유럽 국가들은 이른바 사회민주주의를 표방하면서 노동자와 서민의 권

1부·식민지 조선, 꿈틀거리는 근대

리를 보호하며, 합리적 수준에서 부의 재분배를 추구하기도 한다. 이처럼 사회주의는 평등을 지향하는 정치·경제적 이념이다. 특히 삶의 기반이 무너지고 공동체 질서가 파괴된 시기에는, 이런 이념이 더 강한 현실적 호소력을 지니게 된다.

그렇다면 한국 근현대사 속에서 사회주의는 어떤 의미로 존재했을까? 일단 사회주의는 일제 강점기에 등장하기 시작했다. 조선의 청년들과 지식인들은 억압적이고 불평등한 사회 구조를 타파하고 새로운 세상을 만들기 위한 대안으로서 사회주의를 받아들였다. 그것은 단지 사상이 아니라, 민족의 독립과 인간다운 삶에 대한 열망이 담긴 이상이었다. 그런 까닭에 적지 않은 지식인들이 사회주의를 따랐고 저항을 실천하기도 했다. 그러나 현실 사회주의가 역사 속에서 전체주의나 독재 체제로 변형되었듯 사회주의는 분명한 한계를 드러내고 있었다.

채만식의 단편소설 「치숙」은 바로 이 시기 사회주의의 의미와 한계를 날카롭게 포착한 작품이다. 작품 속 주인공은 사회주의를 신념처럼 말하지만, 정작 현실에서는 무기력하게 아무것도 하지 않은 채 누워 지내는 인물이다. 그는 아무런 생산 활동도 하지 않으며, 오히려 가족에게 짐이 되고 만다. 「치숙」은 사회주의라는 이상이 당대 조선에서 어떻게 해석되고 소비되었는지를 보여주는 동시에, 그 이념이 개인의 나약함과 만나면서 어떻게 무기력하게 변질될 수 있는지를 드러낸다.

우리 아저씨 말이죠? 그놈의 것, 사회주의라더냐 막걸리라더냐, 그걸 하다 징역 살고 나와 폐병을 앓고 있는 오촌 고모부 그 양반. 대학교 공부까지 해놓고 아무 데도 써먹지도 못하는 사람이죠. 그래도 아주머니가 어질고 얌전해서 삯바느질에, 남의 집 빨래, 화장품 장사까지 해서 겨우겨우 목구멍에 풀칠을 하지요.

우리 아주머니가 불쌍해요. 열여섯에 시집을 왔는데 그때 우리 아저씨가 공부한답시고 서울로, 동경으로 돌아다니다 그만 징역살이를 했거든요. 아주머니는 일본인 집에서 식모로 일하며 방 한 칸을 장만해 놓고 그 알량꼴량한 서방님이 풀려나자 그리로 모셔갔어요.

아주머니는 폐병환자가 된 아저씨를 간호해서 살려놨죠. 그런데도 아저씨는 정신을 못 차리고 뒹굴거리고만 있었어요. 나는 아저씨가 믿는 사회주의가 게으름뱅이가 놀고먹을 궁리를 하는 불한당 같은 심보라고 생각해요.

내 이상과 계획은 이래요. 우리 집 다이쇼가 날 믿으니까 한 십 년만 더 있으면 따로 장사를 시켜줄 눈치거든요. 그것을 발판 삼아 조선 부자가 될 생각이에요. 그리고 내지인 여자와 결혼할 거예요. 이름도 바꾸고 옷도, 집도, 밥도 모두 바꿀 거예요. 조선말

은 걷어치우고 국어만 쓸 거고요. 그런데 글쎄 미친놈들이 사회
주의를 한다니 소름이 끼쳐요.

우리 아저씨 그 양반도 여간 나쁜 게 아녜요. 그날도 한번 혼을
단단히 내줬죠. 그날 아저씨 집에서 잡지를 뒤적이는데 아저씨
가 쓴 경제에 대한 글이 있길래 물었어요.

"아저씨. 아저씨가 대학에서 공부했다는 경제는 부자 되는 거
아니요? 그런데 아저씨가 믿는 사회주의는 부자에게 돈 뺏는 거
아니요? 아무래도 아저씨는 대학을 잘못 다녔소"

나는 아저씨를 걱정해서 이제부터는 마음을 달리 먹으라고 권
했죠. 그랬더니 나더러 딱한 사람 어쩌구 하면서 일본인 여자와
결혼해서 살려는 나한테 남의 비위나 맞추며 산다고 비난하지
뭐예요.

"비위 맞추는 게 어때서요? 그래야 믿음을 얻죠. 지금 세상이
어떤 세상인데. 이웃 내지인하고 잘 지내야죠. 어쩜 세상 물정을
나보다 모를까? 거시기, 사회주의인가, 그 짓은 계속 하실려우?
인젠 그만두시우. 집안일 할 나이두 아니요? 아주머니가 고맙잖
습디까?"

"고맙지. 불쌍한 사람이고. 뭐 그래도 고생을 낙으로 사는 사람
도 있다. 너의 아주머니만 두고 봐도 고생이 고생이면서 고생이
아니고 고생하는 게 낙인 거지."

"그렇다고 그걸 다행히만 여기는 거요? 병이 나았으면 고마운

최소한의 문학

걸 갚아야죠?"

"바빠서 원……."

글쎄 이 사람 한다는 소리 좀 봐요. 시치미 뚝 떼고 누워서 바
쁘다니. 손톱만큼 쓸모도 없고 남한테 폐만 끼치고 세상에 해독
만 끼치는 이런 사람은 하루바삐 죽어야 해요. 죽어야 하고, 죽는
게 마땅해요. 그런데 글쎄 죽지를 않고 도로 살아나니, 내 원 참.

식민지 지식인의 이념 수용, 저항인가 도피인가

「치숙」은 1인칭 서술자가 독자들을 향해 자신의 오촌 고모부를 비판하
는 형식으로 쓰여 있다. 오촌 고모부가 대학을 나오고도 아무런 일도 하
지 않은 채, 고모를 무시하며 살아가는 모습을 비판하고 있는 것이다.
〈짧게 읽기〉에는 등장하지 않지만 아저씨는 열여섯에 시집온 아내를 내
치고 학생 출신 여자를 얻어 살기까지 했다. 치숙은 분명히 조카에게 도
덕적으로 비난받을 만한 일을 했다.

그런데 조카가 고모부를 비꼬는 말투에는 납득하기 어려운 표현들
이 등장한다. 일본인 다이쇼의 인정을 받아 조선의 부자가 되는 게 인
생의 목표라는 것, 일본인 여자와 결혼하고 이름도 바꾸고 옷도, 집도,
밥도 모두 바꾸고, 일본어만 쓰겠다는 것을 보면 마치 일제의 민족말
살정책을 능동적으로 받아들이는 인물로 보인다. '나'는 식민지 권력
에 철저히 길든 인물로 부정적인 서술자인 셈이다. 대체로 소설에서

1인칭 서술자는 객관적이거나 아니면 긍정적인 역할을 하는데 「치숙」에서 '나'는 부정적인 인물로, 그 자체를 작가가 풍자의 대상으로 삼고 있다.

'나'에게 식민지 조선의 현실과 일본 제국주의는 극복해야 할 대상이 아니다. 오히려 그는 식민 권력에 순응하고 그 질서 안에서 개인의 이익을 극대화하려는 방식으로 세상을 바라본다. '나'는 자본주의가 지닌 가장 윤리적인 취약점, 즉 물질적인 가치를 우선시하는 경향을 단적으로 보여주면서 공동체적인 가치와 윤리를 외면하고 있다. 철저히 기존 체제의 하수인으로 전락한 것이다.

그렇다면 '나'가 비판하는 '치숙'은 어떻게 평가해야 하는가? 그는 일본 유학을 다녀와서 사회주의 운동을 하다가 투옥되어 5년간 옥살이를 했던 인물이다. 그는 조카와 달리 일제 강점기에 체제 저항적인 활동을 하며 자기 나름의 윤리적인 가치를 실현하고자 노력한 인물로 해석된다. 작가는 치숙을 통해 사회주의 이념이 식민지 자본주의와 일제에 순응하고자 하는 세력에 대한 비판적인 균형추 역할을 수행했음을 제시하고자 한 것이다.

실제 1920~1930년대 식민지 조선에서는 많은 지식인들이 사회주의 이념을 저항 이데올로기로서 받아들였다. 러시아 혁명이 성공하고 사회주의가 전 세계적으로 확산되던 시기 식민지 조선에서도 1925년 조선공산당이라는 사회주의 단체가 만들어졌다. 이들은 공산당 지도 아래에 노동자와 농민이 결합해 일본 제국의 통치를 변혁하고 사회주의 체제를 만드는 것을 목적으로 하고 있었다. 문학에서도 카프(KAPF)라는 사회주의 문학 단체가 만들어지는 등 계급투쟁을 통해 사

최소한의 문학

회주의 체제와 민족 해방을 동시에 이루려는 지식인 집단이 각 분야에서 형성되었다. 물론 사회주의가 민족보다 경제적인 갈등을 더 중요하게 여긴 까닭에 민족주의자들과 갈등도 많았고 사회주의자와 민족주의자들이 일제에 공동으로 맞서려던 신간회*도 얼마 못 가서 해체된 적도 있었다.

치숙의 위선 : 이념의 이름으로 회피된 책임

그렇다면 '치숙'은 일제 강점기에 맞선 정의로운 인물일까? 그렇다고 보기에 그는 뚜렷한 한계를 지닌 인물이다. 우선 그가 소외 계층의 대변자라고 하기에는, 당시 가장 소외된 자기 아내를 돌보지 않았다는 점이 문제다. 그는 열여섯에 시집온 아내를 배우지 못한 여자 취급을 하며 내친다. 당시 고등 교육을 받지 못한 노동자, 농민을 위한다는 사회주의 이념을 실천하겠다는 사람이 정작 자기 아내를 존중하지 않았다면, 그것만큼 위선적인 일은 없을 것이다. 원치 않던 결혼이었다고 하더라도 상대에 대한 경제적인 배려가 전혀 없는 것은 여전히 문제다.

또한 이후에 아내에게 기대어 살면서 실천적인 노동을 하지 않는 점도 모순적이다. 사회주의에서 가장 숭고하게 여기는 가치는 노동이

---

* 신간회: 일제강점기인 1927년 2월 민족주의 세력과 사회주의 세력이 연합해 결성한 최대의 항일 민족 운동 단체다. 광주 학생독립 운동, 원산 노동총파업과 같은 학생·노동운동을 지원하고 민중대회 운동, 야학 운동 등을 주도했으나, 1931년 자체적으로 해소함으로 활동이 끝났다. 이후 재창단하려던 계획도 일제의 방해로 이루지 못했다.

1부·식민지 조선, 꿈틀거리는 근대

다. 스스로는 노동하지 않으면서 노동자, 농민을 위한다는 것은 억측에 가깝다. "왜 일하지 않느냐, 고마운 아내에게 갚아야 하지 않느냐"는 조카의 추궁에 "바빠서 원……"이라고 답하는 치숙은 실천적이고 행동하는 지식인이 아니라 현실과 유리된 채 살아가는 창백한 지식인이었다.

「치숙」의 주인공은 사회주의 이념을 말로는 고결하게 포장하지만, 실천은 철저히 외면한다. 그에게 사회주의는 이상을 실현하는 도구가 아니라 현실 회피의 변명으로 기능한다. 노동하지 않고 누워 지내면서도, 그것을 '이념적 삶'으로 합리화하는 태도는 사회주의가 가진 본래 취지를 왜곡하는 것이다. 작가는 이러한 인물의 무기력과 자기기만을 통해, 당대 지식인들의 이념 수용이 얼마나 공허한 것이었는지를 풍자적으로 드러낸다.

당시 지식인들은 사회주의 이념을 일종의 고급스러운 지식 상품으로 여겼을 가능성이 크다. 고등 교육을 받은 사람이라면 세계적으로 유행하는 이념 하나 정도는 갖춰야 할 것 같고, 그러다 보니 이념의 진정성보다는 겉으로 화려해 보이는 논리를 피상적으로 받아들였을 수 있다. 또한 이념을 현실에 곧바로 적용하는 것도 대단히 어려운 일이다. 특히 식민지 조선과 같은 구조적 불평등과 억압 속에서는 이상을 실천할 수 있는 사회적 기반이나 자유가 보장되어 있지 않았다. 민족적 억압이 존재하는 시절, 노동의 가치와 평등을 내세운다 한들 식민지 권력에 의해 조롱받고 탄압받을 것은 불 보듯 뻔한 일이었다.

마지막으로 치숙은 사회주의를 자기합리화의 도구로 여겼을 가능성이 높다. 그는 이념을 현실로 실천하기보다 이념을 통해 자신의 무책임과 무기력을 정당화하고자 했다. 노동하지 않고, 책임지지 않으며, 가족에게조차 피해를 주는 삶을 '고결한 이념' 뒤에 숨기는 것이다. 한 마디로 도덕적 자기기만에 빠져 있던 것이다.

이념의 올바른 실천은 무엇인가?

채만식의 「치숙」은 단순히 한 인간의 무기력이나 도덕적 실패를 비판하는 데 그치지 않는다. 이 소설은 사회주의 이념을 제대로 실천하지 못한 지식인의 자기기만을 고발하는 동시에, 식민지 자본주의 체제에 무비판적으로 순응하며 살아가는 또 다른 인간형인 조카의 내면까지도 예리하게 비판한다. 두 인물은 서로 다른 방식으로 타락한 사회적 존재이며, 결국 이념의 실천을 외면한 동일한 시대의 산물이다.

한쪽은 고결한 이상만을 외치며 현실을 외면하고, 다른 한쪽은 현실에 철저히 순응한 채 이상을 꿈꾸지 않는다. 이러한 이중적 타락은 일제 강점기 조선 사회가 처한 근본적인 딜레마를 고스란히 보여준다. 억압된 현실 속에서 고상한 이념은 무기력하게 변질되었고, 실용주의적 현실 감각은 민족성과 윤리를 외면하게 만들었다. 채만식은 이러한 양극단 모두를 비판하면서, 특정 이념이나 계층에 국한되지 않는, 이념을 실천하지 못한 시대 전체의 무책임함과 그 시대를 살아간 지식인의 도덕적 책임을 묻고 있다.

이러한 문제의식은 오늘날에도 여전히 유효하다. 사회적 약자에 대한 연대, 노동의 존엄, 기후 정의, 교육의 평등 같은 가치를 누구나 말로는 지지한다. 그러나 정작 현실에서는, 개인의 안위와 이익을 지키는 데에만 몰두하며 그 가치를 실천하지 않는 모습도 흔하다. 인터넷과 소셜미디어를 통해 누구나 손쉽게 '정의'를 외칠 수 있는 시대지만, 그 발언이 실제 행동으로 이어지는 경우는 얼마나 될까? 「치숙」 속 주인공처럼, 말은 고결하지만 삶은 무책임한 이들은 지금 이 순간에도 존재한다.

결국 「치숙」은 사회주의에 대한 단순한 풍자도, 식민 권력에 대한 순응만을 문제 삼는 소설도 아니다. 이 작품은 당대 조선의 모순된 현실과 인간의 윤리적 무책임을 비판하며, 이상과 실천 사이의 간극, 이념과 현실의 충돌, 그리고 지식인의 역할에 대해 날카로운 질문을 던진다. 이 질문은 오늘날에도 여전히 우리 앞에 유효하게 남아 있다. 이념은 말로 존재하는 것이 아니라, 그것을 살아내는 실천 속에서만 진정한 의미를 갖는다.

2부

운명, 전쟁, 이념의 굴레

전쟁은 인간의 가장 깊은 믿음을 시험한다. 삶의 의미, 자유의지, 사랑, 정의 같은 단어들은 전쟁터의 포성 앞에서 너무도 쉽게 무너진다. 해방 이후 한국문학은 전쟁과 이념의 혼돈 속에서 인간 존재를 새롭게 묻기 시작했다. 2부에 담긴 여섯 편의 작품은 그 물음의 언어다. 선택과 단절, 침묵과 고백, 탈출과 귀환이라는 갈등 속에서 문학은 개인이 감당해야 했던 시대의 굴레를 기록한다.

김동리의 「**역마**」는 운명이라는 피할 수 없는 물살 앞에서 흔들리는 한 인간의 삶을 조용히 비춘다. 주인공은 자유로운 의지로 살아가려 하지만, 이미 정해진 듯한 흐름 앞에서 벗어나지 않은 채 이를 수용하며 살아간다. 이어지는 **황순원**의 「**학**」은 전쟁으로 단절된 관계가 다시 연결되는 가능성을 조심스럽게 그린다. 폭력으로 끊긴 인연 속에서도, 문학은 인간 사이에 남은 유대를 포기하지 않는다.

오상원의 「**유예**」는 죽음을 앞둔 한 군인의 이야기로, 전쟁이 인간에게 남긴 부조리함을 적나라하게 드러낸다. 한 개인이 죽음의 의미를 묻는 마지막 순간에 내던져지는 모습을 통해 인간 존재의 의미를 작품은 묻고 있다. **하근찬**의 「**수난이대**」는 전쟁이 한 가족의 삶을 어떻게 파괴했는지 보여준다. 아버지의 신체, 아들의 상처, 두 세대의 단절된 삶은 '국가'라는 존재가 과연 누구의 편이었는지를 되묻게 만든다.

이범선의 「**오발탄**」은 전쟁 이후의 시대, 피난민 가족들의 삶을 통해

최소한의 문학

전쟁이 끝난 뒤에도 끝나지 않는 비극을 묘사한다. 타락한 동생, 분열된 가족, 무기력한 지식인은 모두 '광기가 만든 폐허' 위에서 고통스럽게 살아가고 있다. 그리고 **최인훈의「광장」**에 이르면, 개인은 남과 북 어느 곳에도 속하지 못한 채, 이념을 넘어선 자유를 갈망한다. 주인공 이명준의 부유하는 시선은 냉전이라는 굴레 속에 놓인 한국인의 초상을 선명하게 보여준다.

이 시대의 문학은 전쟁의 참상을 단순히 고발하는 데 그치지 않는다. 오히려 그 안에서 '나는 누구인가', '내가 선택한 삶은 무엇인가'를 치열하게 성찰한다. 전쟁은 모든 것을 파괴했지만, 그 폐허 속에서 한국문학은 인간의 고통을 가장 깊이 있게 들여다보는 언어를 길어 올렸다. 운명과 이념, 전쟁과 자유. 그 거대한 힘 사이에서 흔들린 이들의 이야기 속에, 우리는 여전히 자신을 비춰볼 수 있다.

자유의지와
운명의 변증법

김동리, 「역마」(1948)

인간에게 자유의지가 있는가

우리에게 아주 잘 알려진 소포클레스Sophocles*의 그리스 비극 「오이디푸스 왕」은 인간이 자신에게 주어진 운명을 아무리 벗어나려 해도 결국 운명으로부터 벗어날 수 없다는 주제의식을 바탕으로 창작되었다.

고대 그리스의 왕국 테바이. 아버지 라이오스 왕은 아들 오이디푸스를 낳은 후 '자신을 죽이고 자신의 아내와 혼인하게 될 것'이라는 아폴론 신의 계시를 받자 그 운명을 벗어나기 위해 아들 오이디푸스를 죽

---

* 소포클레스: 아이스킬로스, 에우리피데스와 함께 고대 그리스 3대 비극 시인 중의 한 사람. 아테네 교외의 콜로노스 출생으로 29세 때 비극 경연에 나가 우승한 이래, 죽기 직전까지 123편의 작품을 썼다.

최소한의 문학

이라고 명령한다. 하지만 오이디푸스는 이웃 나라에서 왕자로 길러졌고 끝내는 아폴론 신의 예언대로 아버지를 죽이고 어머니와 혼인한다. 운명을 벗어나려고 해도 계시는 실현되었던 것이다. 우리는 흔히 인간은 자유의지를 가진 존재이며, 자신의 삶을 스스로가 책임질 수 있다고 생각하지만 그것은 오이디푸스에서 보듯이 언제나 가능한 것은 아니다.

또 다른 측면에서 접근해보자. 생물학자 리처드 도킨스Richard Dawkins는 그의 유명한 저작 《이기적 유전자》에서 인간을 포함한 모든 생물은 유전자를 전달하는 수단이나 기계에 불과하며, 따라서 유전자의 명령을 따를 수밖에 없다고 주장한다. 집단을 위해 기꺼이 목숨을 바치는 벌과 개미의 희생도 결국에는 유전자의 생존 전략으로 이해할 수 있다는 것이다. 이렇게 보면 인간의 모든 행위도 결과적으로는 본인의 의지라기보다는 조상 때부터 이어져 내려온 유전자의 명령에 의한 것이 된다. 그렇다면 인간에게는 자유의지가 없다는 말인가, 또 인간은 유전적 요인이나 환경으로부터 자유로울 수는 없는가.

운명(환경)에 따라 인간이 살아갈 방향이 정해져 있다는 결정론과 인간 스스로 자기 삶을 주체적으로 살아간다는 자유의지론 사이에는 생각보다 오랜 논쟁이 존재한다. 고대 스토아 학파와 아리스토텔레스, 중세의 토마스 아퀴나스Thomas Aquinas와 계몽주의 시대 칸트에 이르기까지 인간의 자유와 운명에 관한 논의는 철학의 고전적인 주제이기도 했다. 대개 스토아 학파와 아퀴나스는 인간이 특정 환경이나 원인에 의해 행동한다는 결정론을 지지한 반면, 아리스토텔레스는 이에 대해 의심을 품었고, 칸트는 "도덕은 반인과적contra-causal 자유를 필요로 한다"

는 말을 통해 인간은 필연적인 이유나 원인이 없어도 스스로 어떤 행동을 할 수 있다고 보았다. 그는 인간이 순수하게 자기 삶을 살아간다고 판단한 것이다.

우리의 근대 소설에도 운명과 인간의 자유의지 사이에서 대결 구도를 보이는 작품이 있다. 김동리의 「역마」가 이를 보여준다.

하동과 구례를 잇는 지리산 기슭, 화개장터. 세월의 때가 묻은 주막 하나가 그곳에 자리하고 있었다. 여인 옥화는 그곳의 주인이다. 그녀는 젊은 날 떠돌이 남사당패와의 인연으로 아이를 낳았고, 그 아이를 혼자 키우며 살아왔다. 아이의 이름은 성기. 옥화는 성기가 어릴 적에 '역마살'이 꼈다는 소리를 듣고는, 그 운명을 잠재우고자 아들을 절에 맡기고 책장수로 키우려 애썼다.

어느 봄날, 늙은 체 장수˙와 딸 계연이 주막에 들렀다. 체 장수는 먼 길을 떠나야 한다며 계연을 며칠만 맡아달라고 부탁했고, 옥화는 선뜻 받아들였다. 계연은 순하고 싹싹한 아이였다. 해가

˙ 체 장수: 체를 파는 장사치. 체는 요즘은 잘 사용하지 않으나, 곡식이나 액체에서 이물질을 거르는 도구를 가리킨다.

뜨기 전 물을 길어 오고, 밤이면 조용히 성기의 방을 정리해 주었
다. 성기 역시 처음엔 무심했지만, 계연의 고운 눈빛에 어느 순간
부터 마음이 움직이고 있음을 느꼈다.

두 사람은 산으로 나물을 캐러 함께 올랐고, 초여름 햇살과 숲
의 그늘 아래서 서로의 마음을 확인했다. 그러나 이 평온은 오래
가지 않았다. 옥화는 계연의 귓바퀴 위에 난 작은 사마귀를 보고
오래전 남사당패를 떠올렸다. 설마설마하며 알아보니, 체 장수
가 바로 그 남사당이었고, 자기를 버리고 떠난 아버지였음을 확
인하게 된다. 계연은 그녀의 이복동생이었던 것이다.

비가 흠뻑 내린 어느 날, 옥화는 무거운 마음으로 성기를 바라
보며 조용히 말했다.

"차라리 몰랐으면 또 모르지만, 알고 나서야 인륜이 있는듸 어
찌겠냐."

성기는 말없이 어머니의 눈빛을 받아냈다. 계연과의 사랑이
더는 허락되지 않음을 받아들이는 순간이었다.

며칠 뒤, 체 장수 영감이 돌아와 계연을 데리고 여수로 떠났다.
작별 인사를 나누는 계연을 향해 성기는 아무 말 없이 서 있었고,
그녀의 뒷모습이 버들가지 사이로 사라질 때까지 멍하니 바라보
기만 했다. 계연이 떠난 후, 성기는 무기력에 빠졌다. 먹지도 않고
말도 줄어들었다. 옥화는 그런 아들을 바라보며 괴로워했다.

다시 계절이 바뀌고, 주막 앞 버드나무에 새잎이 돋았다. 두릅

2부 · 운명, 전쟁, 이념의 굴레

회에 막걸리 한 사발을 쭉 들이키고 난 성기는 옥화에게 말했다. "어머니 나 엿판 하나만 맞춰줘." 옥화는 갑자기 무엇으로 머리를 얻어맞은 듯이 성기의 얼굴을 멍하니 바라봤다. 그토록 벗어나려 했던 역마살을, 이제는 스스로 받아들이려 하고 있었다.

그해 초여름, 뻐꾸기가 울고 섬진강 물이 반짝이던 아침. 성기는 하얀 옷차림에 엿판을 둘러멘 채 장터 길목에 섰다. 세 갈래 길 앞에서 그는 계연이 떠난 구례 쪽을 등지고 하동 쪽을 향해 천천히 걸음을 옮겼다. 멀어지는 주막과 어머니를 뒤로한 채, 육자배기 가락이 담긴 콧노래를 흥얼이며 그는 자신의 길을 향해 떠나고 있었다.

운명에 순응하는 삶

「역마」에서 성기는 '역마살'이라는 운명을 지녔다. 그는 떠돌이의 피를 타고났고, 그가 태어난 화개장터 또한 정착보다 유랑이 익숙한 공간이었다. 핏줄도, 환경도 떠돌이로서 살아갈 팔자로 볼 수밖에 없었다. 하지만 옥화는 그의 아들이 떠돌이로서 살아가는 것을 원치 않았다. 아버지가 누군지도 모르고 자란 옥화는 자신의 비극이 아들에게까지 이어지는 것을 바라지 않았기 때문이었다. 그녀는 아들의 역마살을 떨쳐내려고 불교의 힘을 빌어서라도 운명에 맞서려 했다. 그런 상황에서 성기에게 사랑이 찾아왔다.

사랑은 한 곳에 머물기를 요구하는 감정이다. 운명이 정해진 굴레라면 불타오르는 사랑은 이를 위반하는 힘이다. 그리스 신화에서 오르페우스는 이미 죽어버린 자신의 아내 에우리디케를 지옥에 가서 찾아올 만큼 운명에 저항했고, 셰익스피어의 「로미오와 줄리엣」, 우리 고전 「춘향전」 등도 정해진 운명에 맞서는 사랑의 혁명성을 보여준다. 마찬가지로 「역마」에서 계연은 역마살의 운명을 지닌 성기를 주저앉히는 힘이었고, 성기는 계연 앞에서 처음으로 떠돌이 삶을 멈출 가능성을 본다. 그러므로 작가가 사랑을 설정한 것은 운명을 거스르는 유일한 힘이 사랑이라고 여겼기 때문일 것이다.

그러나 작품은 냉정하다. 아무리 사랑으로 운명을 극복하려 해도 인륜을 저버릴 수는 없는 것. 성기가 사랑했던 계연은 자신의 어머니 옥화의 동생, 즉 이모였던 것이다. 조카와 이모가 혼인할 수 없지 않은가. 옥화는 성기에게 '인간의 윤리'를 어길 수 없다며 계연을 그만 잊으라고 말한다. 그러면서 마침내 옥화는 스스로 성기를 붙잡아 두려는 마음을 포기한다. 역마살을 씻어내고 성기를 한곳에 정착시키려 했던 생각을 스스로 포기하게 된 것이다.

성기도 상황은 마찬가지다. 계연이 자기 이모라는 사실을 알게 된 이상 그는 더 이상 자신의 사랑을 고집하지 못한다. 그리고 사주에 나타난 운명을 받아들이듯 엿장수가 되어 떠돌이의 삶을 선택한다. 그는 계연이 떠난 반대쪽으로 방향을 잡아 스스로 사랑의 가능성을 단절시킨다. 결국 옥화와 성기가 '사랑'이라는 인간적인 행위로 '역마살'이라는 운명을 벗어나려던 시도는 실패한다. 앞서 보았던 오이디푸스의 비극처럼 성기는 운명의 예언에서 자유롭지 못했던 것이다. 다만 작품 속

결말은 결코 비극적인 것은 아니다. 성기는 오히려 주어진 역마살의 운명에 순응함으로써 비로소 정서적으로 안정을 회복하며 삶에 대한 긍정적인 의지를 되살린다.

자유의지와 운명은 양립 불가능한가

　작품 속에서 성기가 떠돌이의 삶을 택한 것은 겉으로 보면 주어진 운명에 굴복한 모습처럼 보인다. 그러나 그 이면에는 '인간이 자연법칙과 조화를 이루며 살아가는 세계'를 긍정하는 작가의 시선이 담겨 있다. 김동리는 '역마살'로 상징되는 타고난 운명을 거스르기보다 그것을 인정하고 그 안에서 자신의 삶을 선택할 때 비로소 인간이 진정한 평온에 도달할 수 있다고 본 것이다.

　철학자 데이비드 흄은 자유의지와 결정론이 반드시 충돌하는 것은 아니라고 주장한 바 있다. 그에 따르면 '모든 사건에는 원인이 있다'는 결정론은 단지 사건들이 인과적으로 연결되어 있다는 의미일 뿐, 인간이 자유롭게 행동할 수 없다는 것을 의미하지는 않는다. 오히려 인간은 외적 조건과 원인 속에서 스스로 판단하고 선택할 수 있으며, 그 판단이 자발적인 것이라면 그것은 곧 자유로운 행위라는 것이다.

　「역마」의 성기 역시 이러한 관점에서 이해할 수 있다. 그는 사랑을 포기하고 떠도는 삶을 받아들이는 과정에서 크게 고통받지만, 그 선택이 타인의 강요나 우연이 아니라 자기 내부의 판단에 따른 것이라면, 그것은 곧 자유로운 선택이라 할 수 있다.

현대 사회 또한 다양한 조건들이 우리의 선택을 규정짓고 있다. 우리는 유전자 정보, 가정 환경, 교육 수준, 사회적 계급 같은 구조적 조건 속에서 살아가며, 유튜브나 OTT 등의 알고리즘은 우리의 취향과 관심사마저 파악해서 추천 영상을 통해 선택을 유도한다.

그렇기에 현대의 자유의지는 단순한 '무한한 가능성'이 아니라, 주어진 제약을 인식하고 그 안에서 궁극적인 의미를 만들어가는 성찰적 태도에 가깝다. 성기가 택한 길은 운명을 받아들이는 동시에, 그 안에서 스스로 의미를 부여한 삶의 방식이었다. 그것은 패배가 아니라, 선택이며 책임이다.

결국 자유의지란 모든 것을 선택할 수 있는 전지전능함이 아니라, 제한된 조건 속에서도 '왜' 이 선택을 하는지를 성찰하고, 그 선택에 책임지는 인간만의 고유한 능력이다. 그런 점에서 김동리의 「역마」는 단지 과거의 이야기가 아니다. 오늘을 살아가는 우리에게도 여전히 유효한 질문을 던지고 있다.

우리는 얼마나 자유로운가? 그리고, 지금 내린 이 선택은 과연 누구의 것인가?

단절을 넘어
만남을 향하여

황순원, 「학」(1953)

타자를 향한 부름

오스트리아 출신의 철학자 마르틴 부버 Martin Buber 는 인간의 본질은 '만남'에 있다고 말했다. 그는 인간관계를 '나-너', 그리고 '나-그것'의 두 방식으로 구분하면서, '나-너'는 인격과 인격이 서로를 존중하고 응답하는 관계인 반면에, '나-그것'은 타인을 대상화하고 도구화하는 관계라고 보았다. 부버에 따르면 사물인 '그것'이 일종의 도구인 반면, '너'는 그 자체가 사랑스러운 목적에 해당한다. 모든 진정한 만남은 '그것'이 아니라 '너'를 향한 부름에서 시작된다.

이러한 사유는 우리가 살아가는 현실에도 중요한 질문을 던진다. 한반도는 70년 넘게 분단 상태를 유지하고 있다. 금강산 관광이나 개성공단 같은 협력 사업은 중단되었고, 남북을 잇는 철도 연결도 오래가지 못했다. 상황이 악화하면서 남북 관계는 다시 '단절'의 상태로 되돌아가고 있다. 왜 이렇게 단절되었는지 그 책임을 규명하는 것도 중요하겠지만, 그보다 더 본질적인 문제는 남북이 서로를 적대적 대상으로 본다는 데에 있다. 부버식으로 말하자면, 서로를 '너'가 아니라 '그것'으로 대하고 있는 셈이다.

남북이 서로를 바라보는 시선에는 이데올로기적 경계, 체제에 대한 불신, 오래도록 쌓여온 감정의 피로가 얽혀 있다. 그렇다면 이 경색된 현실에서 우리는 어떻게 '나-너'의 진정한 만남을 다시 추구할 수 있을까? 어쩌면 우리가 놓치고 있는 것은 이념이나 체제가 아니라 보다 근본적인 가치일지도 모른다. 바로 인간과 인간 사이의 존재론적인 만남이다. 이 지점에서 우리는 한 편의 오래된 단편소설, 황순원의 「학」을 떠올릴 필요가 있다.

대부분의 사람들이 황순원을 떠올릴 때 가장 먼저 기억나는 작품은 「소나기」일 것이다. 수줍고 순수한 사랑을 그린 이 소설은 많은 이들에게 학창 시절의 낭만으로 기억된다. 하지만 황순원 문학의 진가는 단지 서정성에만 있지 않다. 그는 계급이나 이념, 체제의 논리를 넘어서 인간의 존엄성과 순수한 감정, 그리고 타자에 대한 신뢰를 표현한 작가였다. 「학」은 1953년, 전쟁의 상흔이 채 가시기도 전에 발표된 작품이지만, 여전히 우리의 마음을 울리는 보편적 메시지를 품고 있다. 단절된 관계를 회복해 가는 과정을 통해, 이 소설은 인간 사이의 가장 순결한 교감을 이야기하고 있다.

　삼팔선 접경 북쪽 마을의 가을은 고즈넉했다. 어쩌다 만나는 늙은이와 어린애들은 모두 겁에 질린 얼굴이었다. 전쟁 중에 마을은 그다지 큰 피해를 입지 않았지만 성삼이에게는 꽤 낯설게 느껴졌다. 임시 치안대 사무실에 이르니 웬 청년 하나가 포승에 묶여 있었다. 깜짝 놀랐다. 어려서 단짝으로 지냈던 덕재가 아닌가.

　"이 자식은 내가 데리고 가지요."

　치안대원 중 하나가 덕재를 청단까지 호송해가기로 되어 있었다. 이 일을 성삼이가 자신이 하겠다며 자처하고 나선 것이다.

　어려서 한번은 덕재와 같이 혹부리 할아버지네 밤을 훔치러 간 적이 있었다. 성삼이가 나무에 오를 차례였는데 갑자기 혹부리 할아버지의 고함 소리가 들려왔다. 놀란 성삼이는 나무에서 미끄러져 엉덩이가 밤송이에 찔렸다. 하지만 혹부리 할아버지가 쫓아올까 봐 밤송이에 찔린 곳을 살피지도 못한 채 마구 달릴 수밖에 없었다. 할아버지를 따돌리고 나자 덕재는 불쑥 자기 밤을 한 줌 꺼내 눈물이 핑 도는 성삼이에게 넣어주었었다.

　고갯길에 다다랐다. 해방 전에 성삼이가 삼팔선 이남으로 이사 가기 전까지 덕재와 함께 늘 꼴을 베러 다녔던 고개였다.

"이 자식아, 그동안 사람을 몇이나 죽였냐?"

"그래 너는 사람을 그렇게 죽여 봤니? 변명 따위는 안 할란다. 내가 제일 가난한 농부의 자식이고 부지런하다고 해서 농민동맹 부위원장이 된 것이 죽을 죄라면 하는 수가 없지. 나는 땅 파먹는 재주밖에 없는 사람이다."

그리고 잠시 사이를 두고 덕재가 말을 이었다.

"지금 집에 아버지가 앓아누웠다. 나도 피하려고 했어. 하지만 늙으신 아버지의 마지막 눈이라도 내 손으로 감겨드려야겠고, 땅 파먹는 사람이 무작정 피난 갈 수도 없고……."

고개를 다 내려와서 성삼이는 발걸음을 멈췄다. 저쪽 벌판에 틀림없는 학 떼였다.

성삼이는 어린 시절 덕재와 함께 어른들 몰래 올가미로 단정학 한 마리를 잡았던 기억을 떠올렸다. 둘은 학과 시간을 보냈는데, 그러던 어느 날 서울에서 학을 표본으로 만든다며 사냥 나온 사람들이 있었다. 그 소리를 듣자마자 둘은 벌판으로 뛰어와 학을 풀어주었다. 사냥꾼이 총을 쏘았지만 다행히 학은 커다란 원을 그리며 멀리 날아갔다.

"얘, 우리 학 사냥이나 한 번 하고 가자."

성삼이가 불쑥 이런 말을 했다. 덕재는 여전히 어리둥절했다.

"내 이걸로 올가미를 만들어 놓을게. 넌 학을 몰아와."

성삼이는 덕재를 묶었던 포승줄을 풀더니 풀숲 사이로 기어가기 시작했다. 덕재의 얼굴에는 핏기가 사라졌다. 성삼이가 '너는 총살감'이라고 내뱉은 말이 머리를 스치고 지나갔다. 이제 성삼이 쪽 어딘가에서 총알이 날아오리라.

그런데 저만치서 성삼이가 홱 고개를 돌리며 말했다.

"어이, 왜 맹추같이 서 있는 거야? 어서 학이나 몰아와."

그제서야 덕재도 무언가 깨달은 듯 잡풀 사이를 기기 시작했다. 때마침 단정학 두세 마리가 높푸른 가을 하늘에 날개를 펴고 유유히 날고 있었다.

존재를 부르는 방식

작품의 배경은 38선 접경 마을이다. 그러니 6·25 전쟁이 일어났을 때, 피난길에 오른 이들과 마을에 남은 이들의 운명은 갈릴 수밖에 없었다. 성삼은 피난길에 오르며 국군을 돕는 치안대원이 되었고, 덕재는 마을에 남아 농민동맹 부위원장, 즉 북한 측 인사가 되었다. 두 사람은 공식적으로 적대적인 존재가 된 것이다.

포로로 사로잡힌 덕재를 성삼은 더 이상 친구로 보지 않았다. 그에게 덕재는 사람을 여러 명 해친 폭력적인 괴물에 지나지 않았다. 마르틴 부버의 표현을 빌린다면, 포승줄에 묶인 덕재는 '너'가 아니라 '그것'이 된 것이다.

철학자 아리스토텔레스의 주장처럼 인간은 사회적 존재여서 결코

최소한의 문학

혼자 살아갈 수는 없다. 그래서 사람은 다른 존재와 관계를 맺으며 살아간다. 앞서 밝힌 것처럼 마르틴 부버는 이 관계를 둘로 나눈다. 그 한 가지는 서로가 동등한 입장에서 끊임없는 대화로 이루어진 '나와 너'의 관계이고, 다른 한 가지는 단지 독백으로만 만들어진 '나와 그것'의 관계다. 여기서 '그것'이 사물일 때는 별다른 문제가 없다. 그런데 만약 '그것'이 인간이라면 '나와 그것'의 관계는 위태로워진다. '너'는 살아 있는 존재를 지시하는 반면, '그것'은 무생물적인 존재를 가리키기 때문이다. 그러니 '나'와 '그것'의 관계는 존재론적인 관계가 아니다. 이러한 관계들은 종종 언어를 통해 나타나기도 한다.

독일어권에는 영어와 달리 '너'를 가리키는 말이 Du(두)와 Sie(지)가 있다. 전자는 연인, 친구, 가족처럼 친밀할 때, 후자는 공식적인 자리에서 주로 사용한다고 한다. 서로를 Du로 부르는 관계는 '나와 너'의 관계로서 그 핵심은 친밀한 사랑이다. 반면에 Sie라고 부르는 관계는 '나와 그것'에 가까운 것으로 그 핵심은 거래를 위한 것이며, 언제나 조건이 따르는 관계다. 그러므로 친밀한 Du가 형식적인 Sie가 되는 순간, 친밀한 관계는 거래를 위한 관계로 변질되고 그때부터 '너'는 '그것'이 된다. 상대를 목적이 아니라 수단으로 여기는 일이 발생하는 것이다.

작품으로 되돌아와서 성삼이는 덕재의 이름을 부르지 않는다. 단지 '이 자식'이라고 일컬을 뿐이다. 친근한 Du가 공식적인 Sie가 되듯이, 어릴 적 '덕재야!'라고 부르던 애틋한 호칭이 냉담한 '이 자식'이 되었다. 그러니 둘 사이의 관계는 더 이상 '나-너'의 관계가 아니라 '나-그것'의 관계로 변질된 것이다. 성삼이에게 덕재는 단지 옮겨야 할 무거운 짐처럼, 생명력을 잃은 '그것'으로 전락한 것이다.

'그것'으로 전락한 대상은 존중할 이유가 없다. 극단적으로 보면 함부로 때려도 되고, 욕해도 되고, 호송 중에 총살해도 그 누구도 문제 삼지 않는다. 어쩌면 이런 모습은 6·25 전쟁 이후 오랫동안 한반도에서 반복되어 온 장면인지도 모른다. 한때 한반도에는 따뜻한 바람이 불어오기도 했지만, 핵 개발 이슈가 지속되면서 그나마 오가던 대화는 사라지고, 서로에 대한 독백만 남은 상태다. '너'는 없고 '그것'만 남은 관계가 된 것이다. 자기 생존을 위해 상대를 수단으로 여기고 공격하고 비방하고 무시하면서 그 존재를 인정하지 않는 안타까운 현실이 현재 펼쳐지고 있는 것이다.

'너'의 회복, 대화와 사랑의 가능성

소설의 마지막에서 성삼이는 덕재를 풀어준다. 다행스럽게도 '나-그것'이 극적으로 '나-너'를 회복한 것이다. 사실 성삼이에게 덕재는 좋은 수단이 될 수 있었다. 치안대원인 성삼이가 덕재의 호송에 성공하면 주위의 인정을 받을 수 있기 때문이다. 거꾸로 덕재의 호송에 실패하면 자칫 상급자로부터 추궁을 당할 수도 있다. 만약 성삼이가 덕재를 수단으로 계속 여겼다면, 성삼이는 절대 덕재를 풀어주지 않았을 것이다.

그렇다면 성삼이가 덕재를 풀어준 까닭은 무엇일까? 진정한 만남의 관계로 되돌아가는 방법, 그것은 대화다. 그리고 상대에 대한 사랑이다. 성삼이는 호송 중에 덕재에게 말을 건넨다. 그것이 비록 거친 말투였으나 덕재의 대답을 이끌어 내기에 충분했다. 그리고 둘 사이의 대화는 과거의 추억을 떠올리게 만들고, 추억 속에 담긴 우정, 즉 사랑을 떠올리게 만든다.

결국 '대화'는 단순한 말의 주고받음이 아니라, 관계 회복의 열쇠다. 말은 기억을 불러오고, 기억은 감정을 회복시킨다. 성삼이는 덕재를 다시 '애'라고 부른다. 한때의 동무가 다시 관계의 이름으로 소환되는 순간이다.

그 옛날 위험에 처한 '학'을 함께 구하며 나눴던 사랑을 둘은 회복하고 있었다. 이제 두 사람은 치안대원이나 농민동맹 부위원장과 같은 직함이 아니라, 또 '이 자식'처럼 차가운 호칭이 아니라, '애'와 같은 정겹고 사랑스러운 말로 불리는 사이가 되었다. '나-그것'이 아니라 '나-너'의 관계로 회복된 것이다.

그렇다면, 범위를 넓혀 대결 국면에 빠진 남북 관계의 물꼬를 트려면 어떻게 해야 할까? 핵개발을 하고, 서로에 대한 비방을 독설처럼 내뱉고, 상대를 고립시키는 현 상황을 극복하려면, 무엇보다도 대화를 먼저 시도해야 할 것이다. 상대를 정치적 수단이나 경쟁 대상으로 삼지 않고, 동등한 자격을 지닌 대화의 파트너로 인정하는 것이 대결 국면을 벗어나는 세기가 될 수 있다. 서로의 다름을 인정하고, 과거의 상처를 치유하며, 신뢰를 쌓아가는 과정은 대결이 아닌 대화로써만 가능하다. 그 출발점은 결국 '너'라는 존재를 다시 불러내는 일이다.

닫힌 경계를 넘어

오늘날 우리는 여전히 수많은 갈등과 분열 속에서 살아가고 있다. 남북 관계는 물론이고, 세계 곳곳에서도 상대를 '너'가 아닌 '그것'으로 대하는 말과 행동들이 관계를 소원하게 만들고 있다. 그런 점에서 황순원의 「학」이 전하는 메시지는 지금 이 시대에도 유효하다. 「학」은 단순히 전쟁 직후의 비극을 배경으로 한 우정의 이야기만이 아니다. 그것은 이념의 경계에 가로막힌 사람들이 어떻게 다시 '너'를 회복할 수 있는지를 보여주는 이야기다.

특히 마르틴 부버의 '나-너' 철학과 연결해 보면, 이 작품은 진정한 관계 회복이 정치적 선언이나 거창한 합의에서 비롯되는 것이 아니라는 점을 일깨운다. 오히려 그것은 어린 시절의 기억, 함께한 시간, 상대를 바라보는 시선, 그리고 무엇보다 이해와 용서에서 비롯된다. 성삼이가 덕재를 풀어주는 장면은 인간적인 연대의 가능성을 보여주는 순간이다.

우리가 마주한 현실 속 과제 역시 다르지 않다. 핵무기와 군사력, 정치적 구호로는 넘을 수 없는 벽이 있다. 그것을 넘기 위해 필요한 것은 서로를 수단이 아닌 목적, 다시 말해 진정한 '너'로 바라보는 시선이다. 상대의 실체를 인정하고, 그 존재를 존중할 때, 우리는 다시 대화를 시작할 수 있다. 올가미에 묶였던 '학'이 자유롭게 날아오르는 것처럼, 우리도 닫힌 관계의 장벽을 넘어 진정한 만남과 관계의 복원을 향해 자유롭게 날아오를 수 있기를 희망한다.

죽음 앞에 선
부조리한 인간

오상원, 「유예」(1955)

죽음, 피할 수 없는 운명

현대인은 죽음을 공포와 회피의 대상으로 여긴다. 독일의 사회학자 노르베르트 엘리아스Norbert Elias는 《죽어가는 자의 고독》에서, 현대인들은 과거와 달리 죽음을 삶의 일부가 아니라 비극적이고 두려운 사건으로 여긴다고 말한다. 근대 이전, 종교가 일상을 지배하던 시대에는 죽음이 비극적인 것만은 아니었다. 물론 죽음은 이별의 고통을 동반했지만, 그것은 또한 숭고한 세계로 나아가는 통로로 여겨지기도 했다.

그러나 근대 이후 과학과 합리적인 이성이 인간의 삶을 주도하면서, 죽음의 초월적 의미는 점차 사라졌다. 죽음은 점점 더 불길하고 부정적인 것으로 인식되었고, 가능한 한 일상에서 멀리 떨어져야 할 대상으로 전락하고 말았다.

엘리아스는 이러한 변화 속에서 죽음이 공공의 시선에서 점점 더 숨겨지고, 차단되고, 비밀스러워진다고 보았다. 과거에는 가족과 공동체가 함께 죽음을 맞이했지만, 이제는 일상에서 죽음을 목격하는 일은 거의 사라졌다. 죽어가는 자들은 일상의 공간에서 배제되어 병원이나 요양원과 같은 공간에서 고독하게 생을 마감한다. 마치 쓸모를 마쳤거나 고장 난 기계처럼 폐기만을 기다리는 처지로 말이다.

현대인의 죽음에 대한 두려움과 공포는 이런 맥락에서 시작되었을 것이다. 일상에서 배제된다는 것, 사랑하는 사람으로부터 소외된다는 것, 사회로부터 철저히 고립된다는 것, 무엇보다도 자기 의지를 실천할 수 없다는 것이 죽음을 공포와 기피의 대상으로 만들었을 것이다. 그래서 현대인들은 죽음을 삶의 한 과정으로 받아들이기보다 그것을 철저히 외면하거나, 그것에 힘없이 굴복하는 일이 벌어진다. 그러나 죽음도 삶의 한 과정으로 받아들인다면, 죽음의 순간도 삶의 의지를 실천하는 과정으로 여길 수 있다.

죽음 앞에서도 의지를 놓지 않는 존재, 바로 그런 의지적인 인간상을 보여주는 작품이 오상원의 「유예」다. 이 작품은 한국 전쟁을 배경으로 하고 있고 전쟁 직후에 지어졌다는 점에서 흔히 전후 소설로 분류되었다. 그러나 이 소설은 전쟁 자체의 비극을 다룬다기보다 죽음이라는 운명 앞에 놓인 한 개인의 의식과 그 의식의 변화 과정을 탐구하는 데에 초점을 맞추고 있다.

온몸이 얼어붙은 채 움막 속에 웅크리고 있었다. 한 시간 후면 모든 것이 끝난다. 이 깊은 얼음 구덩이 안에서 살아 있다는 증거는 오직 그가 뱉는 희미한 숨결뿐. 차가운 흙벽 너머로 보이는 하늘은 무심하게 푸르렀고, 코끝을 찌르는 냄새는 그보다 먼저 이곳을 거쳐 간 이들의 마지막을 말해주고 있었다.

불과 며칠 전, 그는 수색대를 이끌고 적진 깊숙이 들어갔었다. 뒤따르던 전우들이 하나둘씩 눈 속에 파묻혀 갔다. 기아와 동상, 추위와 방향감각의 상실. 살아남은 자는 그 하나뿐이었다. 그는 홀로 남쪽으로 향했다. 밤에는 눈 속에 몸을 묻고, 낮이면 눈보라를 헤치며 걸었다. 겨우 마을에 도달했을 때, 그곳은 이미 사람이 떠난 빈집들뿐이었다.

그곳에서 그는 또 다른 아군이 적에게 사로잡혀 총살당하는 장면을 목격했다. 도망치지도, 절규하지도 않은 채 끝까지 인간다운 자세로 걷던 그 사람을 보며, 그는 총을 들었다. 하지만 역부족이었다. 그는 곧 적에게 포로가 되었고, 자신이 구하려던 아군처럼 붙잡히는 신세가 되었다. "왜 법과를 택했는가?", "계급의식이 남아 있지 않은가?" 차가운 목소리들이 그의 머리를 맴돌았다. 그는 침묵했고, 침묵으로 말했고, 침묵으로 결단을 내렸다.

눈에 함빡 싸인 흰 둑길이다. 오오 이 둑길. 몇 사람이나 이 둑
길을 걸었을 것인가. 훤칠히 트인 벌판 너머로 마주 선 언덕, 흰
눈이다. 가슴이 탁 트이는 것 같다. "똑바로 걸어가시오. 남쪽으
로 향하는 길이오. 그처럼 가고 싶어 하는 길이니 유감없을 거
요." 걸음마다 흰 눈 위에 발자국이 따른다. 한 걸음 두 걸음 정확
히 걸어야 한다. "사수(射手) 준비!" 총탄 재는 소리가 바람처럼
차갑다. 눈앞엔 흰 눈뿐, 아무것도 없다. 이제 모든 것은 끝난다.
끝나는 그 순간까지 정확히 끝을 맺어야 한다. 끝나는 일초 일각
까지 나를, 자기를 잊어서는 안 된다. 아무리 한 걸음, 한 걸음 다
가가는 걸음걸이가 죽음에 접근해 가는 마지막 길일지라도 결코
허튼, 불안한, 절망적인 것일 수는 없었다. 연발하는 총성, 마치
외부 세계의 잡음만 같다. 아니 아무것도 아닌 것이다. 그는 흰
눈 속을 그대로 한 걸음, 한 걸음 정확히 걸어가고 있었다.

모든 것은 끝난 것이다. 놈들은 멋적게 총을 다시 거꾸로 둘러
메고 본부로 돌아들 테지. 눈을 털고 추위에 손을 비벼 가며
방안으로 들어들 갈 것이다. 몇 분 후면 화롯불에 손을 녹이며 아
무 일도 없었다는 듯 담배들을 말아 피고 기지개를 켤 것이다. 누
가 죽었든 지나고 나면 아무것도 아니다. 모두 평범한 일인 것이
다. 의식이 점점 그로부터 어두워져 갔다. 흰 눈 위다. 햇볕이 따
스히 눈 위에 부서진다.

'너의 죽음'이 아닌 '나의 죽음'

소설 「유예」는 한국 전쟁 중 포로로 잡힌 어느 군인의 죽음을 다룬다. 그런 까닭에 전쟁의 비극을 고발하는 작품으로도 손색이 없다. 그런데 그보다 관심을 끄는 것은 죽음 앞에 선 인간의 모습이 인상 깊게 그려져 있다는 점이다. 특히 죽어가는 자의 의식 세계를 형상화한 점이 눈길을 끈다. 흥미롭게도 이 작품은 일관된 서술 시점이 존재하지 않는다. 어느 부분은 3인칭 시점으로 그려지는가 하면 어느 부분은 1인칭 독백처럼 들리기도 하고, 전지적 작가 시점이 섞여 있기도 하다. 이러한 서술 시점의 변화는 외부의 사건 못지않게 인물의 내면 심리가 작품에서 중요한 의미를 지니고 있기 때문이다. 특히 '그'가 포로로 잡힌 결말 부분에서는 시점의 변화가 더욱 두드러지는데 이는 극한 상황 속에서 인간이 어떤 반응과 행동을 선택하게 되는지 보여주기 위한 것으로 생각할 수 있다.

그렇다면 주인공 '그', 또는 '나'는 죽음을 목전에 둔 상황에서 어떤 의식을 지니고 있을까? 잠시 유예된 죽음의 시간 속에서 그는 어떤 생각을 했을까? 소설에서 확인해 볼 수 있듯, 인민군은 주인공을 자기편으로 회유하려고 했던 것으로 보인다. '그처럼 가고 싶어 하는 길이니'와 같은 구절을 보면 인민군이 '그'를 회유하려 했으나 뜻대로 되지 않았다는 것을 짐작할 수 있다. 그는 죽음의 극한 상황에서도 자기 의지를 꺾지 않았다.

사람들은 죽음을 두려워한다. 그래서 끊임없이 타자화시킨다. 죽음은 '나의 죽음'이 아니라 항상 '너의 죽음'일 뿐이다. 아주 손쉬운 가정을 해보자. 우리가 타고 있던 버스가 절벽으로 추락했다. 어떻게 됐을까? 나는 살았을까, 죽었을까? 주위에 사람들이 있다면 그들에게 질문을 던져보자. 아마도 열 명 중 아홉은 자신은 살아남을 거라고, 다른 사람은 몰라도 '나'는 기적적으로 살아남겠지 하는 기대를 은연중 갖고 있음을 확인할 수 있을 것이다. 이처럼 사람들은 보편적으로 죽음을 부정하고 회피하려는 경향을 지니고 있다.

이렇게 보면 작품 속의 '그' 역시 죽음을 부정하고 인민군의 유혹과 회유를 받아들이려 했을지 모른다. 그러나 그는 이를 거부한다. 그는 자기보다 먼저 총살을 당한 포로의 모습을 지켜봤다. 그 포로는 도망치지도, 절규하지도 않은 채 끝까지 인간다운 자세로 의연히 죽음을 맞이했다. 이 모습을 보며 '그'는 죽어가는 순간에도 의지를 실천하는 것이 가능함을 인식했을 것이다. 결국 그 역시 의지적인 삶을 살기 위해 죽음을 선택한다. '의지'를 버리고 사는 것은 죽음을 잠시 유예시킬 뿐, 진정한 '삶'은 아니라고 여겼기 때문이다. 그러므로 "끝나는 일초 일각까지 나를 잊어서는 안 된다"는 다짐은 '죽음'마저도 자기 의지를 펼칠 수 있는 삶의 한순간으로 받아들인 것으로 해석할 수 있다.

삶의 마지막까지 의지를 잃지 않는 존재

죽음을 삶의 한순간으로 받아들인다? 마치 모순으로 가득 찬 궤변처럼 느껴진다. 이해를 돕기 위해 작품 하나를 더 살펴보자. 우리에게 「어린 왕자」로 친숙한 생텍쥐페리Antoine De Saint Exupery의 「야간비행」. 1930년

최소한의 문학

대 남미를 배경으로 한 이 작품은 험준한 자연환경과 예측 불가능한 기상에 맞서는 비행사들의 이야기를 통해 실존이란, 꺾이지 않는 의지의 실천인 것을 드러내고 있다. 조종사 파비앙은 파타고니아 노선 비행 중 거대한 폭풍우에 갇히고, 무전마저 끊긴 절망적인 상황 속에서 연료가 바닥나는 절체절명의 위기에 처한다. 그는 죽음을 예감하면서도 끝까지 자신의 사명을 포기하지 않으며, 두려움에 휘둘리지 않고 마지막까지 의지적 인간의 품위를 지킨다.

이러한 파비앙의 모습은 「유예」 속 주인공 '그'와 놀랍도록 닮았다. 총살당하기 직전, 흰 눈길을 걷는 순간에도 '그'는 "끝나는 일초 일각까지 나를 잊어서는 안 된다"는 굳건한 의지로 걸음을 내딛었다. 이는 죽음으로 삶을 완성하는 태도에 가깝다. 두 작품의 인물들은 품위를 잃지 않고, 의지를 꺾지 않으며, 숭고하게 죽음을 받아들이는 점에서 서로에게 공명한다.

대부분의 인간은 죽음을 공포와 회피의 대상으로 여긴다. 죽음의 과정이 육체적·정신적 고통을 수반하기 때문이기도 하지만, 사후 세계라는 미지의 영역에 대한 두려움 때문이기도 하다. 그러나 '유예'와 '야간비행'은 죽음이 눈앞에 다가왔을 때 두려움에 떨거나 의지를 잃고 맹목적으로 굴복하는 대신, 삶의 마지막 순간까지 의지를 잃지 않는 인간의 모습을 제시한다. 살아 있는 동안 삶이 끝나는 순간까지 의지를 잃지 않아야 하는 존재, 그것이 바로 인간이라는 것을 두 작품은 명확히 전달한다.

부조리한 운명을 넘어서는 삶

인간은 누구나 죽음을 맞이하며, 그 누구도 죽음을 피할 수 없다. 그러나 죽음이 인간의 삶을 가로막고 있다고 해서 삶 자체를 부정하거나 무의미한 것으로 받아들일 수는 없다. 이는 삶의 의미를 상실하고 허무주의에 빠지는 결과를 낳을 뿐이며, 때로는 자살이라는 극단적인 선택으로 이어지기도 한다. 따라서 죽음을 삶의 부정이나 반대로 여겨서는 안 된다. 오히려 죽음의 순간마저도 삶의 한 순간으로 받아들이고, 죽음에 이르러서도 자신의 의지를 잃지 않아야 한다. 역설적으로 들릴 수 있지만, 죽음을 살아내는 것이야말로 진정한 인간 존재의 의미이며, 죽음을 삶의 끝이 아닌 한 순간으로 인식할 때 인간은 더욱 의지적인 삶을 살아갈 수 있다.

알베르 카뮈 Albert Camus 는 그의 산문 '부조리한 창조'에서 인간이 다른 존재와 달리 존엄한 이유를 설명한다. 그는 인간이 스스로에게 주어진 부조리한 조건에 대해 집요하게 반항하며, 그것이 무의미하다는 것을 알면서도 노력을 계속하기 때문에 존엄한 것이라고 말한다. '위대한 창조'는 그 결과물 자체보다, 그것을 이루기 위해 인간에게 요구되는 시련과 인간이 자신의 적나라한 현실에 가까이 다가갈 수 있는 기회를 제공한다는 점에서 의미가 있다. 죽음을 피해 간 사람은 아무도 없다. 하지만 죽음을 맞이하는 순간까지 수많은 고행과 도전을 포기하지 않고 극복해 나간 이들의 삶은 그 자체로 한 권의 위대한 경전처럼 여전히 그 생명력을 유지한다.

오상원의 「유예」 역시 이러한 통찰을 담고 있다. 눈보라 속을 걷는 주인공의 발걸음은 결코 허무나 패배가 아니라, 죽음을 통과해 도달한 자기 확신의 선언이다. 죽음을 거부하는 것이 아닌, 오히려 죽음을 품에 안은 채 살아내는 것. 바로 그때 인간은 가장 인간다워진다.

2부·운명, 전쟁, 이념의 굴레

국가는
누구의 곁에 있는가

하근찬, 「수난이대」(1957)

국가, 보호자인가 가해자인가?

우리는 평소 국가의 존재에 대해 깊이 고민하지 않는다. 평화롭고 안정된 일상 속에서 국가는 배경처럼 작동할 뿐, 특별히 의식되지 않는다. 그렇다면 이 거대한 구조는 과연 무엇을 위해 존재할까? 세금을 징수하고, 자유를 제한하며, 삶의 일부를 통제하는 국가가 반드시 필요한가. 그러나 일상에서는 보이지 않던 국가가, 전쟁과 재난, 억압과 폭력과 같은 위기의 순간에는 사람들의 의식 속을 강렬하게 스쳐 지나간다.

'국가는 지금 어디에 있는가.'

근대 정치철학에서 국가는 개인의 생존과 안전한 삶을 보장하기 위한 계약으로 등장했다. 홉스Thomas Hobbes는 '만인의 만인에 대한 투쟁'

이라는 자연 상태에서 벗어나기 위해 절대적 권위를 가진 국가의 필요성을 강력히 주장했다. 그는 국가야말로 인간의 과도한 욕망과 폭력을 제어하고, 사회 질서를 유지할 수 있는 장치라고 보았다. 루소는 보다 이상적인 형태로서, 공공선을 실현하기 위해 일반의지를 실천하는 국가를 제안했다. 이처럼 근대 국가 개념의 핵심은 공동체 구성원의 생존과 존엄을 지키는 것이다.

하지만 국가는 언제나 보호자로서 기능했는가? 오히려 국가가 개인의 자유를 억압하고 생명을 소모시키는 장치로 전락하는 순간들도 분명 존재하지 않았던가? 특히 개인이 자신의 의지와 무관하게 국가의 필요에 따라 동원되고, 희생되며, 소외되는 순간, 국가는 더 이상 보호자가 아닌 가해자의 얼굴을 띠게 된다. 징용, 징병, 강제 노역 등 수많은 역사적 사례들이 국가가 얼마나 쉽게 개인을 '소모 가능한 자원'으로 취급할 수 있는지를 보여준다.

그렇다면 국가는 누구를 위해 존재하는가? 국민을 보호하기 위해 존재한다면, 그 보호는 어떤 조건에서, 언제, 어디서 실현되어야 하는가? 이 물음은 국가라는 구조에 대해 윤리적으로 다시 성찰할 것을 요구한다.

하근찬의 소설 「수난이대」는 이러한 물음을 문학적 서사로 우리 앞에 던져준다. 흔히 이 작품은 식민지 징용과 한국전쟁의 비극을 다룬 이야기로 읽히지만, 동시에 국가는 왜 존재해야 하는가, 국가는 무엇을 해야 하는가,라는 본질적인 질문을 절박하게 제기하는 목소리이기도 하다.

진수가 돌아온다. 누군가는 전사했고, 누군가는 생사조차 알수 없지만, 우리 진수는 살아서 돌아온다. 박만도는 그 생각에 용머리재를 단숨에 넘었다. 기차는 아직 멀었지만 마음이 바빠졌다. 까짓것, 쉬면 뭐하나. 삼대독자가 죽다니 말도 안 된다. 살아돌아와야지. 다쳤다지만 설마 나처럼 되었겠나. 만도는 왼쪽 소맷자락을 내려다보았다. 거기엔 아무것도 없었다. 소맷자락만어깨 아래로 덜렁 처져 있었다.

개천 둑에 이르자 외나무다리가 나왔다. 얼마 되지 않는 길이지만, 밑을 보면 아찔했다. 그는 조심히 건넜다. 예전에 술에 취해물에 빠졌을 때, 흉한 몸뚱이를 드러내기 부끄러워 물속에 얼굴만 내놓고 떨던 기억이 떠올랐다.

정거장 가는 길에 만도는 진수에게 줄 고등어 한 손*을 샀다. 하지만 한 손밖에 없는 몸이니 고등어를 드는 모양이 참 딱했다. 기차를 기다리며 과거가 떠올랐다. 십여 년 전, 이 정거장에는 백여 명이 몰려 있었다. 누구도 어디로 가는지 모르는 채 그저 차에

• 손: 한 손에 잡을 만한 분량을 세는 단위. 조기, 고등어, 배추 따위 한 손은 큰 것 하나와작은 것 하나를 합한 것을 이르고, 미나리나 파 따위 한 손은 한 줌 분량을 이른다.

최소한의 문학

실려 징용에 끌려가는 이들이었다. 만도도 그중 하나였다.

사흘을 배 타고 도착한 남태평양 섬. 그들을 기다리던 건 숨 막히는 더위와 모기떼, 비행장 건설과 굴 파는 노역이었다. 어느 날 다이너마이트를 설치하고 나오려는 찰나, 연합군의 공습이 시작되었다. 만도는 황급히 굴속으로 몸을 피했다. 그리고 그 순간, 다이너마이트가 터졌고, 팔 하나를 잃었다.

기적 소리가 들렸다. 만도는 고등어를 들고 플랫폼에 섰다. 검은 열차에서 수많은 사람이 쏟아져 나왔다. 절뚝거리는 상이군인도 있었지만, 진수는 보이지 않았다. 그때, "아부지!"하고 부르는 소리에 뒤돌아보니 아들이었다. 그런데, 한쪽 바짓가랑이가 허공에 펄럭였다. 만도는 눈앞이 노래졌다.

"에라이 이놈아! 이기 무슨 꼴이고. 가자, 어서!"

화를 내듯 앞장서며, 단 한 번도 아들을 돌아보지 않았다. 지팡이에 의지한 진수는 자연히 뒤처졌다. 만도는 주막에서 술을 연거푸 마시더니 그제서야 국수를 시켜 아들에게 먹였다. 진수는 수류탄에 다리를 잃었다고 조심스레 말했다.

"이래 가지고 우째 살까 싶습니더."

"우째 살긴 뭘. 목숨만 붙어 있으면 다 사는 기다. 나 봐라. 팔뚝 없어도 잘만 안 사나. 니는 집에 앉아서 할 일 하고, 나는 나댕기며 할 일 하면 되는 거 아이가."

진수는 고개를 끄덕였다. 두 사람은 다시 개천 둑에 섰다. 외나무다리 앞에서 진수는 주춤했다. 다리가 없으니 건너기가 겁났다. 그는 물속을 걸으려 바짓가랑이를 걷기 시작했다. 그 모습을 보고 만도가 말했다.

"진수야, 그만두고, 자아 업자. 업고 건너면 되는 거 아이가."

진수는 못 이기는 듯 아버지의 등에 업혔다. 만도는 아들의 다리를 팔뚝으로 껴안았다. 술기운은 있었지만 조심스레 한 발 한 발 내딛었다. 용머리재가 이 광경을 말없이 지켜보고 있었다.

국가가 만들어낸 상처들

박만도는 일제 강점기 시절, 조선인으로서 일본 제국에 의해 강제로 징용된 피해자다. 그의 팔이 잘려나간 것은 그가 죄를 저질렀거나 불운했기 때문이 아니다. 그것은 단지 그가 '나라 없는 백성'이었기 때문에, 즉 자신을 보호해 줄 주권 국가가 존재하지 않는 상태에서 외세의 국가 권력에 의해 강제로 동원되어 소모되었기 때문이다. 징용은 국가가 개인의 생명과 노동을 마음대로 통제할 수 있다는 전제에서 비롯된다. 그리고 만도는 그러한 권력의 명령에 저항할 수 없는 조건 아래서 철저히 희생되었다.

그가 속해 있던 조선이라는 국가는 당시에 실질적으로 존재하지 않았다. 자율성과 독립성을 상실한 민족 공동체는 국가의 보호 없이, 일본 제국이라는 외부 권력에 의해 무력하게 끌려갔다. 국가가 부재했던

최소한의 문학

그 시기, 조선인은 자신의 몸과 시간을 스스로 통제하지 못했으며, 어떤 결정도 자신의 의지로 내릴 수 없었다. 만도의 상실은 바로 그런 역사적 조건이 남긴 흔적이다. 그의 팔은 조국을 지키기 위한 전투에서가 아니라, 타국의 전쟁을 위한 군사 인프라를 건설하는 과정에서 절단되었다.

그 후로 시간이 흘러, 그는 또다시 전쟁을 겪는다. 나라가 생겼지만 전쟁은 반복되었고, 이번에는 그의 아들 진수가 한쪽 다리를 잃고 돌아왔다. 그것은 단순한 전쟁의 상처가 아니다. 두 세대에 걸쳐 반복된 국가 폭력의 흔적이며, 고통이 대물림되는 구조적 현실을 반영한다. 팔 하나 없는 아버지와 다리 하나 없는 아들이 마주하는 장면은, 개인이 어떻게 '국가'라는 이름 아래에서 반복적으로 상처받고 소외될 수 있는지를 생생히 보여준다. 국가가 보호자가 아닌, 가해자로서 작동할 수 있음을 보여주는 이 장면은 단지 가족사적 비극이 아니라, 체계적이고 구조적인 폭력의 귀결이다.

그럼에도 불구하고 만도는 아들에게 이렇게 말한다.

"목숨만 붙어 있으면 다 사는 기다."

이 말은 단순한 체념이나 순간적인 위로 이상의 의미를 지닌다. 그것은 국가가 부재한 자리에서, 혹은 국가가 책임을 다하지 못한 상황에서, 오직 가족만이 서로를 지켜내려는 몸부림 속에서 만들어낸 '살아남는 윤리'이며, 상처 입은 자들끼리 나눌 수 있는 최소한의 인간적 연대다. 그것은 누구도 대신 짊어질 수 없는 고통 앞에서, 끝내 포기하지 않고 서로를 끌어안으려는 의지이기도 하다.

만도가 아들의 다리를 팔뚝으로 껴안고 외나무다리를 건너는 장면은 그런 연대의 실천이자, 국가 바깥에서 조용히 일어난 작지만 단단한 저항이다. 국가가 실패한 자리에 공동체가, 가족이, 인간이 남아 있었던 것이다.

돌봄의 윤리, 그리고 그 한계

하근찬의 「수난이대」에서 진정한 보호자는 국가가 아니라 가족이다. 만도는 다리를 잃고 돌아온 아들 진수를 외면하지 않는다. 그는 오히려 자신의 상처를 껴안듯, 아들의 결핍을 따뜻하게 감싸 안는다. 외나무다리 앞에서 주저하는 아들을 보고 "자아 업자"라고 말하며 등에 업는 장면은, 상처 입은 두 존재가 서로를 지탱하며 살아가려는 절절한 의지를 보여준다. 그것은 가족이라는 최소 단위 공동체가 보여줄 수 있는 최선의 돌봄이며, 국가가 감당하지 못한 자리를 묵묵히 채우려는 윤리적 행위다.

하지만 이 돌봄은 동시에 국가 책임의 부재가 만든 '사적 전가'의 결과이기도 하다. 개인이 겪는 피해와 상실을 공공의 제도나 정책이 감당하지 못할 때, 그 책임은 필연적으로 가족에게로 넘겨진다. 사회 시스템은 작동하지 않았고, 이들은 국가로부터 어떠한 보상도, 위로도 받지 못했다. 구조적 무관심 속에서 그저 서로를 의지하는 수밖에 없었던 것이다. 만도가 아들의 하나 남은 다리를 팔뚝으로 껴안고 외나무다리를 조심스레 건너는 장면은 감동적인 가족 서사로 읽히지만, 그 이면에는 사회적 고립과 방임의 흔적이 짙게 깔려 있다.

최소한의 문학

국가는 개인의 존엄과 생명을 지키기 위해 존재하는 공적 장치다. 전쟁, 재난, 억압, 희생이 발생했을 때, 가장 먼저 달려가 비극적 경험을 호소할 대상은 바로 국가다. 특히 약자와 희생자에게 국가의 손길이 가장 먼저 닿아야 한다. 국가는 가장자리로 밀려난 이들의 삶을 회복시키고, 다시 삶의 기반을 설계해야 할 의무를 가진다. 하지만 만도와 진수는 그 책임을 대신 지고 있다. 그들이 보여주는 생존의 의지는 존경받아 마땅하지만, 그것이 국가의 무관심을 정당화할 수는 없다. 오히려 그것은 국가의 부재가 만들어낸 고통의 그림자에 가깝다.

진짜 보호란 개인이 감내하지 않아도 되는 것이다. 그것은 상처 입은 이들이 공적 시스템 안에서 돌봄과 회복을 경험할 수 있을 때 완성된다. 그 돌봄은 제도적이고 지속적이어야 하며, 특정 개인이나 가족의 헌신에만 기대서는 안 된다. 만약 그것이 없다면, 우리는 계속해서 만도와 진수 같은 이들을 만들어내게 될 것이다. 이 작품은 단순한 전후 가족 서사가 아니라, 우리 사회가 반드시 응답해야 할 국가의 책무를 상기시키는 윤리적 요청이며, 더 늦기 전에 되묻고 실천해야 할 시대적 과제다.

국가는 누구를 위해 존재하는가

국가는 소수의 강자나 엘리트를 위해 존재하는 것이 아니다. 국가는 오히려 '버티기 힘든 사람들'을 위해, 가장 낮은 곳에서 삶을 지탱하는 이들을 위해 존재해야 한다. 진짜 국가는 강한 자를 위해 기능하는 기계가 아니라, 가장 연약한 자의 손을 먼저 잡는 공동체여야 한다. 국가가 이러한 역할을 수행하지 못할 때, 사회는 점점 더 쉽게 약자를 방치하게 된다. 고통은 사적 책임으로 전가되고, 사람들은 침묵 속에 무너진다. 결국 보호받지 못한 존재들의 고통은 더 이상 개인의 문제가 아니라, 사회 전체의 윤리적 실패가 된다.

정치철학자 존 롤스John Rawls는 "사회 제도의 혜택은 가장 열악한 조건에 있는 이들에게 가장 먼저 돌아가야 한다"고 주장했다. 그는 이것을 '차등의 원칙'이라 불렀고, 국가는 그 원칙에 따라 약자의 권익을 가장 우선시하는 방향으로 설계되어야 한다고 보았다. 이는 단순한 도덕적 권고가 아니라, 공동체로서 국가가 정당성을 확보하기 위한 최소한의 전제 조건이다. 롤스에게 있어 국가는 단지 행정과 질서의 체계가 아니라, 정의를 실현하는 사회 윤리의 주체였다.

「수난이대」 속 만도와 진수는 이 원칙이 작동하지 않는 현실에서 살아남아야 했던 인물들이다. 그들은 '국가가 곁에 있지 않을 때' 무엇이 벌어지는지를 자신의 몸과 관계, 감정으로 증언하고 있다. 그리고 그 증언은 시대와 장소를 넘어 오늘의 우리에게까지 이어진다. 지금 이 순간에도 장애인, 실직자, 청년, 이주민, 난민 등 많은 이들이 국가의 보호 바깥에서 버티고 있다. 그들은 단지 제도의 사각지대에 놓인 존재가 아니라, 우리가 외면한 사회의 거울이다.

우리가 "국가는 지금 어디에 있는가?"라고 묻는 것은, 단지 물리적인 존재 여부를 묻는 것이 아니다. 그것은 국가의 윤리적 '위치'를 되묻는 것이며, 국가가 약자에게 가장 가까운 곳에 서 있는지를 묻는 것이다. 법과 제도가 아무리 정교하게 구성되어 있더라도, 그것이 삶의 최

최소한의 문학

전선에 도달하지 못한다면 국가라 부를 수 없다. 국가는 구호보다 실천이 앞서야 하며, 제도보다 연대의 감각이 살아 있어야 한다.

국가는 단순한 행정기구나 정책 수행의 도구가 아니다. 그것은 공동체의 연대와 존엄을 실현하는 윤리적 공간이다. 그리고 그 윤리는 구호나 선언이 아니라, 구체적인 실천을 통해서만 입증될 수 있다. 우리가 만들어 가야 할 국가는 더 이상 만도와 진수의 고통을 '개인의 몫'으로 남겨두지 않는 국가다. 약자를 위한 구조, 희생자에게 응답하는 제도, 상처를 존엄으로 바꾸는 회복의 체계. 그것이야말로 우리가 요구해야 할 국가의 진짜 이름이며, 우리가 함께 만들어가야 할 공동체의 미래이기도 하다.

끝나지 않은
전쟁의 증언

이범선, 「오발탄」(1959)

'전후 사회'라는 또 다른 전장

전쟁은 비극적이다. 가장 존중받아야 할 인간의 존엄이 전쟁 중에는 존중받을 수 없기 때문이다. 그럼 전쟁이 멈추면 존엄은 회복되고 정상적인 삶을 되찾을 수 있을까? 전쟁이 끝나면 고통은 사라지는 것일까? 안타깝지만 전쟁은 끝나도 그 상처는 잘 사라지지 않는다. 포성은 멈췄지만, 총알은 여전히 삶의 구석구석을 꿰뚫어 놓는다. 그런 까닭에 전장에서 살아남은 이들을 모두 생존자라 부를 수는 없다. 이들은 다시 '전후 사회'라는 또 다른 전장에 내몰리기 때문이다.

전쟁은 삶을 열악하게 만든다. 도시 기반 시설은 물론, 농어촌의 생산 시설도 남김없이 파괴되어 일자리는 사라지고 그에 따라 빈곤은 심화된다. 식량과 물자는 턱없이 부족해지고 물가는 터무니없이 올라 나아질 기미는 보이지 않는다. 사회는 불안하고, 곳곳에서 살아남기 위한 범죄가 발생한다. 도덕이 붕괴하는 것이다. 그뿐일까. 폭격과 총격으로 사랑하는 사람들을 잃거나, 거처를 잃고 떠돌이가 되어버린 사람들. 이들은 전쟁 트라우마로 심각한 정신질환에 시달린다. 이처럼 전쟁 후유증은 치유하기 어려운 깊은 상처다.

우리나라는 가장 잔혹한 전쟁을 겪은 나라다. 전쟁은 이제 막 독립한 신생국의 도시를 파괴하고 경제를 몰락시켰으며, 도덕을 마비시켰다. 후유증도 만만치 않았다. 빈곤이 만연하고, 사회는 무질서해졌으며, 전쟁 트라우마는 물론 이산과 실향의 아픔이 더해졌다. 정치적 불안정도 후유증 중에 하나다. 지금까지 우리 사회에 이념의 대립과 갈등이 극단적으로 치닫는 것은 그 씨앗이 전쟁에서 비롯되었다고 해도 과언이 아니다.

이범선의 「오발탄」이 발표된 1957년은 6·25 전쟁이 끝난 지 몇 해밖에 지나지 않은 시기였다. 그래서 전쟁 후에 나타난 온갖 병리적인 현상을 확인하는 것이 가능하다. 그런 까닭에 이 소설은 그 자체로 의미가 있다. 전쟁을 체험하지 않은 세대에게는 전쟁과 그 후유증을, 전쟁을 체험한 세대에게는 그 시대의 아픔이 여러 형태로 변주되고 있음을 인식하게 하기 때문이다. 지금 이 소설을 읽는 것은 단지 과거를 반추하기 위함이 아니라, 전쟁이 남긴 구조적 상처들이 어떻게 오늘의 사회를 형성하고 있는지 인식하는 계기이자, 전쟁의 잔혹함을 통해 반전의 의지를 다지는 최소한의 시도일 수 있다.

　1950년대의 잿빛 서울, 계리사* 사무실 서기 송철호는 퇴근 시간이 한참 지나도록 멍하니 앉아 있었다. 다른 직원들이 모두 떠난 사무실에 홀로 남아, 그는 대야에 물을 받아 손을 씻었다. 글씨를 쓰다가 생긴 중지 손가락 굳은살에서 잉크가 풀려나오는 것을 보며 철호는 문득 한 원시인의 환영을 보았다. 사냥감을 찾아 헤매다 결국 버려진 짐승의 내장을 주워 돌아가는 그 원시인의 모습은, 빈 도시락을 든 채 해방촌 판잣집으로 돌아가는 자신의 모습과 겹쳐졌다.

　집으로 향하는 비좁고 미끄러운 골목길. 철호의 발걸음은 무거웠다. 낡은 판잣집 대문 안으로 들어서자, 어머니의 목소리가 들려왔다. "가자! 가자!" 어머니는 6·25 전쟁으로 정신을 놓으신 후, 잃어버린 고향으로 돌아가자는 말만 되풀이하고 있었다. 철호의 아내는 만삭의 몸으로 밤늦도록 바느질을 하고 있었다.

　철호는 밤이면 산등성이 바위 위에 올라가 밤하늘의 별을 보며 북두칠성과 고향을 떠올렸다. 그는 혼란한 현실과 가난 속에

　• 계리사: 보험 계리에 관한 업무를 전문적으로 처리할 수 있는 법적 자격을 갖춘 사람. 주로 보험료 산출, 배당금 계산 따위의 정당성 여부를 확인하는 일을 한다.

서도 묵묵히 가족을 책임지는 존재였다.

그날 밤, 동생 영호가 술에 취해 들어왔다. 군에서 제대한 지 2년이 넘도록 직업을 갖지 못하는 영호는 돈과 성공에 대한 열망을 쏟아냈다. 그는 양심, 윤리, 법률 같은 것은 '허수아비'에 불과하다며, 성공을 위해서는 그런 것들을 벗어던져야 한다고 주장했다.

"저도 형님을 존경하고 있어요. 고생하시는 형님을, 용케 이 고생을 참고 견디는 형님을. 그렇지만 형님은 약한 사람이야요. 용기가 없는 거지요. 너무 양심이 강해요."

철호는 영호의 말을 반박했지만 현실은 너무나 비참했다. 아내는 십 년 전 아름다웠던 모습과는 너무나 달라져 있었다. 그뿐인가. 스스로도 충치로 고통받으면서도 돈 때문에 치료를 받을 수 없는 처지였다. 그는 닳아빠진 양말을 보며 돈 없이 살 수 없는 현실을 한탄했다.

영호는 결국 강도짓을 벌이다 경찰서에 잡혔다. 여동생 명숙이 미군에게 몸을 파는 양공주가 된 지 오래여서 철호는 경찰서를 찾아가는 게 낯설지 않았다. 비극은 끝이 아니었다. 아내는 끝내 해산하지 못하고 죽었다. 병원에서 철호는 시체 확인도 하지 않은 채 현관에 멍하니 서 있었다. 무엇을 해야 할지 몰라 무작정 길을 걷다 치과에 들어갔다. 그곳에서 철호는 충치 하나를 빼며 묘한 해방감을 느꼈다. 의사가 위험하다고 만류했지만 그는 한

쪽 어금니를 마저 뽑았다. 입안에서 피가 흘렀고, 몸을 가누기 어려울 만큼 어지러웠다.

그는 택시를 잡고 병원으로 가자고 했다가, 경찰서로 다시 방향을 바꾸며 방황했다. 갈 곳을 정하지 못한 채, 입에서 피를 흘리며 조용히 쓰러졌다. 택시는 목적지를 모른 채 신호등의 지시에 따라 움직이고 있었다. 어쩌면 그는 조물주의 오발탄, 잘못 발사된 총알처럼 세상 속을 떠도는 존재인지도 모른다.

구조적인 빈곤과 마비된 도덕

이범선의 「오발탄」은 어느 가난한 가족의 몰락을 그린 소설이다. 그러나 이 가족의 몰락은 가족 구성원이 무능하거나 부도덕해서 생긴 일이 아니다. 특히 철호는 계리사 사무실에 출근하며 성실하게 삶을 살아가고자 한다. 하지만 그의 사무실에 일이 없었기 때문에 그는 가난을 떨칠 수도, 해방촌 판잣집을 벗어날 수도 없다.

전쟁 직후, 산업 인프라와 고용 기반이 붕괴되자 실업과 빈곤은 일상화되었다. 경제가 돌아갈 리 만무하고, 기업 활동이 살아나야 일감이 생기는 계리사 사무실도 겨우 명맥만 유지할 뿐, 이윤을 창출하기 어려웠을 것이다. 그러니 철호의 일은 가족의 생계를 책임지기엔 턱없이 부족한 '허울뿐인 직업'이었다. 다시 말해서 철호의 노동은, 전쟁 직후 생산성 없는 노동을 상징한다. 전쟁이 노동의 의미를 앗아갔고 개인은 무

최소한의 문학

의미한 노동에 내몰린 셈이다. 작품의 표현대로 철호는 생존을 위해 사냥감을 찾아 헤매지만 아무짝에도 쓸데없는 버려진 짐승의 내장만 얻을 뿐이었다.

동생 영호는 전쟁 직후 도덕적 타락을 보여주는 대표적인 인물이다. 사회학자 에밀 뒤르켐Émile Durkheim은 사회적 연대가 개인의 정체성과 행동에 큰 영향을 미치는데, 전쟁이나 급격한 산업화 등 충격적인 일이 발생하면, 기존의 가치와 규범이 붕괴되고 사람들이 무질서하고 방향 없는 무규범 상태, 즉 아노미에 빠진다고 보았다. 이런 상황에서 개인은 소외되고 고립되어 극단적인 선택을 할 수도 있고, 일탈적인 행위를 할 수 있다. 영호는 바로 아노미적 상태에 빠진 개인의 모습을 잘 보여준다. 그는 "법률, 윤리, 양심을 다 벗어던지고 살아야 한다"고 말하며, 법과 도덕을 조롱한다. 전쟁은 생존을 위해 비도덕적, 비정상적 생존 전략을 선택하도록 만들었던 것이다. 미군에게 기생하며 양공주로 전락해 버린 동생 명숙 역시 아노미적 일탈을 보여주기는 마찬가지다.

빈곤과 아노미적 현실은 사회를 이루는 가장 기초적인 단위인 가족마저 붕괴시킨다. 아무리 충격적인 일을 겪더라도 사람들은 가족만은 지키고자 한다. 충격적인 일을 겪을수록 가족으로 되돌아가 위로를 얻고 다시 살아갈 의지를 회복하기 때문이다. 그러나 전쟁은 최소한의 가족 연대도 무너뜨린다. 철호의 어머니는 전쟁 중 정신을 놓아버렸고 아름다웠던 아내는 해산도 하지 못한 채 죽음을 맞이한다. 이는 여성의 생식 능력과 돌봄의 기능이 더는 유지할 수 없게 된 현실을 상징한다. 가족 구성원 각자는 서로를 보호하지 못한 채 무력감 속에서 서서히 해체되어 간 것이다.

트라우마와 정치 현실의 왜곡

전쟁의 상처는 한순간의 혼란과 무질서로 그치는 것이 아니다. 깊숙한 상처는 살이 아물더라도 날이 흐리면 쿡쿡 쑤시듯, 전쟁의 상처 역시 겉으로는 복구되었다 하더라도 내상을 입힌다. 바로 트라우마다.

작품 전반에는 트라우마적 이미지가 반복된다. 철호는 물속에 잠긴 손끝의 잉크를 '피'로 착각하고, 거울 속 자신을 '원시인'으로 보며 인간성의 퇴화를 느낀다. 이런 환상과 착각은 단순한 몽상이나 감상주의가 아니라, 정신적 붕괴를 상징한다. 아마도 철호는 흐르는 것만 바라보면 피 흘리는 장면이 수시로 플래시백되어 괴로움을 겪을 것이다.

트라우마는 처리되지 않은 기억이다. 우리는 대체로 과거 일을 현재처럼 느끼지는 않는다. 과거의 일은 과거의 일로 통제할 수 있다. 그러나 전쟁 체험 같은 강렬한 사건은 도저히 믿기 힘든 일이어서 받아들이지 못하고 처리하지도 못한다. 잠시 잠깐 잊을 수는 있어도 느낌, 냄새, 소리, 이미지 등 당시의 분위기는 여전히 남아서 단서만 주어지면 자신도 모르게 그 시절로 되돌아가게 된다. 전쟁이 여전히 현재형인 것이다.

안타까운 것은 트라우마를 겪는 이들이 선택하는 극단적인 극복법은 고통에서 벗어나려고 무모하거나 과격한 일을 수행하는 것이다. 고통의 기억을 더 큰 충격으로 맞서보려는 태도인 셈이다. 실제로 과격한 방식이 도파민을 분비시켜 일시적으로 쾌감을 준다고도 알려져 있다. 이런 맥락에서 철호가 충치를 뽑는 장면은 고통을 벗어나기 위한 무모한 시도로 해석된다. 그러나 곧바로 이어지는 어지럼증과 피 흘리는 모습은 이런 방식이 얼마나 자기 파괴적인지를 드러내 준다. 전쟁 트라우

최소한의 문학

마는 결국 일상을 무너뜨리는 것이다.

　전쟁의 지속적인 상처는 개인의 트라우마에만 한정되지 않는다. 전후 사회의 정치 환경을 왜곡시켜 사회 발전을 가로막기도 한다. 한국 사회는 분단과 전쟁을 겪으면서 오랜 시간 동안 군부의 정치적인 힘이 막강하게 작용했다. 군부가 불법적인 쿠데타를 일으켜도 이를 저지할 수 없었던 것은 그만큼 이들의 힘이 사회적으로 강력했다는 뜻이다. 군부를 기반으로 한 권력은 남북 화해와 평화를 주장하는 이들을 간첩 행위로 내모는가 하면, 자신들이 정치적 위기를 겪을 때마다 북한의 위협을 핑계로 그 영향력을 유지해 왔다. 5·16 쿠데타, 12·12 쿠데타, 최근 계엄령 사태에 이르기까지 한국의 민주주의는 큰 희생을 치러야 했고, 현재까지도 소모적인 이념 갈등으로 사회적 분열을 겪고 있는 중이다.

　군인 출신이 정치를 하는 동안 개인의 인권과 자유가 유린되는 일도 잦았다. 국가가 개인의 삶을 보호하고 지원하기보다 통제하고 억압하는 일이 있었고, 그러다 보니 국가 위주의 획일적인 가치가 내면화되어 사회적으로 다양한 가치를 추구하는 것이 어려운 적도 있었다. 이처럼 전쟁의 후유증은 마치 DNA로 유전되듯 세대를 거치면서 부정적인 영향이 되물림되기도 했다.

기억해야 할 전쟁 : 다시 읽는 「오발탄」

한국 전쟁이 끝난 지 벌써 70여 년이 훌쩍 지났다. 그렇다면 전쟁의 상처는 모두 아물었는가? 안타깝게도 대답은 부정적이다. 이산과 실향의 아픔을 지닌 이들은 여전히 존재하고, 해묵은 이념적 갈등은 극우 세력의 출현으로 이어지기도 한다. 그런데 안타까운 것은 전쟁이 가져온 엄청난 비극의 결과에 대해 사람들이 점점 무감각해진다는 것이다. 세계 곳곳에서 벌어지는 전쟁을 손쉽게 미디어로 볼 수 있으니, 전쟁마저 소비되는 일상이 펼쳐지고 있다는 느낌이다.

문화비평가 수전 손택Susan Sontag은《타인의 고통》에서 우리가 이미지를 통해서 본 재현된 현실과 실제 일어난 현실의 참담함 사이에 얼마나 큰 간극이 있는지를 폭로한 바 있다. 그녀는 이미지가 주는 폭력의 지속적 노출, 저널리즘의 의도적 편집이 대중에게 실제 현장의 비극을 무감각하게 만들고 있다고 주장한다. 수전 손택의 비판은 한국 사회에도 그대로 적용될 수 있다. 온갖 미디어에서 쏟아내는 전쟁의 이미지를 소비하다 보면 전쟁의 폐해에 대한 진지한 성찰과 위기의식이 옅어질 수 있다. 상대에 대한 대화와 타협의 분위기는 점점 줄어들고 핵개발 등 강경한 대응으로 긴장 국면을 조장하는 경우도 존재한다.

그러므로 지금 우리가 「오발탄」을 다시 읽는다는 것은 단지 오래된 소설을 되새기는 행위가 아니다. 그것은 잊히지 말아야 할 고통을 기억하고, 반복되어서는 안 될 역사를 성찰하는 출발점이다. 문학은 고통의 대리 체험을 가능하게 하기에, 우리는 무감각을 뚫고 다시 질문해야 한다. 전쟁은 진정 끝났는가? 전쟁은 우리에게 어떤 상처를 남겼는가?

전쟁은 총성이 멈춘 순간 끝나는 것이 아니다. 기억 속에서, 일상 속에서, 현실 정치 속에서 계속된다. 「오발탄」은 우리가 전쟁과 마주할 수 있게 해주는 성찰적 거울이다.

최소한의 문학

이데올로기로부터의
자유

최인훈, 「광장」(1960)

식탁 위의 이데올로기

오랜만에 모인 가족 모임 자리. 분위기가 무르익자 큰아들이 앞으로 있을 선거와 관련된 이야기를 꺼낸다. 이번에는 기필코 경제 활성화를 이끌 사람을 뽑아야 한다는 말에 둘째 아들은 무슨 소리냐며, 경제 활성화는 기업에만 유리할 뿐 민생 경제를 살리려면 기본소득을 보장하는 인물을 선출해야 한다고 맞선다.

갈비찜은 여전히 따뜻한 온기를 품고 가족의 손길을 기다리지만 대화는 점점 거칠어지고 화기애애하던 식탁은 싸늘해진다. 어머니가 중간에서 웃으며 분위기를 전환하려 했지만, 두 사람은 전혀 다른 이념의 세계에 사는 것처럼 느껴졌다. 화기애애하던 식탁은 더 이상 대화가 이어지지 않았고, 이데올로기의 대립이 일상의 공간에서조차 뜨겁게 벌어지고 있었다.

신념은 살아가는 데 중요하다. 그것이 자신의 정체성을 결정해 주고 살아갈 방향을 제시하기 때문이다. 그런데 그 신념이 자기 자신은 물론이고 공동체를 억압하고 부정하는 것이라면 어떨까?

대단히 불행한 일이지만 20세기 한반도는 자유주의 이데올로기와 사회주의 이데올로기가 서로 경쟁하고 투쟁하는 공간이었다. 일제 강점기부터 시작된 이 갈등은 해방 이후에 미국과 소련이 개입하면서 더욱 심화되었는데 이러한 갈등과 경쟁 속에서 이데올로기는 개인의 자유를 크게 훼손했다. 기존 이데올로기를 지닌 이들이나, 이에 저항하는 이데올로기를 가진 이들 모두 개인에게 폭력을 행사하는 것은 다를 바가 없었다. 이처럼 이념 갈등은 역사적 상처로 이어졌고, 이는 문학 작품 속에서 보다 깊이 있는 성찰의 형태로 나타났다.

1960년, 최인훈의 작품 「광장」은 특별한 주목을 받는다. 왜냐하면 이전까지 아무도 말하지 않던 이데올로기 대립을 본격적으로 표현한 작품이기 때문이다. 1960년은 한국 사회에 자유를 갈망하는 분위기가 널리 퍼졌던 시기였다. 이승만 독재 정권이 퇴진했고, 4·19 혁명의 값진 희생 덕분에 정치적인 변화의 계기가 만들어졌기 때문이다. 최인훈의 「광장」이 가능했던 이유는 바로 이러한 시대적 분위기도 한몫했을 것으로 보인다. 자유롭게 말하고, 읽고, 쓸 수 있었던 시대적인 분위기에서 이 작품은 창작될 수 있었다.

철학을 전공하는 대학생 이명준은 아버지의 친구 집에 얹혀살고 있다. 그는 조용하고 사색을 즐기는 인물로, 책과 생각 속에서 삶의 의미를 찾고자 했다. 그러나 그의 아버지는 북한에 살며 종종 대남 방송에 등장했고, 이로 인해 명준은 끊임없는 의심과 감시의 대상이 된다.

경찰서에 끌려간 그는 형사들에게 구타를 당하며, 아버지와 연락을 주고받는건 아닌지 조사를 받는다. 고함과 폭력, 모욕 속에서 그는 더 이상 아무 말도 하지 않는다. 형사들은 그를 끝내 빨갱이로 몰아붙였고, 그 속에서 이명준은 서서히 남한 사회에 대한 환멸을 느끼기 시작한다.

그는 거리에서 방황하며 친구들의 타락한 모습을 목격한다. 자유라는 이름 아래 무질서와 방임이 만연했고, 누구도 삶의 진정한 의미를 묻지 않았다. 개인의 자유와 자본주의적 풍요가 넘쳐나는 듯 보였지만, 그 속에서 인간의 존엄은 끝없이 훼손되고 있었다. 사람들은 서로를 이용하고, 들뜬 표정 뒤에는 깊은 허무가 감춰져 있었다. 명준은 남한 사회에서 자신이 서 있을 자리를 찾지 못한 채 마침내, 월북을 결심한다.

북으로 간 명준은 혁명의 깃발 아래 새로운 삶을 꿈꾼다. 이상과 공동체, 평등의 사회. 그러나 곧 깨닫는다. 북한의 광장은 생기 있는 사상의 교류 공간이 아니라, 하나의 목소리만을 허락하는 커다란 침묵의 장소였다는 것을. 침묵의 공간에는 오로지 복종과 명령만이 존재했고, 인간은 그저 체제의 수단일 뿐이었다. 그는 그곳에서 '은혜'라는 여인을 만나 사랑에 빠진다. 그녀와의 관계는 이념의 무의미함을 일시적으로나마 보상해 주었고, 인간적인 정을 느낄 수 있는 유일한 안식처였다. 그러나 그 사랑 역시 체제의 억압 속에서 시들어 갔다.

그는 전쟁에 뛰어든다. 삶을 뒤흔들 무언가를 찾기 위해서였다. 그러나 포연 속에서도 새로운 삶은 보이지 않았다. 남과 북 어디에도 진실한 삶은 없었고, 그 사이에서 무너져 가는 인간의 얼굴만 보았을 뿐이었다. 결국 명준은 포로가 되어 송환 과정에서 남이냐 북이냐의 선택의 갈림길에 놓인다.

"동무는 어느 쪽으로 가겠소?"

그 질문에 명준은 남도, 북도 아닌 중립국을 택한다. 이제 그가 나설 광장은 남과 북 어디에도 없다는 판단 때문이었다. 그는 인도로 가는 타고르호에 오른다.

명준은 바다를 본다. 큰 새와 꼬마 새가 바다를 향해 미끄러지듯 내려오고 있다. 마치 사랑하던 은혜와 은혜가 낳았을 딸과 같다. 정신이 몽롱하다. 바다. 그녀들이 마음껏 날아다니는 광장. 그의 눈에 푸른 광장이 보였다. 그날 밤, 명준은 배에서 사라진다.

과연, 이데올로기는 무엇인가

주인공 이명준은 남한과 북한에 모두 환멸을 느낀다. 우선 그에게 남한 사회는 '밀실'에 가깝다. 밀실은 공동체와는 거리가 먼 지극히 사적이고 폐쇄적인 공간이다. 개인의 자유가 철저히 보장되는 곳이지만 타인과는 전혀 무관한 공간. 그래서 타락할 수 있는 자유마저도 허용되고 부조리한 이익도 허락된다. 이명준에게 남한은 왜곡된 자본주의가 활개를 치는 공간이었다.

그럼 북쪽은 진정한 광장일까? 북한은 겉으로는 광장이 맞다. 그러나 그 광장은 자유로운 개인이 연대하는 정의로운 공동체로서의 광장이 아니라 상부의 명령과 복종이 개인의 자율성을 훼손하는 곳이었다. 심지어 북한의 사회주의 체제는 개인의 '사랑'마저 허용하지 않는 엄격한 통제 사회였던 것이다.

이처럼 이명준은 남과 북에서 서로 다른 이데올로기적인 선택을 시도했으나, 그 어디에서도 삶의 진실을 발견하지 못한 채 허무주의에 빠진다. 그에게 이데올로기는 개인의 자유를 억압하는 강제적인 힘으로 작용할 뿐이었다.

그렇다면 이데올로기란 무엇인가? 18세기 프랑스의 유물론자 데스튀트 드 트라시Destutt de Tracy의 《이데올로기 개론》(1801)에서 처음 학문적으로 사용된 이 말은 인간의 마음속에 자리 잡은 어떤 관념이나 믿음, 혹은 신념을 지시하는 어휘였다. 우리가 흔히 쓰는 신념이나 가치관 등을 가리키는 어휘라고 보면 된다.

그런데 신념이나 가치관이라고 보기에는 그 의미가 훨씬 무겁고 큰 이데올로기도 있다. 한 개인의 신념이 아니라 공동체, 혹은 국가, 민족을 규율하는 일종의 거대한 담론이 그것이다. 같은 성향을 지닌 정치 집단이나 경제 집단을 규율하는 담론도 이에 해당한다. 이것들은 덩치가 큰 만큼 한 개인만이 아니라 공동체, 국가, 민족의 삶에 방향성을 제시하기도 한다. 단순한 신념이 아니라 신념의 체계, 단순한 생각이 아니라 사상의 체계를 가리키는 것으로 개인의 삶을 규정하고 생각과 행동을 규율하는 것도 가능하다.

이데올로기가 이처럼 쓰이게 된 것은 카를 마르크스와 프리드리히 엥겔스Friedrich Engels가 《독일 이데올로기》를 출간할 즈음이다. 이 책에서 마르크스와 엥겔스는 사회를 경제적인 토대인 하부 구조와 이를 바탕으로 한 상부 구조로 나누어 설명했는데, 이데올로기는 바로 상부 구조의 핵심적인 개념이었다. 이들의 해석에 의하면 이데올로기는 개인의 사회·경제적 지위와 계급에 의해 결정되며 그 까닭에 당연히 특정한 계급의 이익을 추구하는 경향을 띠게 된다. 따라서 지배계급은 자신들의 이익을 위해 사회 구성원에게 그들의 이데올로기를 강제하거나 자발적으로 복종하도록 요구하게 되는데, 이런 맥락에서 마르크스는 이데올로기를 허위의식이라고 규정지었다.

그런데 여기서 주목할 것은 마르크스는 노동자를 비롯한 피지배계층도 지배 이데올로기로부터 벗어나 자유롭게 살아가려면 이들 또한 이데올로기를 갖춰야 한다고 주장했다는 사실이다. 그는 자본주의의 지배 이데올로기에 맞서 노동자가 자유를 얻기 위해서는 사회주의를 저항 이데올로기로 삼을 것을 제시했고 그 결과 19세기 말부터 20세기 후반까지 세계는 이데올로기 투쟁의 공간으로 변모한다. 그리고 가장

최소한의 문학

뜨거운 이데올로기 대립의 현장 중 하나가 불행하게도 한반도였고, 안타깝게 전쟁까지 일어났으며, 그런 격변의 시기에 수많은 '이명준'이 혼란과 고통을 겪었던 것이다.

광장을 향한 탈이념적 몸부림

작품의 결말에서 이명준이 선택한 것은 사회주의나 자유주의가 지배하는 곳이 아닌, 중립국행이었다. 그에게 북한의 사회주의 이데올로기는 관념에 치우친 허상에 불과했고, 남한의 자유주의는 '게으르고 타락할 수 있는 자유'의 다른 이름이었을 뿐이다. 그뿐이 아니었다. 사회주의, 자유주의는 연약한 개인, 이명준을 억압하는 거대 이데올로기일 뿐이었다. 남한에서는 경찰서를 전전하며 사상을 의심받았고, 북한에서는 감시와 통제로 사랑마저 제대로 하기 어려웠다. 개인을 억압하는 이데올로기, 이명준은 그런 이데올로기가 지배하는 세계를 거부했다.

그러면 그의 최종 선택은 무엇일까? 그는 중립국으로 가는 타고르호에서 돌연 사라진다. 아마도 '바다'로 뛰어내렸을 것이다. 그는 왜 바다로 뛰어내렸을까? 단순히 비극적인 자살일까?

먼저, 그의 바다행은 어디에도 안착하지 못한 자의 허무한 비명일 수 있다. 진정한 광장은 그에게 끝내 도달할 수 없는 이상향이었는지도 모른다.

또 다른 한편으로는 작품의 끝부분에서 이명준이 바다 위를 자유롭게 날아가는 큰 새와 꼬마 새를 바라보는 장면에 주목할 필요가 있다.

그는 두 마리 새들을 자신이 사랑했던 은혜, 그리고 태중의 아이와 동일시한다. 그의 눈에 바다를 마음껏 날아가는 새들은 은혜와 그녀가 낳았을 딸 같았다. 그러고 보니 그들이 날아가는 '바다'는 그 어떤 방해도 존재하지 않는 자유로운 공간이다. 마치 그 어떤 이데올로기도 개인의 삶을 억압하지 않는 푸른 광장과 같이. 그러니 그가 바다를 선택한 것은 자유롭게 날아가는 두 마리 새처럼 자신도 경직된 이데올로기로부터 벗어나 진정한 자유를 얻기 위해서였을 것이다.

사실 경직된 이념에서 벗어나려는 시도는 1960년대 전 세계적인 움직임이었다. 1968년 5월 파리에서는 고등학생 시위가 대학생으로, 그리고 다시 노동자와 시민 시위로 이어지다 전 세계적인 반전 운동과 반물질주의, 반자본주의 운동으로 확산되는 일이 있었다. 이른바 68혁명이라고 불리는 사건이다. 혁명의 색깔이 이전과는 비교할 수 없을 만큼 다채로워서 쉽게 단순화할 수는 없지만 그 핵심에는 반권위주의, 반체제주의적인 정서가 강하게 자리를 잡고 있었다.

제2차 세계대전 이후 세계는 자유주의, 사회주의 등 거대 담론이 개인의 자유와 다양성을 억압하고 있었다. 그리고 그런 억압적 질서를 참지 못한 이들은 '금지하는 것을 금지하라'라는 구호를 들고 국가, 학교, 종교 등 모든 위계적 권위에 도전하며 자유로운 사고, 수평적인 의사소통을 요구했다. 이명준이 자유롭고 공존이 가능한 푸른 광장을 선택했듯, 68혁명도 거대 이념에 억압되어 왔던 다양한 가치를 분출시켰던 것이다. 이런 점에서 최인훈의 「광장」을 프랑스 68혁명의 정신과 연결 짓는 것은 충분히 가능하다. 당시 세계적인 반이념 흐름의 하나로 「광장」이 선구적으로 그 조짐을 보여주었다고 할 수 있다.

이념 너머의 열린 광장

인간이 살아가는 현실 세계는 다양한 이데올로기가 교차하는 공간이다. 자유주의와 사회주의는 물론 민족주의, 국가주의, 여성주의 등 각종 '주의'라는 이름 아래 등장하는 수많은 사상들이 서로 충돌하고 또 공존한다.

이러한 이데올로기들은 때로 역사적 전환점에서 중요한 역할을 해 왔다. 식민지로부터 벗어나기 위해 민족주의가 필요했고, 국가적 위기 속에서는 공동체주의가 연대를 이끌었다. 미개발 지역에서는 산업화 담론이 동력이 되었고, 반대로 과잉 개발의 시대에는 생태주의가 균형을 요구했다. 남성 중심의 질서에 맞서기 위해 여성주의는 새로운 목소리를 냈다.

그러나 어떤 이념이든 개인의 권리와 선택을 억압하는 순간, 그 본래의 취지를 잃고 만다. 이데올로기란 어디까지나 인간의 삶을 풍요롭고 자유롭게 만들기 위해 존재해야 하지만, 획일적으로 기울 위험성을 지녔기 때문이다.

현재 우리 사회는 때아닌 이념 갈등이 존재하고 있다. 진보 혹은 보수라는 이름으로 서로에게 혐오의 시선을 보내고 있다. 소셜미디어에서는 '진보는 종북', '보수는 기득권'이라는 낙인이 일상화되고 있다. 대화는 사라지고, 분노와 조롱이 주도하는 담론이 이를 대신한다. 상대를 같은 인간이 아니라 전혀 다른 동물을 바라보는 수준에 이르러 서로를 악마화하고, 괴물화하는 이념의 광기만 난무하는 듯하다. 이는 개인의 합리적인 이성이 이념에 의해 마비되어 맹목적인 믿음만 가득 찬 모습이다. 이념이 이성을 압도한다면, 인간의 정신은 황폐해질 수밖에 없다. 광장이 아닌 정글에서 살아가기란 얼마나 위험천만한 일인가. 그러니 지금 필요한 것은 이념에 대한 선악 판단이 아니라, 인간의 목소리를 듣고 공존을 고민할 수 있는 '열린 광장'이다.

3부

성장의 그늘, 공존을 향해

　1960~1970년대 한국 사회는 산업화와 도시화라는 이름 아래 쉼 없이 달려왔다. 경제는 성장했고 도시는 팽창했지만, 그런 변화에 적응하지 못한 이들은 때로는 말없이, 때로는 격렬히 무너져 내렸다. 근대화가 약속한 풍요의 미래는 모든 이에게 주어진 것이 아니었다. 그 시대의 문학은 눈부신 발전 이면에 내재된 불균형, 소외, 침묵을 더 깊이 들여다보았다. 3부의 일곱 편의 소설은 급변하는 사회 속에서 관계가 흔들리고 감정이 소모되는 모습을 차분하게, 혹은 단호하게 그려낸다.

　이호철의 「닳아지는 살들」은 전후 중산층 가족의 삶을 통해 가족이라는 울타리마저 해체되어 가는 시대 현실을 드러낸다. 전후라는 치유되지 않은 상처와 빠르게 작동하는 산업 사회의 논리 속에서 인간적 관계가 유지되기 어려운 환경을 작가는 냉정하게 그려내고 있다.

　서정인의 「후송」에서는 신뢰와 공동체보다 절차와 명분이 앞서는 사회의 풍경이 펼쳐진다. 명령과 체계는 철저히 지켜지지만, 그 과정에서 사람이 빠져나가고 진실은 실종된다. **김승옥의 「무진기행」**은 '순수'와 '현실' 사이에서 갈등하는 지식인의 내면을 통해, 성장이라는 외피 속에 숨겨진 무력감과 자아의 흔들림을 예민하게 포착한다.

　이청준의 「소문의 벽」은 표현과 침묵, 진실과 오해의 경계에서 말을 잃어가는 인간의 얼굴을 보여준다. 소문과 검열이 일상이 된 사회에서 문학이 감당해야 할 몫은 무엇인가, 말할 수 없는 현실에서 표현의 가능

최소한의 문학

성을 어떻게 찾아야 할 것인가를 작품은 묻고 있다. **황석영의 「삼포 가는 길」**에서는 일자리와 삶의 정처를 잃고 길 위에 선, 세 인물이 등장한다. 그들이 나누는 짧은 연대와 공감은 고단한 시대에도 사람과 사람 사이에 남은 온기를 다시 떠올리게 한다.

　현기영의 「순이삼촌」은 제주 4·3의 상흔을 여성 인물의 삶을 통해 풀어내며, 국가 폭력에 침묵해 온 역사에 대한 윤리적 책임을 묻는다. 그리고 **조세희의 「뫼비우스의 띠」**는 도시라는 공간이 누구를 위한 것인가를 집요하게 파헤친다. 개발 논리에 밀려나고 버려지는 사람들, 그들의 자리 없는 삶이 드러내는 건 도시화의 또 다른 얼굴이다.

　3부의 작품들은 말한다. 성장의 이름으로 가려졌던 감정, 사라져 버린 관계, 설명되지 않은 상처들이야말로 그 시대를 제대로 이해하게 만드는 열쇠라고. 한국 사회는 분명 성장했지만, 그 속에 놓인 사람들의 이야기를 함께 들어야만 진정한 공존의 길에 다가설 수 있다. 이 소설들은 각자의 고유한 목소리로, 그 진실을 증언하고 있다.

전후 사회,
가족은 무사한가

이호철, 「닳아지는 살들」(1962)

스위트홈의 신화는 가능한가

TV 드라마 중에는 아주 오랫동안 큰 변화 없이 유지되고 있는 전통적인 포맷이 있다. 바로 8시 전후로 방영되는 일일연속극이다. 대체로 뉴스 직전에 편성되는 일일연속극은 저녁 식사를 마치고 가족들이 거실에 앉아 휴식을 취할 때 방송된다. 그런 까닭일까. 대부분 연속극은 가족 구성원을 중심으로 한 서사 구조를 이룬다. 연속극에서 다뤄지는 공간도 거실이나 주방, 안방과 같이 집 안의 풍경이 대부분이다. 물론 시청률을 의식해서 선정적인 소재를 다뤄 민망할 때도 있지만 연속극에 등장하는 가족은 단란하고 다정한 모습으로 비추어지거나 적어도 이를 추구하는 것처럼 그려진다.

이렇듯 일일연속극은 스위트홈의 신화를 만들어가고 있다. 스위트홈의 신화 속에서 가족은 위기나 갈등도 지혜롭게 해결할 수 있다고 믿는다. 이 과정에서 가장의 역할은 중요하게 부각되며, 집안 어른들 역시 결정적인 영향력을 행사할 때가 많다. 이들은 구성원들에게 서로 이해하고 배려하는 가족 분위기를 조성하도록 유도하고, 그 안에서 어떤 갈등도 해결할 거라는 신념을 갖게 한다.

문제는 연속극에 반영된 가족에 대한 관념을 보편적인 가족 모델로 받아들일 수 있느냐는 것이다. 왜냐하면 현실의 가족은 스위트홈만 있는 게 아니기 때문이다. 더군다나 우리 근현대사에서 겪은 비극들은 현실 가족에게 감당하기 어려운 고통을 안겨준 경우가 적지 않다. 전쟁과 이산, 산업화와 도시화를 겪는 동안 가족 공동체 자체가 적잖이 위협받아 온 역사를 떠올려 볼 때, 스위트홈이 보편적일 거라는 생각은 허구적인 기대의 산물일지 모른다. '스위트홈 신화'는 사실상 특정 형태의 '가족 이데올로기'를 주입하는 기제로 작동해 가족이 겪는 현실적인 위기라든가 가족 해체 현상에 대한 냉정한 접근을 가로막을 수도 있다.

1962년에 발표된 이호철의 「닮아지는 살들」은《무너앉는 소리》3부작 중 1부에 해당하는 소설이다. 작가는 이들 연작을 통해 현대 사회의 가족 해체 문제와 부조리한 인간 삶의 모습을 파헤친다. 그는 가족을 단란하고 다정하며 상처를 서로 위로하는 스위트홈으로 그려내기보다는 어떤 결속력도 지니지 못한 채 해체되어 버린 껍데기뿐인 공동체로 제시한다. 한국 사회가 전쟁과 급속한 산업화 때문에 세계 어느 나라보다도 가족에 대한 위기가 심했던 것을 생각해 보면 이호철의 가족에 대한 비판적인 접근은 의미가 있다.

　오월의 어느 저녁, 북으로 시집 간 맏딸이 밤 열두 시에 돌아오기로 한 날이었다. 집 안에는 은밀한 기다림의 기운이 감돌았다. 아버지는 헐렁한 옷을 입고 소파에 앉아 있었다. 그는 귀가 멀고 반백치 상태였으나, 하얀 살결의 얼굴은 젊어 보였다. 며느리 정애와 막내딸 영희가 그의 곁에 앉아 뜰을 내다보고 있었다. 집은 고요하고 썰렁했다.

　그때, "꽝 당 꽝 당" 멀리서 쇠붙이를 두드리는 소리가 간헐적으로 들려왔다. 영희는 시누이인 정애에게 무슨 소린지 묻지만 정애는 별 반응이 없다. 영희는 쇠붙이 소리가 집을 주저앉게 할 것 같다고 생각했다. 때마침 오빠 성식이 거실에 나타나자 영희는 백수처럼 지내는 그에게 비난을 쏟아냈다. 그러나 성식의 반응은 차가울 뿐이다.

　밤 열 시를 알리는 벽시계 소리에 집안은 술렁거렸다. 영희는 정애에게 이 집을 내놓고 오빠와 이혼해서 새롭게 삶을 시작하라고 말하지만 정애는 아무런 반응이 없다.

　식모가 누군가 밖에서 영희를 찾는다고 알려왔다. 영희는 황급히 문을 열었다. 골목길 불빛 아래, 술에 취한 선재가 담벼락에 기대어 서 있었다. 선재는 북으로 시집간(오늘 밤 열두 시에 오기로

한) 큰언니의 시동생이었다. 어머니가 살아계실 때는 어머니가 선재를 큰언니 대하듯이 좋아했다. 하지만 어머니가 죽고 없는 이 집에서 그는 투명 인간 취급을 받았다. 영희는 그런 선재에게 묘한 감정을 느끼고 있었고, 가족들도 둘을 약혼이라도 한 것처럼 대하고 있었다.

"술이 많이 취했군요?" 영희는 선재를 부축해 그의 방으로 들어가 자신만의 방식으로 존재를 증명하려는 듯, 선재와 육체적인 관계를 맺는다.

선재의 방을 나선 영희는 성식의 방으로 들어간다. 영희는 오빠를 불렀다. "오빠…… 나, 결혼했어. 오늘 밤 지금 막. 뭐 어떠우? 이왕 그렇게 될 걸 뭐. 누구나 자기 혼자의 문제밖에 안 남는 걸. 안 그렇수? 어쩌다가 우리가 모두 이렇게 됐을까, 오빠." 영희의 물음에 성식은 천장만 올려다볼 뿐이었다. 영희는 쓰디쓰게 웃었다.

"꽝 당 꽝 당." 소리가 다시 들렸다. 밤은 깊어질수록 집 안은 투명해졌고, 방 안의 불빛도 하얘졌다. "저 소리 들으면 이상한 생각이 안 드우?" 영희가 정애에게 물었지만 정애는 별다른 반응이 없었다. 영희는 말한다. "우리와는 다른 싱싱한 것이 부풀어서 우릴 잡아먹을 것 같은……."

벽시계가 12시를 치기 시작하자 가족들은 일제히 시계를 바라보았다. 그때 복도 문이 열렸다. 히히히히 이상한 웃음소리와 함

께 나타난 식모

"변소에 갔었시유."

그러자 영희가 발작하듯 아버지 쪽으로 달려갔다. 한 손으로 식모를 가리키며, 한 손으로는 아버지를 부축해 큰소리로 말했다. "아부지, 자 봐요. 언니가 왔어요, 언니가…… 정말 열두 시가 되니 언니가 왔어요. 이제 정말 우리 집 주인이 나타났군요. 됐지요? 아부지 자, 어때요? 됐지요?" 아버지는 허우적거리며 일어섰고, 성식과 정애도 엉거주춤 의자에서 일어섰다. "꽝 당 꽝 당." 쇠붙이 소리는 밤새 이어질 듯했다.

'가족'의 상징적 해체

「닳아지는 살들」은 여느 일일연속극처럼 작품의 주요 공간이 거실과 방 안이고, 등장인물도 집안 사람들로 한정된다. 그러나 이 작품은 연속극처럼 스위트홈의 신화를 보여주지 않는다. 은행에서 고위직으로 근무하다 몇 해 전 은퇴한 칠십을 넘긴 집주인은 온전치 못한 정신으로 거실에 앉아 무작정 20년 전 북으로 시집간 큰딸을 기다린다. 전쟁과 분단으로 큰딸의 귀환이 현실적으로 불가능한 것을 생각할 때 그의 정신은 정상이 아니다. 이는 마음속에 고향을 묻어야 했던 피난민 1세대의 정서적인 혼란을 상징한다. 더 이상 누군가에게 지시하거나, 누군가를 돌보는 권위를 갖지 못한 그는, 해체되어 버린 가부장제의 유령과도 같다.

최소한의 문학

오빠 성식은 무기력한 도시 중산층 남성의 전형이다. 그는 미국 유학까지 다녀왔지만 아무 일도 하지 않는다. 온종일 잠옷 차림으로 집 안에 머무는 그에게서 미래에 대한 전망이나 자기 서사의 주체성은 찾아보기 어렵다.

성식의 아내 정애도 부조리한 상황을 개선하려는 의지가 없기는 마찬가지다. 그녀는 시아버지에 대해 돌봄과 헌신이라는 윤리를 수행하지만, 정작 남편에게는 어떤 애정도 기대도 없다. 가족이 유지되어야 한다는 이데올로기를 내면화한 인물로, 모성으로서의 여성적 기능이 억압적으로 반복 재생산되는 모습을 보여줄 뿐이다.

서술자인 막내딸 영희는 집안에서 부조리한 상황을 유일하게 자각하고 그 상황에서 벗어나려는 인물이다. 그녀는 언니가 돌아오지 못할 것을 알기에 가족들의 모습이 부조리하다는 것을 알고 있다. 그러나 그녀 역시 가족에게 할 수 있는 일은 아무것도 없다. 대화와 소통이 이루어지지 않기 때문에 그녀가 가족에게 건네는 말도 의미가 없기는 마찬가지다. 다만 그녀는 자신의 답답한 심정을 사돈지간인 선재와 나누며 현실을 함께 탈출하려고 한다. 이는 단순한 성적 일탈이 아니라 가족 질서 자체에 대한 거부이며, 자신의 욕망을 주체적으로 호명하려는 절규에 가깝다.

이처럼 「닳아지는 살들」의 모든 인물은 가족이면서도 대화와 소통이 존재하지 않는 파편화된 삶의 모습을 보여준다. 이들은 모두 한 지붕 아래에 머물고 있지만, 정서적 연대나 책임감은 찾아볼 수 없다. 응접실에 앉아 창밖을 멍하니 바라보거나, 제각기 흩어져 침묵으로 일관하는 모습은 '가족'이라는 이름 아래 타자화된 존재들을 보여준다. 이들 모두는 '맏딸'이라는 부재하는 존재를 중심으로 생활하지만, 실질적으로는 서로 간의 연대도, 신뢰도 하지 않는다. 가족 구성원들은 결국 의미 없는 기다림과 말 없는 공존 속에서 닳아지고 있을 뿐이다. 이 소설이 그려내는 가족은 실질적으로 이미 해체되었으며, 가족이라는 형식만이 남아 있는 껍데기일 뿐이다.

'쇠망치 소리'와 '밤 12시'라는 비가시적 폭력

이 소설의 가장 인상적인 장치는 청각적 배경으로 지속되는 '쇠망치 소리'다. "꽝 당 꽝 당"이 반복되는 소리는 인물들의 대화보다 더 강렬하게 독자의 뇌리에 남는다. 이 소리는 작품 속 인물들을 잠식하는 보이지 않는 외부의 침입자이자, 내부의 균열을 일으키는 진동체다. 작가는 이를 통해 시간과 공간 속에서 침묵하는 폭력을 감각적으로 표현한다.

"꽝 당 꽝 당" 소리는 공간을 뚫고 들어온다. 창문, 벽, 천장을 넘어 집 안으로 스며드는 이 소리는, 사회적 외력—산업화, 분단, 전쟁, 도시화 등—이 개인과 가족의 내부를 어떻게 침식하는지를 보여준다. 이는 가시화되지 않은 구조적 폭력으로 해석하기에 충분하다.

이 작품에서 주목할 또 다른 요소는 공간 배치다. 집 안의 응접실, 복도, 층층다리, 2층에 있는 각자의 방은 각 인물을 물리적으로 분리하면서 인물의 고립과 단절을 시각적으로 구현한다. 그들은 집이라는 같은 공간 안에 있지만 각자의 방에 갇혀 있으며, 함께 있으면서도 철저히 혼자다. '누구나 자기 혼자의 문제밖에 안 남는걸'이라는 영희의 대사는 이런 점을 분명히 제시한다. 이는 사적인 공간이 안식처가 아니라 폐쇄적 감옥에 가깝게 변형되어 버린 근대 가족의 역설적 현실을 드러낸다.

공간 못지않게 시간도 가족들을 억압한다. 밤 12시라는 시간은 이 소설의 상징적 클라이맥스를 구성한다. 맏딸이 돌아오기로 한 그 시점, 가족들은 기대에 찬 눈빛으로 시계를 바라보지만, 나타나는 이는 맏딸이 아니라 식모다. 이는 가족이라는 허상을 붙들고 있는 자들의 기대가 얼마나 공허한지를 날카롭게 폭로하는 장면이다. 여기서 시간은 더 이상 선형적으로 흐르지 않는다. 과거, 현재, 미래가 단절된 채 반복되는 일상 속에서 열두 시는 희망이 아닌 절망의 리셋이다.

프랑스의 사회학자 앙리 르페브르Henri Lefebvre는 일상의 시공간이 권력과 이데올로기의 투사물이라고 했는데, 이 소설은 그 투사물이 가족 내부의 정서적인 붕괴를 드러내는 방식으로 기능함을 보여준다. 이처럼 「닳아지는 삶들」은 시간과 공간이 만들어내는 감각적 폭력으로 인해 독자에게 가족 해체의 경험을 간접적으로나마 체화시키고 있다.

분단과 산업화의 잔해 위에서

이호철이 「닳아지는 삶들」을 발표한 1962년은 한국전쟁 이후의 분단 현실이 고착화되고, 급속한 산업화가 도시를 재구조화하던 과도기적 시점이었다. 당시 한국 사회에서 가족은 여전히 중요한 생존 단위였지만, 동시에 가장 먼저 균열을 경험한 공동체이기도 했다.

작품 속에서 이방인처럼 취급되는 술에 취한 선재는 북에 가족을

두고 남한으로 내려온 인물로, 이산가족의 상처와 떠도는 정체성을 상
징한다. 그는 이 집에 잠시 머물며 일시적으로 소속되어 있지만, 누구
에게도 온전히 받아들여지지 않는다. 오히려 영희와의 관계를 통해 가
족 내부 질서를 흔드는 불청객의 역할을 수행할 뿐이다.

또한 성식은 도시 중산층의 백수 청년으로, 교육을 받았으나 사회
적으로 무력한 존재로 남는다. 그는 산업화가 만들어낸 경쟁과 분업의
논리에 적응하지 못한 잉여 인간이며, 가부장도, 가장도 아닌 정체 모
를 남성이다.

이러한 배경 아래 영희의 선택은 이해가 가능해진다. 그녀는 무너
져가는 가족 구조 안에서 자신만의 목소리를 내기 위해, 관계를 통해
'사건'을 일으키고, 가족에 대한 환상과 기대를 스스로 깨뜨린다. 이처
럼 이 작품은 분단과 산업화라는 구조적 외상 위에 놓인 개인과 가족의
실존적 균열을 가장 내밀한 방식으로 형상화하고 있다.

이호철은 「닳아지는 삶들」에서 가족을 '가장 사적인 것'으로 그리
지 않는다. 오히려 그는 가족을 가장 정치적이고 사회적인 장소로 제시
한다. 서로가 서로를 위로하거나 보듬는 공간이 아닌, 해체된 감정과
실패한 소속감이 떠다니는 진공 상태로 가족을 바라본다. 이는 전후 한
국 사회가 경험한 분단의 상처와, 산업화에 따른 가족의 피상적인 관계
가 만들어낸 결과다.

이런 점에서 이 작품은 단지 가족의 슬픔이나 개인의 고립을 다룬
소설이 아니라, 이데올로기와 자본의 충격 속에서 일상마저도 '닳아지
는' 시대의 초상을 그린 사회적 소설에 가깝다. 그리고 그것을 이호철
은 '쇠망치 소리'처럼 끊임없이 귀를 때리는 감각의 언어로 우리에게

전하고 있는 것이다.

우리는 이제 이런 질문을 던질 수 있다. 지금 우리를 구성하는 가족은 과연 서로를 기다리고 있는 공동체인가, 아니면 같은 공간에 있지만 말을 걸 수 없는 타자들의 집합인가? '스위트홈'이라는 허구에 길들여진 채, 우리 역시 닳아지는 삶 속에 스스로를 방치하고 있는 건 아닐까? 이호철의 시선은 1962년의 가족을 넘어 오늘날 우리의 가족에게도 유효한 질문을 던지고 있다.

신뢰보다 절차가
우선하는 사회

서정인, 「후송」(1962)

소통하지 못하는 문화

한국 사회는 오랫동안 위계질서에 기반한 문화 속에서 성장해 왔다. 특히 군대는 이러한 문화를 가장 강하게 체현하는 제도로, 명령과 복종, 상명하달식 의사결정이 조직의 작동 원리로 작용한다. 그러나 문제는 그 구조가 군이라는 특수한 조직에만 머물지 않는다는 데 있다. 직장, 학교, 병원, 심지어 일상적인 행정 절차 속에서도 비슷한 위계와 권위, 절차 중심의 관료주의가 반복된다. 이와 같은 피라미드식 구조에서는 개별 구성원의 목소리는 옅어질 수밖에 없고, 제도와 문서, '형식적 판단'이 실질보다 앞서는 분위기가 형성될 수 있다.

이런 관료적 구조는 사람들이 말보다 '문서'를, 진심보다 '보고서'

를 신뢰하게 만든다. 예컨대 공공 기관에서 민원을 제기할 때, 본인의 상황을 아무리 진지하게 설명해도 필요한 서류 하나가 누락되면 접수조차 되지 않는다. "정해진 절차를 밟으세요"라는 말만 반복될 뿐이다. 이러한 사회에서는 각종 재난이나 사고로 인해 피해를 겪은 사람마저도 스스로 피해를 입증해야 하는 일이 벌어지고, 이는 고통을 이중으로 겪게 만든다.

특히 외부로 드러나지 않는 내면의 고통이나 비가시적인 문제일수록, 사회는 그것을 신뢰하기보다 반복적으로 확인하고 의심한다. 산불 피해 현장을 예로 들어보자. 논밭이 타고, 건물이 무너진 것처럼 가시적인 피해는 어렵지 않게 받아들여진다. 그러나 산불로 인한 정신적 스트레스는 기록으로 남기기 어렵고 객관적으로 측정되기도 어렵다. 단지 주관적인 감정으로 치부되어 보상과 치유가 제대로 이뤄지지 않는다. 이처럼 비가시적인 문제일수록 '정당한 절차'라는 이름 아래 반복적인 회의와 판단, 확인의 단계를 거쳐야 하고, 때로는 그 과정 자체가 본질적인 해결보다 더 중요하게 여겨진다. 제도적 정당성과 절차의 완결성은 강조되지만, 그 속에서 피해를 겪은 개인은 고립되고, 고통은 방치된다.

이러한 구조적 문제를 고발하듯, 한 군인이 겪는 고통과 단절, 그리고 시스템의 무책임한 대응을 담은 이야기가 있다. 바로 서정인의 데뷔작 「후송」이다. 이 작품은 군대 내부의 모순을 파헤치는 동시에, 군대로 상징되는 한국 사회의 집단주의적 문화와 권위 중심적 사고방식을 비판한다. 단편소설이라는 형식적 한계에도 불구하고, 개인의 특수성이 제대로 받아들여지지 않는 사회의 병리, 조직 내 합리성의 부재, 그리고 서로를 신뢰하지 못하는 관계의 파열음을 탁월하게 조명한다. 무엇보다 이 작품은, 절차와 권위만을 중시하는 사회에서 한 개인이 어떻게 외면당하고, 침묵 속에 사라지는지를 고통스럽게 보여주고 있다.

성 중위는 군 생활 20개월 차 포병 장교다. 그는 지루한 일상 속에 무료함을 달래려 백오십 발을 빈 깡통에 쏘았고, 그 후부터 귓속에서 '삐——' 하는 날카로운 소리가 멈추지 않고 들려왔다. 겉으론 멀쩡해 보였지만, 그는 분명 병들어 있었다. 군의관은 진찰 후 말했다.

"대수롭지 않습니다. 쉬면 괜찮아질 겁니다."

하지만 쉰다고 나아질 병이 아니었다. 성 중위는 귀에 이상이 있다며 또다시 불편을 호소했지만, 군의관은 꾀병이라 여겼고, 후송 요청도 단호히 거절했다. 심지어 참모장은 그의 상태를 알면서도 포 사격장 파견을 명령했다. 성 중위는 더 이상 자신이 인간으로서 존중받지 못하고 있다는 사실을 실감했다.

근무지가 사단 군수처로 바뀐 후, 그는 대학 시절 선배였던 의무참모를 만났다. 선배는 그의 증상에 귀를 기울였고, 그제서야

성 중위는 그 병이 희귀병으로 알려진 '티나이투스'라는 것을 알게 되었다. 다시 군의관을 찾은 성 중위는 말했다.

"의무참모님께서, 제 병을 티나이투스로 진단하셨습니다."

그제야 군의관의 태도는 바뀌었고, 후송 상신을 하겠다고 했다. 그의 병이 받아들여진 것은 증상 때문이 아니라, 오로지 상급자의 권위 덕분이었다.

수도병원에서 오디오미터 검사 결과, 청력 저하와 4케이시 이명이 입증되었다. 그러나 후송은 여전히 간단치 않았다. 의무중대, 야전병원, 제17후송병원으로 이동할 때마다 성 중위에게는 의심과 확인이 반복되었다. 각 병원에서 중요한 것은 병상일지였다. 성 중위의 증상보다 문서가 더 신뢰를 받았다.

제17후송병원에서 군의관은 말했다.

"일종의 신경 외상입니다. 포병장교에게 많지요. 따로 치료법이 없어요. 오디날이라는 약이 있긴 한데, 신통치 않지요."

성 중위는 조심스럽게 요청했다.

"수도병원으로 후송해 주시면 감사하겠습니다."

군의관은 청력표를 보며 답했다.

"입원은 내가 시켰지만, 후송은 내가 못 시켜요. 후송심사위원회가 있습니다. 개인 후송은 없고, 다 집단 후송이에요."

"담당 군의관의 의견이 중요하지 않습니까?"

"그렇지요. 그러나 보장은 못 한다는 겁니다."

3부 · 성장의 그늘, 공존을 향해

친절한 말투였지만 냉담한 태도였다. 결국 성 중위는 수도병원으로의 후송을 포기해야 했다. 그는 뜻밖의 목적지인 부산으로 보내졌다. 이유도 알 수 없었고, 귓속의 소리는 여전히 멈추지 않았다.

신뢰보다 권위를 우선하는 집단

「후송」의 주인공 성 중위는 육안으로 확인할 수 없는 병을 앓고 있다. 반복적인 포사격 훈련 끝에 이명이 발생했고, 귓속에서 날카로운 소리가 멈추지 않았다. 병명은 '티나이투스'. 그러나 그의 고통은 타인에게 '보이지 않는' 것이었다. 이처럼 비가시적인 질병은 객관적 증거나 기록 없이 설명되기 어렵기에, 환자의 고통은 곧바로 신뢰의 문제로 전환된다. 성 중위가 병자 취급을 받느냐, 꾀병 환자 취급을 받느냐는 곧, 그가 조직 내에서 얼마나 신뢰받고 있느냐에 달린 셈이다.

문제는 그 신뢰가 의학적 판단이나 윤리적 책임에 근거하지 않는다는 점이다. 초반에 성 중위를 진찰한 군의관은 병의 가능성을 고려하지 않았고, 상관 역시 그를 배려하지 않고 포 사격장에 보내는 결정을 내렸다. 이들의 판단은 의학적 검토의 결과가 아닌 '말단 장교의 말은 믿을 수 없다'는 선입견에 가까웠다. 그 까닭은 성 중위가 존중받아야 할 인간으로서가 아니라, 체계 안에서 쉽게 대체 가능한 부속으로 간주되었기 때문이었을 것이다.

최소한의 문학

그가 병의 이름을 인정받게 되는 순간은 오직 '의무참모'라는 상급자의 권위가 개입했을 때였다. 대학 시절 선배였던 의무참모가 티나이투스임을 확인해 주자 군의관은 비로소 태도를 바꾼다. 성 중위의 병이 받아들여진 것은 병의 증상 때문이 아니라, 그것을 말해준 사람이 '상급자'였기 때문이었다. 병의 존재 여부가 의학적 사실이나 증상이 아니라, '누가 말했든가'라는 사회적 위계에 따라 결정된 셈이다. 즉, 진실은 힘에 의존하고 있었다.

그러나 그것조차도 잠시였다. 후송은 끊임없는 문서 작업과 절차, 위원회 심사를 거쳐야 하는 일이었다. 이 과정에서 가장 중요하게 작용한 것은 '병상일지'라는 문서였다. 성 중위의 고통, 말, 표정, 사정은 중요하지 않았다. 오직 서류만이 병의 실재를 증명할 수 있었다. 결국 수도병원으로의 후송은 끝내 좌절되고, 그는 이유도 모른 채 부산으로 보내진다. 질병은 여전했지만, 시스템은 그를 다른 곳으로 이동시킴으로써 책임에서 벗어나 버리고 말았다.

이런 점에서 「후송」은 신체적 고통보다 더 깊은 고통을 보여준다. 바로 고통을 설명할 수 없고 믿어주는 사람도 없던 상황, 그리고 권위만을 기준으로 작동하는 체계의 비정함이다. 이처럼 작품 속 질병은 단지 의학적 사건이 아니라, 관료제 속 신뢰의 결핍과 인간 소외를 상징하는 기호로 기능한다.

3부·성장의 그늘, 공존을 향해

관료주의, 개인의 자율을 억압하다

「후송」에서 성 중위의 고통은 군대라는 특수한 공간에서 벌어졌지만, 실은 한국 사회 전반에 스며든 관료주의의 전형적 양상을 보여준다. 관료제의 본질은 책임의 분산과 절차의 정형화에 있다. 문제는 이것이 효율을 위한 체계가 아니라, 책임을 회피하고 변화에 저항하는 수단으로 전락해 버렸다는 데 있다. 오늘날 우리는 이런 구조를 병원, 학교, 공공기관, 기업 등 사회 곳곳에서 목격할 수 있다.

예컨대 병원에서는 환자의 고통보다 검사 수치와 문서가 우선시된다. 응급실에서 위중한 환자가 의사의 판단보다는 건강보험공단의 기준에 따라 진료를 제한받는 경우도 드물지 않다. 학교 현장에서도 학생의 성장 가능성보다 정해진 평가 기준, 출석 일수, 생활기록부라는 기록이 앞선다. 공공 행정에서는 민원의 진정성보다 구비 서류가 우선이고, 기업 조직에서는 현장의 유연한 판단보다 보고 체계의 위계가 더 중요하게 작동한다.

프랑스의 사회학자 미셸 크로지어Michel Crozier는 그의 저서《관료제 현상The bureaucratic Phenomenon》을 통해 "관료제는 변화에 대한 저항이며, 인간적 유연성을 억제하고 책임 회피를 조장하는 구조"라고 지적한 바 있다. 그는 관료 조직이 절차의 정당성을 강조할수록 개인의 자율성과 창의성이 위축되고, 조직 내 인간관계는 수동성과 불신으로 물든다고 경고했다. 이는 「후송」에서 성 중위가 겪는 상황과 정확히 맞닿아 있다. 책임 있는 주체는 사라지고, 오로지 절차와 기록, 형식만이 판단의 기준이 되는 상황. 이때 고통을 겪는 개인은 시스템 앞에서 무력해

최소한의 문학

질 수밖에 없다.

　이러한 현실은 구성원에게 두 가지 메시지를 전달한다. 하나는 당신의 말은 믿을 수 없는 것이고, 다른 하나는 책임은 절차에 있는 것이다. 그 결과 사람들은 불신을 일상화하고, 문제 해결보다 '절차를 지키는 일'에 집중하게 된다. 심지어 타인의 고통조차 절차와 증거가 있어야 받아들일 수 있는 냉담한 분위기가 형성된다. 심리적 고통이나 주관적 증상이 의심받고 외면당하는 이유도 여기에 있다.

　「후송」은 이러한 사회적 감수성의 결여, 즉 타인의 사정을 상상하거나 공감하려는 의지의 부재를 신랄하게 고발하는 작품이다. 주인공의 병보다 그 병을 대하는 사회의 태도가 더 날카롭게 그려지는 까닭은, 작가가 문제의 본질을 구조에서 찾고 있기 때문이다. 개인의 신뢰를 바탕으로 작동해야 할 조직이 오히려 개인을 의심하고 밀어내는 구조일 때, 그 사회는 점점 더 인간성을 잃게 된다.

관료제를 극복하는 공감 사회

제너럴 일렉트릭GE을 이끌었던 잭 웰치Jack Welch는 관료주의를 '생산성의 적'이라 규정하며, 조직이 살아남기 위해서는 신뢰, 열정, 자율이 핵심이라고 말했다. 그는 직원들이 소신껏 일할 수 있도록 불필요한 절차를 제거하고, 위계 대신 신뢰를 기반으로 한 수평적 문화가 정착될 때 조직은 진정한 성장을 이룰 수 있다고 강조했다. 이 메시지는 단지 경영철학을 넘어, 우리 사회가 나아가야 할 방향과도 깊이 맞닿아 있다.

「후송」은 단순한 군대 비판 소설이 아니다. 그것은 고통 앞에서 책임을 미루는 사회, 절차에 묻혀 인간을 놓치는 체계, 그리고 신뢰 없는 공동체의 자화상이다. 성 중위를 괴롭힌 것은 이명耳鳴이 아니라, 그 이명을 믿지 않으려는 사회였다. 그가 수도병원이 아닌 부산으로 떠밀리듯 보내진 장면은, 지금도 많은 이들이 '불합리하지만 정당화된' 구조 속에서 제자리로 돌아가지 못하는 현실을 대변한다.

이제 우리는 질문해야 한다. 진정 중요한 것은 무엇인가? 병의 존재를 입증하는 문서인가, 아니면 고통을 호소하는 한 사람의 목소리인가? 오늘날 우리가 마주하는 수많은 행정 절차, 진료 체계, 교육 현장, 노동 환경 속에서, 인간은 여전히 '후송되지 못하는 병사'로 남아 있지는 않은가?

우리가 바꾸어야 할 것은 단지 제도나 형식이 아니다. 그것은 사람을 믿고, 사람을 중심에 두는 문화다. 신뢰를 기반으로 하는 사회는 단순히 따뜻한 공동체가 아니라, 문제를 제때 해결하고 인간의 존엄을 지키는 사회이기도 하다. 「후송」이 던지는 메시지는 명확하다. 절차가 아닌 인간, 형식이 아닌 신뢰, 명령이 아닌 공감이 사회의 기반이 되어야 한다는 것이다. 그 변화는 제도 개선이 아닌, 인간을 향한 근본적인 시선 전환에서 출발한다.

순수와 현실 사이에서
갈등하다

김승옥, 「무진기행」(1964)

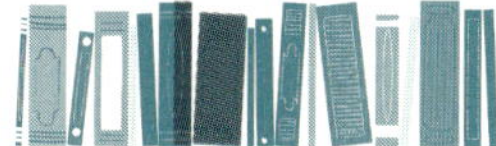

순수와 현실의 경계

사람들은 흔히 어린 시절을 순수한 동심의 세계라고 말한다. 여러 이유
가 있겠지만 어린 시절에는 아직 냉정한 현실의 원칙들을 내면화하지
않기 때문일 것이다. 아이는 아직 이해득실의 논리를 깨치지 못하고, 타
인과의 관계에서도 조건 없는 신뢰와 감정을 바탕으로 소통한다. 그래
서 사람들은 어린아이가 현실의 원칙을 조금이라도 흉내 내면 영악하다
고 말하고, 반면에 어른이 되어서도 현실의 원칙을 이해하지 못하면 순
진해서 철들지 못했다고 나무란다. 결국 '순수'란 어린아이에게는 미덕
이지만, 성인 세계에서는 미성숙이나 무능력으로 취급된다. 사회는 개
인에게 철이 들 것을 요구하고, 철든다는 것은 곧 '순수'를 밀치는 대신

복잡한 규범과 역할, 계산 감각을 내면화한다는 의미다.

오늘날 우리는 이러한 '철듦'의 과정을 훨씬 더 조기에 노골적으로 강요받는다. 어릴 때부터 스펙을 쌓기 위한 프로그램에 참여하고, 공동체의 우정보다 경쟁과 비교 속에서 성장한다. 뒤처진다는 낙인을 피하려고 '순수'를 밀어내고, 사회가 요구하는 정답을 익혀가며 철이 든다.

그렇다면 인간은 성인 사회에 발을 들이는 순간, 과거의 순수했던 감정들을 완전히 지워버리게 되는 걸까? 우리는 어린 시절의 감각과 세계를 철저히 망각한 채 살아가는 걸까? 아니면 그것은 여전히 무의식 어딘가에 잠복해 있다가, 어떤 특별한 순간에 우리를 덮쳐오는 것일까? 예를 들어, 병상에 누운 부모의 손을 붙잡는 순간이나, 오래된 사진첩을 넘기다 문득 멈춰 선 순간, 혹은 오랜 친구와의 대화 속에서 말끝을 흐리는 순간, 그럴 때 우리는 어렴풋이 '그 시절의 나', 순수했던 자아의 잔향을 느끼곤 한다. 더 이상 현재의 나와 동일하지는 않지만, 결코 완전히 소멸하지도 않은 어떤 감정을.

김승옥의 소설 「무진기행」은 바로 이러한 질문을 끄집어내며 독자를 성찰로 이끈다. 이 작품의 주인공 '나'는 도시의 인물이지만, 고향 무진이라는 공간을 다시 찾으며 과거의 순수한 자아와 조우하게 된다. 무진은 단지 시골 마을이 아니라, 철들기 이전의 나, 실패와 회피, 부끄러움과 동경이 뒤섞여 있던 한 시절의 상징이다. 돌아갈 수는 없지만 '나'에게 거울처럼 질문을 던지는 무진. 그는 그곳에서 '철든 삶'에 길들여진 자신과, 여전히 무의식 깊은 곳에서 부유하는 순수한 감정 사이에서 갈등한다. 소설 속 '무진'은 바로 그 경계에 선 인간의 내면을 투명하게 비추는 공간이다.

　무진을 향하는 버스 안. 창밖으로 엷은 바람이 유월의 햇살을 실어 나르고, 안개 냄새가 서서히 다가왔다. 안개, 그것은 무진의 유일한 명산물이었다. 이곳에 발을 디딜 때마다 나를 삼켜버리는, 잡을 수 없으나 분명히 존재하는 안개. 무진은 언제나 나를 무장해제시키는 곳이었다.

　젊은 시절, 나는 전쟁을 피해 이곳에 숨어 있었다. 청춘의 실패와 무기력, 그리고 그 모든 회피를 감싸 안았던 안개.

　이번 무진행은 장인의 제안 때문이었다. 전무 승진을 앞두고 잠시 시골에서 쉬고 오라고 장인이 권유한 것이다. 나를 가장 무기력하게 만드는 장소로의 귀향은, 어쩌면 의도된 배려였다.

　무진에 도착해서 나는 후배 박을 만났다. 문학소년이었던 그는 교사 생활을 하고 있는데, 여전히 순박하고 가난한 모습이었다. 박과 함께 세무서장 조의 집을 찾았다. 조는 성공한 듯 보였으나, 어딘지 공허해 보였다. 그의 집에서 만난 음악 선생 하인숙은 병약하면서도 뚜렷한 인상을 남겼다. 졸업 연주 때, 오페라 「나비부인」의 〈어떤 개인 날〉을 불렀다는 하인숙은 이제는 대중가요 〈목포의 눈물〉을 불렀다. 그것은 단순한 유행가가 아니었다. 무진의 냄새와 그녀의 절망이 뒤섞인 무자비한 청승맞음처럼 들려왔다. 그런 하인숙을 박은 좋아하고 있었다.

그날 밤, 나는 하인숙과 다리 위를 건너며 묘한 감정을 느꼈다. 그녀는 서울을 동경했고, 무진의 고요함 속에서 광기를 견디고 있었다. 우리는 나지막이 웃고, 때로는 진지하게 삶의 방향을 묻고 답했다.

세무서장 조를 다시 찾아간 자리에서, 조는 하인숙이 속물이라며 박의 짝사랑을 비웃었다. 그 말들은 나로 하여금 더 빨리 그녀를 찾아가고 싶게 만들었다.

하인숙과 나는 방죽 길을 걸었고, 서로의 손을 잡았다. 그녀는 나를 따라 서울로 가고 싶다고 했다가 마음을 바꿔 무진에 머물겠다고 했다. 감정의 진폭은 그만큼 컸다. 나는 그녀에게 서울에 가면 어떻게 할 것인지 물었다. 어쩌면 그녀를 받아들일 수 있을지도 모른다는 생각을 했다. 바닷가에서 보냈던 쓸쓸한 나날들과 그녀가 겹쳐 보였다. 나는 그녀와 키스를 하고 하룻밤을 보냈다. 그녀는 이 연애가 일주일 동안의 아름다운 꿈이기를 바란다고 말했다.

집으로 돌아오자 아내로부터 전보가 와 있었다. 회의가 잡혔으니 서울로 급히 올라오라는. 나는 하인숙에게 편지를 썼다.

"갑자기 떠나게 되었습니다. 사랑하고 있습니다. 왜냐하면 당신은 제 자신이기 때문입니다. 적어도 제가 어렴풋이나마 사랑하고 있는, 옛날의 저의 모습이기 때문입니다."

나는 편지를 다 쓰고 다시 읽다가 찢어버렸다.

버스는 덜컹거리며 무진을 빠져나가고 있었다. 길가에 작은 팻말 하나가 보였다. 그 팻말에는 검은 글씨로 다음과 같이 적혀 있었다.

"당신은 무진을 떠나고 있습니다. 안녕히 가십시오"

나는 심한 부끄러움을 느꼈다.

순수를 마주하는 흔들리는 자아

「무진기행」의 주인공인 '나'는 이른바 '낙하산'이다. 누군가 뒤를 봐주는 덕분에 능력과 무관하게 승진했다는 말이다. 원래 '나'는 다니던 회사가 합병되어 직장을 잃고 애인도 잃었지만 젊고 부유한 미망인과 결혼을 했고 얼마 지나지 않아 제약회사 사장인 장인 덕분에 '전무'로 승진한다. 하지만 '나'는 '장인 덕을 보았다'는 불편한 마음을 억누를 수 없었고 장인의 권유로 고향 '무진'으로 내려가 잠시 휴식을 취한다. 여기까지 보면 주인공 '나'는 전형적인 세속의 인물이다. 사랑 없는 결혼을 했고, 옳지 않은 일인 줄 알면서도 승진을 인정하는 사람이 '나'인 것이다.

이 소설이 창작된 것은 1964년. 본격적인 경제 개발이 이루어지면서 경제 성장률이 10퍼센트에 육박하던 시기였다. 경제가 성장한다는 것은 매우 긍정적인 성과지만, 압축적인 성장의 이면에는 물질적인 가치를 지나치게 추구하면서 정신적 가치에 대해 소홀해지는 경향이 나

3부·성장의 그늘, 공존을 향해

타날 수 있다. 이른바 가치의 전도 현상이 일어나 도덕이나 사랑과 같은 정신적인 가치보다 물질적이고 세속적인 가치, 대표적으로 돈을 중시하는 현상이 만들어질 수 있다. 성장을 위해 경쟁을 부추기고, 경쟁의 질서를 내면화하면서 순수는 아직 철이 없는 순진으로 취급당하는 상황이 펼쳐질 수 있다.

소설 속에서 세상을 잘 모르는 순진한 존재로 그려진 인물은 초등학교 교사인 '박'이다. 그는 문학소년을 꿈꾸면서 고향에 남았고, 여전히 순박하고 가난하게 살아간다. 세속적인 가치에 물들지 않은 채 순수하게 음악 교사 하인숙을 사랑하지만, 세무서장 '조'에게 비웃음을 살 뿐이다. 세무서장 '조'는 물질적인 가치의 대변자에 가깝다. 그는 고시에 패스하고, 일상 속에서 돈의 흐름을 찾는 일을 하는 전형적인 세속적 인물이다. 물론 '낙하산'으로 전무 승진을 앞둔 '나' 역시 세속적이기는 마찬가지다.

그런데 그런 '나'는 그 세속의 법칙이 적용되는 찰나, 알 수 없는 불편감을 느낀다. 세속의 법칙이 단순히 합리적이고 허용 가능한 수준을 넘어 부조리한 모습까지 띠는 것이었기에 '나'는 망설이고 주저한 셈인데, 이는 '순수'의 그림자가 여전히 '나'에게 드리워져 있기 때문이었다. 그리고 자신이 순수와 세속 사이에서 갈등하고 있을 때 음악교사 하인숙이 세속적인 〈목포의 눈물〉을 부르는 것을 목격한다.

'하인숙'은 어떤 인물인가. 그녀는 졸업 연주회 때, 오페라의 아리아를 불렀던 목소리로 유행가를 부르고 있다. 순수한 '아리아'도, 세속적인 '유행가'도 아닌 그 어떤 새로운 양식의 노래를 부르고 있는 그녀. 그녀는 순수한 세계와 냉혹한 현실 사이에서 어떻게 살아야 할지 고민

최소한의 문학

하는 일종의 경계인이었다. 그녀에게 짙은 안개로 뒤덮인 무진의 냄새가 나고, '나'가 그녀에게 동질감을 느끼는 것은 이런 이유 때문이다.

서울로의 회귀, 상징계로 편입

'나'와 '하인숙'은 순수와 세속 사이에서 안개 속에 갇힌 것처럼 방향을 잃은 존재다. 이처럼 경계에 놓인 이들을 이해하기 위해 정신분석 이론을 활용해 보자.

프로이트를 새롭게 해석한 정신분석학자 자크 라캉Jacques Lacan은 인간의 정신세계를 '상상계'와 '상징계'로 구분지어 설명한 것으로 유명하다. 그에 의하면 상상계는 아직 자아 개념이 형성되지 못한 단계로 자신과 타인을 구별하지 못하는 단계다. 따라서 이 시기에 아동은 생애 처음으로 대하는 타인, 곧 어머니를 자기와 같은 사람으로 여기는 경향이 있다. 대개 이러한 상상계는 생후 18개월까지 이어지다가 제3자, 곧 아버지를 통해서 깨진다.

아버지는 어머니와 달리 아동에게 욕구를 충족시켜 주는 존재가 아니라, 해서는 안 될 금기와 반드시 따라야 할 명령을 지시하는 '거대한 타자'다. 아동은 아버지의 금기와 명령을 통해 사회와 문화를 학습하게 되며 그 과정은 언제나 상징적 체계인 언어를 통해 이루어진다. 이처럼 아동이 어머니와 자신을 동일시하는 상상계에서 벗어나 언어를 통해 사회적 금기를 받아들이고 문명사회에 진입하는 시기가 이른바 상징계다. 여기서 아버지와 어머니는 단순히 생물학적인 존재sex가 아니라 사회적인 존재gender를 뜻한다. 문제는 상상계에서 상징계로 이동하면서 아동이 심한 불안과 결핍을 느낀다는 점이다. 자신과 하나였던 어머니와 분리되면서 아동은 무의식적으로 끝없는 그리움과 욕망을 지니게 된다.

이렇게 보면 작품 속에 '나'는 라캉의 개념인 상상계와 상징계의 경계선에 위치한 인물로 이해할 수 있다. '나'에게 '무진'은 문명사회, 곧 상징계로 나아가기 위해 반드시 벗어나야 할 상상계적인 공간이었고, 그러면서도 끊임없이 기억 속을 맴돌며 가끔씩 출현하는 몽상의 흔적이자, 원초적인 그리움의 장소였다.

'하인숙'도 '나'와 그 성격이 유사하다. 그녀는 서울로 가고 싶은 욕구와 무진에 남으려는 마음 사이에서 갈등하는데, 그녀가 마음을 정하지 못하는 까닭은 아리아와 유행가 사이에서 기괴한 노래를 불렀듯, 순수와 세속 사이에서 나아갈 방향을 상실했기 때문이다. 그리고 이런 두 사람의 모습은 본격적인 산업화로 나아가기 전, 순박한 삶의 현장에 남을 것인지 경쟁과 성장의 세계를 선택할 것인지 망설이는, 1960년대를 살아가던 한국 사회의 모습을 은유적으로 보여준다고 할 수 있다.

순수한 시절의 의미

「무진기행」의 '나'는 '하인숙'과 '무진'으로 표현되는 상상계로부터 벗어나 '아내', '전무', '서울'로 대표되는 상징계로 되돌아간다. 어쩌면 이것은 당연한 일인지 모른다. 주위를 돌아보고 사람들에게 순박한 시절로 되돌아가자고 권유를 해본들, 현대인은 이미 익숙해진 욕망을 벗어

최소한의 문학

던지고 과거의 순수로 되돌아가지는 않는다. 누구나 어린 시절을 꿈꿀 뿐, 그 시절로 되돌아갈 수 없듯이 말이다. 다만 사람은 누구나 종종 순수로 불리던 시절에 대한 향수를 간직한 채 살아갈 뿐이다.

그러나 '순수', 즉 기존의 사회와 질서를 아직 받아들이지 않았던 상상계의 희미한 기억이 아무런 의미가 없는 것은 아니다. 그것은 기존의 문명사회가 무언가 잘못되었을 때, 이를 성찰하게 해준다. 남들이 보기에 부당하다고 여길 만큼 권력과 자본의 힘으로 승진을 앞두고 있던 '나'가 그런 일이 과연 합당한 것인지 성찰하는 하나의 계기가 되는 것이다. 그래서 지금 당장 '나'는 '무진'을 떠나지만 언젠가 '나'는 또다시 무진을 찾아갈 것이고 이내 벗어나기를 반복할 것이다. 그리고 그때마다 '무진'은 '나'에게 반성과 성찰의 시간을 부여해 줄 것이다. 작품의 마지막에서 '나'가 심한 부끄러움을 느꼈듯이.

오늘날 우리는 효율성과 생산성에 중독된 '성과 사회' 속에서, 끊임없이 자신을 몰아붙이며 살아간다. 하지만 도시의 과잉 자극과 끝없는 자기계발의 압박 속에서, 누구나 한 번쯤은 멈춰 서서 숨을 고를 수 있는 내면의 공간을 갈망하게 된다. 그런 맥락에서 우리는 하루의 피로를 내려놓고 오래된 동네 풍경을 멍하니 바라보거나, 잊고 지냈던 노래 한 곡을 되새기거나, 혹은 말없이 곁을 지켜주는 친구와의 침묵 속에서 잠시나마 상징계의 질서를 벗어나 상상계의 감각을 되찾게 된다. 그 순간들은 단지 현실로부터 도망치기 위한 환상이 아니라, 우리가 여전히 인간으로서의 감각과 질문을 잃지 않았다는 증거다. '순수'는 바로 그런 방식으로 오늘의 우리를 돌아보게 하고, 다시 앞으로 나아갈 힘을 건네준다.

자유로운 표현을
지향하다

이청준, 「소문의 벽」(1971)

양심에 따라 알고 말하고 주장하다

「실낙원」으로 유명한 영국의 서사시인 존 밀턴John Milton은 보수적인 가톨릭교회에 맞서 이혼을 옹호하는 책자를 간행한 적이 있었다. 그는 결혼은 육체적 결합이 아니라 서로의 우정을 나누고 고독을 위로하는 데에 그 의미가 있기 때문에 부부가 서로 다른 정신과 기질을 지닐 경우 이혼을 허용해야 한다고 주장했다. 그러나 그의 주장은 당시 결혼의 신성함을 강조하며 이혼을 제한했던 가톨릭교회와 의회의 당국자들의 반발을 일으켰고 그 결과 그의 책은 출판허가법을 위반했다고 고발된다. 이에 밀턴은 언론 자유의 문제를 심각하게 고민하며 고의적으로 출판허가법을 위반하면서 언론 자유의 경전이라 평가받는 《아레오파기티카

Areopagitica》를 집필한다. "나의 양심에 따라 자유롭게 알고 말하고 주장할 자유를, 다른 어떤 자유보다도 그러한 자유를 나에게 달라"라는 경구는 이런 맥락에서 나오게 되었다.

밀턴은 《아레오파기티카》의 적지 않은 분량을 검열제를 비판하는 데에 할애했다. 그는 자유로운 토론과 비판이야말로 학문의 진보를 가능하게 하며, 당시 진행되던 종교개혁도 완전하게 마무리할 수 있다고 믿었다. 또한 소수에 의해 이루어지는 검열은 다수의 시민이 지닌 이성, 그 자체를 죽이는 행위라고 못을 박기도 했다. 결과적으로 그의 저술은 근대적인 자유의 개념을 형성하는 데 영향을 주었고 넓게 보면, 상호 비판에 관대한 영국과 미국의 민주주의를 가능하게 했다. 양심에 따라 자유롭게 알고, 말하고, 주장할 자유는 마침내 사회적 진보를 가져왔던 것이다.

한국은 근대화 과정에서 군국주의와 군사독재를 겪으면서 양심에 따라 자유롭게 알고, 말하고, 주장할 자유를 오랫동안 제한받아 왔다. 어떤 형태로든 정권을 비판하는 것은 그 자체가 받아들여지지 않았고 엄격한 검열 때문에 사상과 창작의 자유도 온전하게 허용되지 않았다. 그러나 엄격한 통제 사회 속에서도 자유로운 표현을 지향하는 작가가 없었던 것은 아니다. 이청준은 그 대표적인 작가로 1970년대 군사독재 속에서도 표현의 자유를 억압하는 당대 사회 분위기를 예리하게 형상화해 낸 바가 있다. 그의 작품 「소문의 벽」이 그러하다.

그날 밤, 나는 술에 만취한 채 하숙방을 향해 비틀거리며 골목을 걷고 있었다. 시계는 밤 11시 50분을 가리키고 있었고, 어둠은 낮게 깔려 있었다. 그때였다. 골목 어귀에서 불쑥 나타난 사내가 다급한 얼굴로 내게 매달렸다.

"형씨, 미안하지만 절 좀 도와주시오. 난 지금 쫓기고 있는 몸이오."

그는 아무 설명도 없이 나를 향해 손을 내밀었고, 갑작스러운 상황에 놀란 나는 얼떨결에 그를 하숙방으로 끌어들였다. 도대체 누구에게 쫓기고 있느냐고 묻자 사내는 사실 자신은 쫓기고 있는 몸이 아니라 미친 사람이라고 말한다. 아침이 되어 눈을 떴을 때, 그는 흔적도 없이 사라져 있었다.

다음 날 아침, 사내가 진짜로 미친 사람일지도 모른다고 생각한 나는 집 근처의 정신병원을 찾아가 간호사로부터 환자의 이름이 박준일임을 확인한다. 박준일. 그는 소설가 박준임에 틀림이 없었다.

나는 문예잡지의 편집자였고, 박준은 언젠가 원고를 써줄지도 모를 필자였다. 우리는 느슨하게 연결되어 있었고, 나는 그와 그의 글에 대해 더욱 관심을 갖게 되었다. 김 박사라 불리는 병원

담당 의사는 박준에 대해 무심한 듯 말해주었다. 그가 스스로 병원을 찾아와 진찰을 요청했지만, 무엇으로부터 끊임없이 위협당한다는 일종의 강박적인 공포를 느끼며 진술을 거부한다는 것이었다. 이튿날 밤 다시 하숙집을 찾아온 박준을 병원에 데려다주고 나는 그가 어떻게 해서 그런 상황에 처하게 되었는가를 추적했다.

박준은 한때 왕성하게 활동하던 작가였다. 그러나 1~2년 전부터 작품을 발표하지 않았다. 나는 그가 잡지사에 남긴 소설들을 구해 읽기 시작했다. 「괴상한 버릇」이라는 작품은 숨을 참아 죽은 척하는 사내가 결국 진짜로 숨이 멎어 죽는다는 구성이었고, 「벌거벗은 사장님」은 말할 수 없는 진실을 안고 살아가는 인물을 다룬 이야기였다. 가장 강렬했던 것은 제목 없는 중편으로, 정체불명의 심문관이 한 인물을 전짓불 아래서 끝없이 추궁하는 내용이었다.

그 작품은 단순한 창작이 아니었다. 박준은 한 인터뷰에서 한국전쟁 시절 자신이 겪은 일을 털어놓은 적이 있었다.

6·25 전쟁이 한창이던 어느 날 밤, 어머니를 향해 전짓불을 들이대고 "당신은 누구 편이냐"고 묻던 정체불명의 사내가 있었다. 어머니는 불빛이 너무 밝아 대답을 망설였다. 전짓불 뒤에 가려진 사람이 경찰인지, 무장 공비인지를 구별할 수 없었기 때문이다. 대답을 잘못했다가는 지독한 복수를 당할 것이 뻔했다. 이 장

면은 어린 박준에게 깊은 공포로 아로새겨졌다.

그의 공포는 단순한 정신 이상이 아니라, 우리 사회가 강요하는 '진술'의 압박에서 비롯된 것이었다. 나는 김 박사에게 더 이상 박준을 추궁하지 말기를 권했지만 그는 자신만의 방법을 고집하고 있었다. 전짓불에 뭔가 실마리가 있다고 느낀 의사가 박준에게 어둠 속에서 전짓불을 들이대며 진술을 추궁한 것이다. 이에 박준은 발작을 일으키며 또다시 병원을 탈출해 버리고 만다.

진술을 거부하는 이야기들

이청준의 「소문의 벽」은 어느 젊은 소설가의 삶을 비춰보는 데에 집중한다. 작품의 서술자인 '나'는 문예잡지의 편집자인데 어느 날 밤 낯선 사람의 방문을 받는다. 그는 소설가 '박준'이었고 심한 정신적인 강박증에 시달리고 있었다. 문예잡지의 편집자로서 '나'는 자연스럽게 최근에 작품 발표가 뜸하던 작가 '박준'과 '박준'의 소설에 대해 관심을 갖게 된다.

「소문의 벽」에서 서술자 '나'가 읽었던 '박준'의 소설은 총 세 편이다. 첫 번째 소설은 어릴 때부터 사고를 치는 일이 있는 날에는 어김없이 숨을 참고 죽은 척하는 아이가 성인이 되어서도 그 버릇을 버리지 못하다 진짜 죽음을 맞이한다는 내용이고, 두 번째 소설은 사장의 별스러운 취미를 알게 된 운전수가 그 사실을 어디에도 말하지 못하는 고통과, 자신이 누군가에게 감시를 당한다는 두려움 때문에 일을 그만둔다는 이야기로, 말하자면 현대판 '임금님 귀는 당나귀 귀'와 같은 내용이다. 세 번째 소설은 정체를 알 수 없는 한 심문관이 등장해 그가 'G라는 사람'을 심문하는 내용으로 이루어져 있다.

　세 작품은 주인공이 진술하지 않는다는 공통점이 있다. 첫 번째는 진실을 스스로 은폐하는 이야기로서, 자기 잘못을 진술하지 않는 자의 파멸을 그리고 있다. 두 번째는 자신이 아니라 타인, 그것도 권력자의 비밀을 진술해서는 안 된다는 심리적인 압박을 받는 상황을 표현한다. 마지막은 두 번째 상황과 반대로, 누군가로부터 진술을 강요당하는 상황이다. 마지막 상황은 조금 독특한데, 첫 번째, 두 번째와 달리 듣는 사람이 일종의 심판관 역할을 한다는 사실이다.

　세 작품 모두 각각 상징적 의미가 있지만 우리가 특히 주목해야 할 작품은 세 번째 소설이다. 왜냐하면 이 작품은 '박준'의 자전적인 내용을 바탕으로 창작되었기 때문이다. 한국 전쟁 시절, 국군 경찰대와 북한군 공비가 뒤죽박죽으로 찾아드는 마을. 그러던 어느 날 밤 방문이 열리면서 정체를 알 수 없는 한 사내가 어머니에게 '당신은 누구편이야?'라고 물었던 기억. 어머니는 진실을 말해야 할지, 거짓을 말해야 할지를 고민한다. 오직 심문관의 비위를 거스르지 않는 대답을 해야 생존이 가능하기 때문이다. 당시 어머니는 말을 주저할 수밖에 없었고, 그때의 기억은 지금 박준이 소설 창작을 제대로 하지 못하고 강박에 시달리는 트라우마가 되었다.

전짓불의 시대, 말할 수 없는 사회

「소문의 벽」이 발표된 시점은 1971년. 전쟁이 멈춘 지 꽤 시간이 흘렀으나 반공 이데올로기는 사회 곳곳에 퍼져 있었고 대학생들마저 실질적인 군사훈련인 교련에 참여해야 했다. 이에 대학생들이 지속적으로 반대 시위를 벌였고 각계 인사들이 민주수호 선언을 해야 할 만큼 이 시대는 통제적인 사회였다. 통제의 칼날은 언론에는 더욱 가혹해서 당시 몇몇 언론사에서는 정권의 억압에 저항하기 위해 언론자유수호선언을 발표하기도 했다. 그러나 정부는 달라지지 않았고, 또다시 박정희 대통령이 정권을 유지하게 되면서 정치적 억압은 더욱 거세질 뿐이었다. 서울대 내란예비음모사건이 조작되는가 하면, 군인들이 대학에 난입하고, 출판물을 폐간시키는 일을 벌이기도 했다. 그리고 '국가보위에 관한 특별조치법' 등을 만들어 국민의 기본적인 권리를 제한하는 반민주적인 행태가 만연해 있었다.

이런 상황에서 진술을 잘못하거나, 또 권력자의 비리를 용감하게 진술하면 어떻게 될까? 또는 누군가에 의해 강요된 진술을 수행하면 어떻게 될까? 「소문의 벽」은 바로 이런 상황을 은유적으로 표현하고 있다. 진술을 잘못하면 죽을 수도 있다, 권력자의 비리를 진술하면 생계가 끊긴다, 누군가에 의해 강요된 진술을 심판관의 눈치를 보지 않고 말한다면, 끔찍한 테러를 당할 수 있다. 박준이 소설 속에서 발표한 세 작품은 모두 이런 공포와 불안을 반영하고 있는 셈이다. 특히 전짓불 체험이 투영된 심판관의 추궁은 가장 끔찍한 공포를 전할 것이다.

보이지 않는 전짓불. 그것은 상대에게는 정체를 드러내지 않으면서

최소한의 문학

은밀하게 작동하는 권력을 의미한다. 이런 상황은 마치 부비트랩이 깔려 있을지도 모를 정글에 발을 들여놓는 것처럼 위험천만하다. 잘못된 발언, 잘못된 발걸음을 한 번이라도 하면 그 즉시 폭탄이 터지는 상황.

박준에게 탈출구가 없는 것은 아니다. 일종의 방어기제, 예를 들어 억압, 부정, 투사, 합리화와 같은 방어기제를 사용해서 기억을 억누르고 과거를 부정해서 그런 일이 없었다고 믿으면 된다. 그게 아니라면 아무 말 없이 죽은 척하거나, 일을 관두면 그만이다. 시대가 유감스러워도 눈감으면 그만이고, 부비트랩이 설치되어 있을 것 같은 밀림에는 애초에 발을 디디지 않으면 된다. 그런데 박준은 그러지 않는다. 그 까닭은 무엇보다 그가 작가이기 때문이다. 그는 말한다. 문학 행위란 어떻게 보면 한 작가의 가장 성실한 자기 진술이라고. 그래서 소설을 쓰고 있는 것이 마치 얼굴이 보이지 않는 전짓불 앞에서 일방적으로 진술하고 있는 것이라고. 즉, 그는 공포나 위협 앞에서도 진술할 수밖에 없는 작가로서의 삶을 살아가고 있다고 말하는 것이다.

억압과 공포를 뚫고 쓰는 글

이청준의 「소문의 벽」은 침묵을 강요받는 한 작가의 고통을 통해 표현의 자유란 무엇인가를 묻는 작품이다. 박준의 '진술 공포증'은 단순한 정신 질환이 아니라, 말 한마디가 생사의 경계가 되던 시대를 내면화한 결과다. 그는 과거의 트라우마를 피하려 병원을 찾지만, 병원은 또 다른 전짓불, 또 다른 심문관이 기다리는 장소였다.

그렇다면 지금, 우리는 말할 수 있는가. SNS와 댓글, 유튜브와 온라인 커뮤니티는 누구나 의견을 표현할 수 있는 열린 장으로 보이지만, 그 안에는 여전히 보이지 않는 심문자와 전짓불이 존재한다. 표현이 자유로울수록 검열은 더 은밀해진다. 과거처럼 정부가 나서서 검열하지는 않지만, 익명의 군중이나 알고리즘, 또는 평판이라는 사회적 기준이 그 역할을 대신하고 있다. '누구 편이냐'고 묻는 목소리는 여전히 사라지지 않았다. 단지 그 목소리의 얼굴이 사라졌을 뿐이다.

이런 맥락에서 존 밀턴이 《아레오파기티카》에서 말한 "나의 양심에 따라 자유롭게 알고, 말하고, 주장할 자유"는 단지 17세기 종교개혁기의 외침으로만 머물지 않는다. 밀턴이 검열제에 맞서 언론의 자유를 외쳤듯, 이청준 역시 「소문의 벽」을 통해 당시 한국 사회의 보이지 않는 전짓불 즉, 정체를 드러내지 않은 채 침묵을 강요하는 권력에 맞서고 있다.

미셸 푸코는 권력이 눈에 보이는 폭력이 아니라 사고와 언어까지 조율하는 방식으로 작동한다고 말한 바 있다. 박준이 겪는 침묵은 바로 그런 통제의 결과이며, 그럼에도 불구하고 그가 끝내 글을 쓰고자 하는 이유는 그 침묵의 기원을 증언하기 위함이다. 표현의 자유는 자신이 겪은 시대의 진실을 말하고자 하는 인간 내부의 윤리적 충동에서 비롯되는 것이다. 그의 창작은 한 인간의 가장 절실한 자기 진술이며, 동시에 시대와 사회를 향한 조용한 저항이기도 하다.

「소문의 벽」은 말한다. 자유롭게 말한다는 것은 용기만의 문제가 아니라, 두려움 속에서도 끝내 진술을 멈추지 않는 사람들의 책임이며 윤리라는 것을. 전짓불을 마주한 자들이 침묵하지 않기 위해, 우리는 그들의 말에 응답하는 자리에 서야 한다.

길 위에서 살아가는 사람들

황석영, 「삼포 가는 길」(1973)

길 위의 인생

1970년대 한국 사회는 국가 주도의 산업화 정책 아래 쉼 없이 달렸다. 그러나 자본은 부족하고 기술은 초보적인 상태에서 산업화를 이루기는 쉽지 않았다. 그래서 자본과 기술보다는 섬유 산업처럼 노동력이 투입되는 산업이 집중 육성되었다. 그 과정에서 부족한 노동자를 끌어모으기 위해 정부는 농촌의 희생을 주저하지 않았다. 쌀값이 억제되어 농민들은 농사를 포기하고 도시의 저임금 노동자가 되었고, 그러다 보니 삶의 기반이던 고향은 점차 황폐해져 갔다. 전통적인 가족 중심의 공동체는 해체되고, 사람들은 생존을 위해 고향을 등질 수밖에 없었다. 그렇게 고향을 상실한 이들은 하나둘씩 '길 위'로 내몰렸다.

3부 · 성장의 그늘, 공존을 향해

이처럼 고향을 잃고 떠도는 삶은 단지 한국만의 특수한 현상은 아니다. 사회학자 지그문트 바우만Zygmunt Bauman은 현대 사회를 '고체 근대'에서 '액체 근대Liquid Modernity'로 이행하는 시기로 규정한다. 그는 이 전환 속에서 인간이 더 이상 안정된 공동체나 고정된 정체성에 기대어 살 수 없으며, 끊임없이 어딘가로 흘러가야만 살아남을 수 있다고 지적한다. 작가 황석영의 「삼포 가는 길」 속 인물들 또한 그러한 유동하는 삶의 한복판에 놓인 존재들이다.

도시에서 밀려나 공사판을 전전하는 영달, 수감 생활을 마치고 고향 삼포로 돌아가려는 정씨, 그리고 떠돌이 삶에 지친 술집 작부 백화. 이들은 모두 정착하지 못하고 길 위를 떠도는 인물들이다. 이 소설에서 '길'은 단순한 이동의 경로가 아니다. 그것은 산업화가 만들어낸 삶의 불안정성과 정체성의 흔들림을 상징하는 공간이며, 동시에 잃어버린 고향을 향한 쓸쓸한 회귀의 서사를 상징하는 소재이기도 하다. '길 위의 삶'은 선택이 아니라, 산업화의 그늘 속에서 떠밀려 나간 이들이 감당해야 했던 시대의 비극이었음을, 세 사람의 여정을 통해 확인할 수 있다.

겨울 새벽, 바람이 매섭게 불어오던 들판에서 영달은 한참 동안 생각에 잠겨 서 있었다. 넉 달간 머물던 공사 현장이 중단되자

밥값을 떼먹고 도망쳐 나온 참이었다. 무작정 길을 나선 영달은 우연히 정씨를 만난다. 정씨는 오랜만에 고향 '삼포'로 돌아가는 길이었다.

길을 함께 걷던 두 사람은 찬샘 마을에 들렀다가 술집 주인에게서 도망친 작부 '백화'를 만나 동행하게 된다. 백화는 스물두 살이지만 떠돌이 생활로 인해 삼십이 훌쩍 넘어 보였고, 속치마처럼 해진 인생을 농담처럼 말하곤 했다. 그녀는 속이 훤히 들여다보이는 가짜 연애를 거듭해왔지만, 언젠가 진짜 사랑을 했던 적도 있었다고 말한다. 영달은 무뚝뚝하게 굴었지만 백화가 싫지는 않았다. 속으로는 함께 지내볼까 하는 욕망도 있었지만, 다만 떠돌이 인생에 정착이란 것을 쉽게 기대하지는 않았다.

눈이 쌓인 폐가에서 세 사람은 모닥불을 피우며 몸을 녹인다. 백화는 영달에게 말을 건넨다. "당신, 꽤 괜찮은 사내야. 나는 치사한 건달인 줄 알았어. 불 때는 꼴이 제법 그럴 듯해요." 백화의 말에 영달이 별 반응이 없자 정씨는 웃으며 말한다. "저런 무딘 사람 같으니, 이 아가씨가 자네한테 반했다는 말이야." 하지만 영달은 마음을 허투루 주는 삶의 허무를 누구보다 잘 알고 있었다.

"다 헛것이지."

눈길을 다시 나선 세 사람. 그러나 백화가 발을 다쳐 걷지 못하게 되자, 영달은 조용히 그녀를 업는다. 그녀는 그 등 위에서 낮게 말한다. "무겁죠?" 대답은 안 했지만, 영달에게 백화는 가볍고 따뜻한 존재로 느껴졌다.

감천에 도착하자 장이 막 끝나 흥정이 한창이었다. 그들은 장터 모퉁이에서 따뜻한 온기가 남아 있는 팥시루떡을 사 먹었다. 백화가 자기 몫에서 절반을 떼어 영달에게 내밀었다.

"더 드세요. 날 업고 왔으니 기운이 배나 들었을 텐데."

백화는 전라선 쪽 기차를 타야 했고, 영달과 정씨는 호남선 쪽 기차를 타야 했다.

정씨는 영달에게 말한다. "같이 가시지요. 좋은 여자 같아요." 하지만 영달은 말없이 주머니에서 꼬깃꼬깃한 오백 원짜리 두 장을 꺼내 백화의 표를 사고, 삼립빵과 찐 달걀을 건넨다.

"우린 뒷차를 탈 텐데. 잘 가슈."

백화는 개찰구로 향했다가 다시 돌아와 눈이 젖은 채 말한다. "내 이름 백화가 아니에요. 본명은…… 이점례예요." 그러고는 뒤돌아 개찰구를 향해 뛰어나간다.

기차를 기다리며 정씨는 고향 삼포 이야기를 들려주지만, 정작 그 고향마저도 공사판으로 변해 있었다. 영달은 조용히 말했다.

"우리 거기서 공사판 일이나 잡읍시다."

기차는 어두운 눈길을 향해 천천히 출발했다. 정씨는 발걸음을 떼기 어려워했지만, 결국은 영달과 똑같은 뜨내기 신세로 돌아가고 있었다.

정착을 허락하지 않는 시대

소설 속에 등장하는 세 인물은 모두 정처를 잃어버린 사람들이다. 이들은 겉으로는 각기 다른 사연을 지닌 듯 보이지만, 1970년대 산업화로 인해 삶이 붕괴해 버렸다는 점에서 공통적이다. 1970년대 급속한 산업화는 현재 고도 산업 사회를 형성하는 데에 크게 기여했지만, 거대한 산업 자본이 형성되는 과정에서 희생은 뒤따를 수밖에 없었다. 본래 생산 과정에서 생겨난 이익은 그 과정에 투입된 생산 요소에 고루 분배되어야 마땅하다. 자본에는 이자를, 노동에는 임금을, 토지에는 지대를 치러야 하는 것이다. 그런데 짧은 시간 동안 높은 성장을 이루고자 하면, 더 많은 자본이 필요하게 마련이어서, 필연적으로 자본의 덩치를 더 키워야 하고, 그 과정에서 노동에 희생을 요구하게 된다. 단기간의 높은 경제 성장은 그만큼 노동의 희생이 뒤따랐던 셈이다. 그 대표적인 사례가 정부의 저임금, 저곡가 정책에 따른 농민과 노동자들의 희생이었다.

1970년대 정부는 '수출만이 살길'이라는 슬로건 아래, 노동자들에게 저임금 정책을 펼쳤다. 노동의 희생은 '산업 역군'이라는 명분 아래 포장되었고, 이는 국가 발전이라는 대의로 정당화되었다. 동시에 저임금 노동자들이 도시에서 생계를 유지할 수 있도록 농산물 가격을 억제하는 저곡가 정책도 병행되었다. 이는 농민들의 생계를 더욱 위태롭게 만들었다. 농사를 지어도 비룟값조차 나오지 않는 상황이 벌어졌고, 농촌은 버려진 공간이 되었다. 결국 농민은 도시로, 노동자는 다시 공사판으로 떠돌게 되었으며, 많은 이들이 삶의 터전을 지킬 수 없었다. 「삼포 가는 길」 속 '영달'과 '정씨'는 바로 이러한 시대적 전형을 보여주는 인물들이며, '백화' 또한 안정된 삶의 기반을 상실한 채 유흥업소를 떠돌다 길 위에서 만난 인물이다. 이들은 정착을 거부한 것이 아니라, 정착이 허락되지 않은 시대의 희생자들이었다.

지그문트 바우만의 개념을 빌리자면, 이들은 모두 '액체 근대'의 대표적 희생자들이다. 액체 근대란 기존의 질서와 구조가 해체되고 모든 것이 빠르게 변화하며 유동하는 사회를 가리키는 개념이다. 바우만에 따르면, 이 시대의 인간은 더 이상 안정된 소속감이나 예측 가능한 삶의 경로를 가질 수 없으며, 끊임없이 흘러야만 생존할 수 있다. 정체성과 관계, 공간이 고정되지 않은 사회 속에서 인간은 계속해서 이동하고 적응하며 살아가야 한다. 안정되었던 공동체의 붕괴, 예측 가능했던 삶의 경로가 해체되며, 개인은 유동하는 사회 속에서 끊임없는 이동과 적응을 강요받는다. 「삼포 가는 길」 속 인물들은 산업화의 구조적 폭력 앞에서 유동하는 존재가 된, 한국 근대화의 이면을 증언하는 인물들이다. 이들이 걸어간 눈 덮인 겨울의 길 위에는, 단지 세 사람의 발자국만이 아니라, 고향을 잃고 떠도는 수많은 이들의 그림자가 겹쳐 있다.

개인화와 고립의 사회

「삼포 가는 길」 속 인물들은 단순히 물리적 유랑자들이 아니다. 이들은 자신을 지탱해 줄 공동체나 가족, 고향으로부터 철저히 단절된 존재들이다. 정씨는 삼포라는 고향을 찾아 나서지만, 그가 품고 있는 삼포는 더 이상 과거의 삼포가 아니다. 백화는 본명이 아닌 가명을 사용하며 유

최소한의 문학

흥업소를 떠돌다 정씨와 영달을 만나지만, 그들과의 연대는 연속성을 갖지 못한다. 이들이 겪는 고립은 단순한 외로움이 아니라, 근대 이후 철저하게 고립된 개인화와 그로 인한 불안의 정서다.

지그문트 바우만은 이러한 상태를 '개인화된 사회'의 특징으로 지목한다. 더 이상 전통적인 공동체나 가족이 개인의 삶을 지탱해 주지 않고, 각자가 자신의 생존과 성공을 스스로 책임져야 한다. 바우만은 이를 "자기 인생의 CEO가 되어야 한다는 강박"이라 표현하며, 현대인이 겪는 불안과 고립을 날카롭게 지적한다. 「삼포 가는 길」의 인물들은 끊임없이 이동하고 스스로를 책임져야 하는 존재들로, 실패에 대한 두려움과 정체성의 불안 속에서 떠돈다.

또한 바우만은 현대 사회의 인간관계를 '액체 사랑Liquid Love'이라 부르며, 쉽게 연결되고 쉽게 끊어지는 관계를 비판한다. 「삼포 가는 길」 속 인물들의 만남 역시, 끈끈한 유대를 형성하기보다는 순간적인 연대에 그친다. 백화가 영달에게 이름을 털어놓는 장면은 잠시나마 인간적인 연결을 암시하지만, 곧 이별로 이어진다. 마치 바우만이 말한 것처럼, 관계는 소비되고 교체되는 일회적 경험으로 전락하고 있다. "끈끈한 유대가 아닌, 클릭 한 번으로 끊어지는 관계의 시대"라는 바우만의 통찰은 이 소설 속에서도 이미 드러나고 있다.

결국 「삼포 가는 길」은 산업화로 인한 물질적 유랑만이 아니라, 관계와 정체성의 해체라는 정신적 유랑의 초상이다. 이들은 어디에도 속하지 못한 채, 누구와도 깊이 연결되지 못한 채, 그저 '길' 위에 존재한다. 바우만이 지적한 유동하는 삶, 고립된 주체, 일시적인 관계는 모두 이 소설 속 인물들의 삶과 맞닿아 있다. 「삼포 가는 길」은 1970년대 한국 사회의 산업화의 그늘 아래 놓인 개인들의 내면을, 냉정하고도 섬세하게 그려내고 있는 것이다.

도시의 유동성과 공동체의 가능성

「삼포 가는 길」의 마지막에는 정씨가 찾아가려는 고향 삼포가 더 이상 그가 기억하는 공간이 아니었음이 드러난다. '정씨'가 그리워했던 삼포는 나룻배로 고기잡이나 하고 감자 농사를 짓는 정감 있는 곳이지만 소문으로 들려오는 삼포는 정씨의 기억과는 거리가 멀었다. "바다 위로 신작로가 났는데, 나룻배는 뭐에 쓰오"라는 말에서 정씨는 삼포가 더 이상 예전의 정취를 간직하고 있지 않음을 절감한다. 이곳은 이제 산업화의 흐름 속에 변형되고, 낯선 공간이 되어버렸다.

현대 도시는 더 이상 전통 사회에서의 공동체 공간이 아니다. 도시는 과거의 공동체에 비하면 익명성과 분절성, 불안정한 정체성의 집합체로 그 성격이 전환되어 버렸다. 사람들은 도시 안에서 끊임없이 자신을 조립하고 해체하며, 생존을 위한 전략을 익히지만 고유의 정체성을 형성하는 데에는 곤란을 겪는다. 「삼포 가는 길」은 이러한 도시 유동성의 시대를 살아가는 이들의 내면을 섬세하게 비춘다. 정씨는 더 이상 고향을 통해 자신의 정체성을 복원할 수 없으며, 영달은 정착을 포기한 채 끝없는 유랑을 택한다.

그러나 작품의 말미에 이들 사이에 스쳐 지나가는 짧은 온기, 백화가 영달에게 본명을 털어놓는 장면, 그리고 눈 덮인 산길을 함께 걸으며 형성된 연대는 여전히 희미한 공동체의 가능성을 암시한다. 그것은 제도나 구조가 제공하는 공동체가 아닌, 고립된 존재들이 서로를 인정하고 이해하는 과정을 통해 만들어지는 새로운 형태의 연대다.

「삼포 가는 길」은 유동적인 도시와 해체된 고향 사이에서 길을 걷는 인물들을 통해, 근대의 현실을 통찰하며, 그 속에서도 여전히 공동체를 향한 인간적 갈망이 꺼지지 않았음을 말해준다. 이는 오늘날의 현실에서도 여전히 유효하다. 코로나 팬데믹과 디지털 전환, 플랫폼 노동과 불안정한 청년 세대의 삶 속에서 우리는 단절과 유동성의 경계를 살아가고 있다. 그럼에도 불구하고 고립된 개인들이 타인을 향해 손을 내밀고, 스쳐가는 만남 속에서 유대를 형성하려는 움직임은 오늘날의 공동체에 상상력을 자극한다. 「삼포 가는 길」은 바로 그 불안정한 시대를 살아가는 우리에게, 비록 느슨하고 불완전하더라도 새로운 연대의 가능성을 제시한다.

국가 폭력과
트라우마

현기영, 「순이삼촌」(1978)

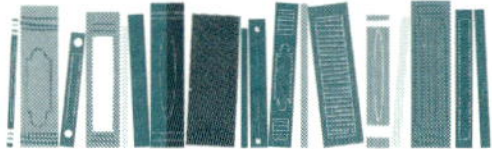

국가 폭력의 그림자와 죽음의 정치

한반도의 근현대사는 전쟁과 분단, 그리고 독재의 역사를 관통해 왔다. 이러한 거대한 격동의 소용돌이는 단지 외교나 정치의 차원에 그치지 않았다. 그것은 수많은 개별 인간의 삶을 파괴하고, 때로는 생사의 경계를 무참히 허물며, 인간을 인간이 아닌 존재로 규정하는 폭력의 토대가 되었다. 그 중심에는 언제나 통치의 일환으로 자행된 국가 폭력이 있었다.

1945년 해방 이후, 이데올로기의 균열은 곧 인간 존재에 대한 검열과 통제의 수단으로 기능하게 되었다. 한반도는 냉전의 최전선으로 떠밀리며 '반공'이라는 절대 가치가 모든 윤리와 상식을 압도하는 시대를

최소한의 문학

맞이했다. 이념이 다르다는 것, 혹은 다르다고 '의심받는 것'만으로도 한 개인은 제거될 수 있었다. 오해조차 사치가 아니었고, 설명조차 허락되지 않았다. 증명되지 않은 혐의마저 '죽어도 괜찮은 자'라는 낙인을 의미하던 시절이었다.

무고한 이들은 살아 있을 자격을 스스로 입증해야 하는 시대를 살았다. 더 정확히 말하자면, 어떤 이들은 자신의 생존을 정당화할 기회조차 갖지 못한 채 죽음으로 내몰렸다. 이러한 폭력의 기제는 단순한 억압이나 체포, 감금으로 그치지 않았다. 이는 국가가 특정한 존재를 향해 '죽음에 노출된 존재'로 재정의하고, 그 죽음을 방조하거나 유예하는 방식으로 작동했다.

이 지점에서 카메룬 출신 정치철학자 아킬레 음벰베Achille Mbembe의 이론은 중요한 시사점을 제공한다. 그는 《네크로폴리틱스Necropolitics》를 통해 현대 국가 권력이 어떻게 죽음의 정치를 수행하는지를 분석한다. 즉, 국가는 시민을 보호하고 생명을 지키는 주체가 아니라, 반대로 누구를 죽여도 되는지, 누가 죽어도 상관없는지 선별하는 권력을 행사한다는 것이다. 이러한 권력은 그 존재를 위협하거나 불편하게 만드는 이들을 '죽음의 대상'으로 만들어 그 자체로 사회적 제거의 근거로 삼는다.

제주 4·3 사건은 바로 이러한 죽음의 정치가 극단적으로 구현된 역사적 사례다. 마을 단위로 이념이 구분되었고, 구성원 전체가 '불순분자'로 간주되어 폭력의 대상으로 전락했다. "마을을 깨끗이 없애려 했다"는 당시의 여러 증언들은 단순한 군사 작전이 아닌, 음벰베가 말하는 죽음을 통해 질서를 확립하는 정치적 폭력의 극단을 보여준다.

이러한 비극 속에서 살아남은 자들은 '살아 있는' 존재가 아니었다.

그들은 사회적으로는 고립되었고, 정신적으로는 파괴되었으며, 신체적으로는 죽음보다 더한 고통 속에 방치되었다. 현기영의 소설 「순이삼촌」의 주인공 역시 그러한 인물 중 하나다. 순이 삼촌은 학살에서 우연히 살아남았지만, 그의 삶은 결코 생존이라 부를 수 없었다. 순이 삼촌은 국가 폭력에 의해 '죽음으로 살아가야 했던 존재'였던 것이다.

나는 제주도에서 나고 자랐다. 커서는 뭍으로 건너와 공부를 했고 대학을 졸업한 뒤로는 서울에서 직장을 잡고 산 지 벌써 15년이 훌쩍 넘었다. 나에게 고향은 어떤 곳이었나. 그곳은 나에게 깊은 우울과 찌든 가난밖에 남겨준 것이 없는 곳이었다.

8년 만에 고향을 찾았다. 큰아버지로부터 가족묘지 때문에 상의할 일이 있으니 할아버지 기일에 맞춰 내려오라는 연락을 받았기 때문이다. 제삿날 저녁 일가친척이 모두 모인 자리에 순이 삼촌이 보이질 않았다. 제주도에서는 촌수를 따지기 어려운 친척을 남녀 구분 없이 삼촌이라고 불렀다. 순이삼촌은 두 달 전까지 우리 집에서 밥 짓고 집안일을 봐주시던 분이었는데 얼마 전 돌아가셨다고 했다.

당황스럽고 놀란 감정을 추슬러 생각해 보니 순이삼촌은 서울

최소한의 문학

에 있을 때에도 매우 불안해 보였다. 사람들이 자기를 밥 많이 먹는 식모라고 흉본다고 화를 내는 등 결벽증이 이만저만이 아니었다. 나중에 알았지만 삼촌의 결벽증은 몇 해 전 콩을 도둑질했다는 누명을 썼을 때 생겼다고 했다. 상대방이 누가 도둑인지 파출소에 가서 따져보자고 했을 때 거기는 죽어도 못 가겠다고 주저앉아 버린 후부터 결벽증이 나타났다는 것이다.

순이삼촌의 이해할 수 없는 행동은 귓가에 맴도는 환청 때문이기도 했다. 30여 년 전 마을에서 벌어진 민간인 학살의 소리가 삼촌의 귓가에 여전히 맴돌고 있었던 것이다.

30여 년 전 그날은 유난히 바람이 차고 매서운 날이었다. 갑자기 연설을 들으러 나오라는 고함이 들려왔고 평소와 달리 군인들이 수십 명씩 짝을 이루고 다니며 마을 사람들을 재촉했다. 학교 운동장에 사람들이 모이자 지휘관은 군인 가족과 순경 가족, 공무원 가족을 분리했다. 그러자 사람들은 뭔가 일이 잘못되어가고 있음을 느꼈다. 때마침 마을에 무서운 불길이 타올랐다. 마을 사람들이 동요하자 군인들은 사람들을 총으로 위협했다. 마침내 군인들은 개, 돼지를 몰듯 사람들을 담 밖으로 내몰았다. 얼마 후 콩을 볶는 듯한 총소리가 들려왔고 사람들은 영문도 모른 채 죽어갔다. 대부분 노인과 아녀자들이었다. 그즈음 남자들은 밤중에는 무장한 폭도들에게 쫓기고, 낮에는 군인과 경찰에 쫓겨 숨어 살고 있었다. 군인과 경찰은 이들이 공산주의자들 편에 섰을지도 모른다고 의심하고 마을 전체를 깨끗이 없애려 했던 것이다. 순이삼촌도 할머니에게 맡긴 오누이를 데리러 왔다가 그만 화를 당하고 말았다.

그날 밤 사람들은 학교 건물로 들어가 밤을 새웠는데 그때 죽은 줄만 알았던 순이삼촌이 혼자서 살아 돌아왔다. 하지만 학살 현장에서 두 아이를 잃은 삼촌은 제정신이 아니었다. 그 후 순이삼촌에게 경찰을 피해다니는 결벽증과 환청 증세가 생기고 말았다. 순이삼촌은 후유증이 깊었다. 사람들이 학살당한 장소가 바로 순이삼촌의 밭이었기 때문이다. 삼촌은 사람들이 학살당한 그곳에서 적지 않은 세월 농사를 지으며 무수한 탄피와 사람들 뼈를 발견했고, 이를 볼 때마다 가슴 시린 아픔을 느꼈을 것이다. 결국 순이삼촌은 그날의 후유증으로 스스로 목숨을 끊었다. 어쩌면 순이삼촌은 30년 전 목숨을 잃은 것이나 다름없었을 것이다.

살려두되 지워진 존재들 : 죽음 이후의 폭력

「순이삼촌」은 국가 폭력이 한 인간의 삶을 어떻게 무너뜨리는지를 보여주는 작품이다. 순이삼촌은 제주 4·3 사건 당시 군인들의 무차별 학살에서 간신히 살아남은 인물이다. 두 아이를 잃고, 시체 썩은 냄새가 배인 밭에서 평생을 살아야 했던 그는 결국 환청과 결벽증에 시달리다 스

최소한의 문학

스로 목숨을 끊는다. 그는 총에 맞지 않았고, 법적으로 처형되지도 않았다. 그러나 우리는 묻지 않을 수 없다. 정말 그는 살아남은 것일까?

「순이삼촌」은 국가가 직접 생명을 앗아가는 폭력만이 아니라, 살아남은 자를 죽음 가까이로 내모는 또 다른 폭력이 존재함을 증언한다. 이러한 현실은 단지 한국 현대사만의 특수한 문제가 아니다. 정치철학자 아킬레 음벰베는 이를 '네크로폴리틱스', 즉 죽음의 정치라는 이름으로 개념화했다. 음벰베에 따르면, 현대의 권력은 단지 사람을 죽이는 것이 아니라, 누구는 구조하고 누구는 죽게 내버려 둘 것인가를 결정함으로써 작동한다. 국가는 생명을 평등하게 다루는 척하지만, 사실상 어떤 존재는 살아야 할 이유가 없는 것처럼 취급한다.

제주 4·3 사건은 바로 이러한 죽음의 정치가 집단적으로 행사된 사례였다. 마을 전체가 '폭도와 연계되었을지도 모른다'는 이유로 통째로 지워졌다. 누구도 정확히 조사받지 않았고, 누구도 변호받을 수 없었다. 그저 '거기 있었다'는 이유만으로 죽음의 경계에 선 것이다. 이처럼 국가는 어떤 존재를 사회적으로, 법적으로 '살릴 필요 없는 존재'로 선별했다. 순이삼촌 역시 그런 식으로 생존의 권리를 박탈당한 사람이었다.

더 심각한 문제는 총성이 멈춘 뒤에도 폭력이 계속되었다는 점이다. 순이삼촌은 두 아이의 시신이 묻힌 밭에서 여러 해 동안 농사지었다. 뼛조각과 탄피를 발견할 때마다 그녀는 그날을 떠올렸을 것이다. 정신적 후유증은 점점 깊어졌지만, 국가도 사회도 그의 고통에 응답하지 않았다. 오히려 사람들은 그를 기이한 존재, 이상한 사람으로 취급했다. 제주 사람들은 오랫동안 4·3을 이야기하지 못했다. 정부를 비판하는 대로 그날의 모진 기억이 되풀이될까 두려웠기 때문이었다. 결과적으로 4·3 사건의 희생자들은 죽음에서 살아남았다는 이유로 방치되었고, 그 방치야말로 음벰베가 말한 '죽게 내버려 두는 통치'의 전형이었다.

순이삼촌의 죽음은 표면적으로는 자살이지만, 그것은 국가가 만들어낸 조건 속에서 일어난 죽음이었다. 국가는 생존자를 보호하지 않았고, 사회는 생존자를 철저히 외면하고 말았다. 순이삼촌은 물리적으로는 살아 있었지만, 사회적으로는 이미 지워진 존재였다. 이것이야말로 살해하지 않고도 죽음으로 몰아가는 통치의 작동 방식이다. 우리가 국가 폭력을 단지 과거의 학살이나 총칼의 기억으로만 이해해서는 안 되는 이유다.

몸은 국가 폭력을 기억한다

「순이삼촌」은 국가 폭력의 야만성을 고발하는 한편, 그 폭력이 개인의 몸과 마음에 어떻게 각인되어 평생을 지배하는지를 생생하게 보여준다. 순이삼촌의 극심한 결벽증과 환청, 파출소에 대한 비이성적인 공포는 30여 년 전 학살의 기억이 그녀의 삶을 어떻게 파괴했는지를 적나라하게 드러낸다. 이처럼 순이삼촌의 증상은 단순한 정신 질환이 아니라, 트라우마가 신체와 신경계에 각인된 결과라고 볼 수 있다.

《몸은 기억한다》의 저자 베셀 반 데어 콜크Bessel van der Kolk는 충격적인 사건을 겪은 사람은 그 기억을 단지 마음속에 저장하는 것이 아니

최소한의 문학

라, 감각과 이미지, 신체 반응의 형태로 파편화해 저장한다고 말한다. 특히 언어를 담당하는 뇌 영역이 마비되면서 기억은 이야기로 정리되지 못하고, 특정 자극에 노출될 때마다 무의식적으로 재경험된다고 한다. 순이삼촌의 몸은 그날의 총소리와 피비린내, 두 아이를 잃은 절규를 결코 잊지 못하고 끊임없이 되살려 낸 것이다.

그녀가 "사람들이 자기를 식모라고 흉본다"고 격분하거나, "파출소에는 절대 못 간다"며 공포에 빠지는 장면은 언어화되지 못한 기억이 감각과 반응으로 드러나는 모습이다. 무엇이 불안의 원인인지 설명할 수 없어도, 그녀의 몸은 경계하고 반응한다. 그녀가 듣는 환청은 단지 환상이 아니라, 여전히 위협이 끝나지 않았다고 경고하는 신경계의 방어 반응이다.

트라우마는 과거의 사건이 아니라, 지속되는 생리적 경보다. 반 데어 콜크는 이를 '신체 자동 조절 시스템의 붕괴'로 설명한다. 생존을 위해 작동했던 긴장 상태는 사건 이후에도 꺼지지 않으며, 이는 무감각, 과민반응, 수면 장애 등 다양한 형태로 나타난다. 순이삼촌의 결벽증은 오염된 세상으로부터 자신을 지키기 위한 무의식적 방어였고, 그녀는 극도의 경계 속에서 세상과 단절된 삶을 살았다.

이러한 반응은 결국 타인과의 관계에도 큰 균열을 가져온다. 순이삼촌은 서울에 올라와서도 사람들의 말에 민감하게 반응하며, 분노하거나 침묵에 빠진다. 그녀는 타인을 신뢰하지 못했고, 가까운 관계를 맺는 데 어려움을 겪었다. 반 데어 콜크는 트라우마가 애착 형성 능력을 손상시키고, 고립과 자기혐오를 심화시킨다고 지적한다. 여기에 아이들을 잃고 살아남은 죄책감은 그녀를 더욱 외롭게 만들었을 것이다.

결국 순이삼촌은 아무와도 제대로 관계를 맺지 못한 채 세상에서 멀어졌고, 그 죽음은 개인의 선택이기보다는 치유와 공감의 언어를 허락하지 않은 사회와 국가의 방임 속에서 벌어진 필연이라고 할 수 있다. 그녀는 살아 있었지만, 누구도 그녀의 기억을 묻지 않았고, 고통에 응답하지 않았다. 말하지 못한 기억, 회복되지 못한 몸, 끊어진 관계는 그녀를 천천히 붕괴시켰다.

기억하고 말하는 공동체를 위하여

「순이삼촌」은 국가 폭력의 잔혹함뿐 아니라, 그 폭력이 인간의 몸과 마음, 관계 속에 어떻게 침투하는지를 보여주는 심리적 기록이다. 트라우마는 시간이 지나면 아무는 상처가 아니라, 언어로 기억되지 못할 때 오히려 더 깊어진다. 순이삼촌의 비극은 과거로 끝난 이야기가 아니다. 지금 이 순간에도 누군가의 몸속에서, 고통스럽게 이어지고 있을 수 있다.

우리는 이미 수많은 '순이삼촌'들을 경험했다. 1980년 5월, 광주에서 군인은 시민에게 총을 들었고, 그날 살아남은 사람들은 오히려 '폭도'라는 이름으로 오랫동안 침묵을 강요당했다. 2014년 4월, 세월호가 천천히 가라앉는 동안, 수많은 학생들과 시민이 '국가의 구조'를 기다렸지만, 국가는 끝내 손을 내밀지 않았다. 2022년 이태원에서는 150여 명의 젊은이들이 거리에서 압사당했지만, 사고가 나기 전에도, 난 뒤에도, 책임지는 이들이 없었다. 2023년, 군 복무 중이던 채 상병은 군의

최소한의 문학

잘못된 조치 속에 물살에 휩쓸려 끝내 숨지는 일이 벌어졌지만, 국가는 책임을 지기보다 그 책임을 회피하기에 바빴다.

이러한 사건들은 모두 죽음이 개인의 선택이나 우연이 아니라, 국가의 무능과 외면이 만든 구조적 결과였다는 공통점을 갖는다. 또한 죽은 자의 이야기는 뉴스가 되었지만, 살아남은 자들의 고통은 대부분 묻혀버리는 또 다른 차원의 잘못도 벌어지고 있다. 트라우마는 남겨진 이들의 몸속에서 아직도 꺼지지 않는 경보음처럼 울리고 있다. 국가의 부재는 죽음을 불렀고, 그 이후에도 치유는 허락되지 않았다.

베셀 반 데어 콜크는 트라우마를 극복하기 위해 '사회적 지지'가 필요하다고 강조한다. 고통의 기억을 혼자 떠안지 않도록, 누군가가 듣고, 공감하며, 함께 기억하는 공동체적 환경이 필요한 것이다. 신뢰할 수 있는 타인과 연결될 수 있을 때, 인간의 마음은 다시 안정을 되찾을 수 있다. 그러나 우리의 현실은 어떠한가. 트라우마 생존자들은 오히려 '그만 잊으라'는 사회의 조급한 요구 속에 더 깊은 고립으로 밀려나고 있지 않은가.

국가 폭력의 피해는 단지 죽음의 순간에서 끝나지 않는다. 그 고통은 기억되지 않을 때, 이름 붙여지지 않을 때, 더 깊어진다. 따라서 국가는 단지 법적 책임만이 아니라, 기억하고 돌보고 말할 수 있게 만드는 환경을 조성해야 한다. 트라우마는 개인이 혼자 감당할 수 있는 것이 아니며, 사회가 함께 기억하고, 공동체가 연대할 때에만 치유의 가능성이 열린다.

「순이삼촌」은 하나의 문학 작품을 넘어, 우리 사회에 던지는 윤리적 질문이다. 우리는 얼마나 자주, 얼마나 쉽게 '국가'라는 이름으로 누군가를 죽게 내버려 두었는가. 그리고 그 죽음 이후에도, 얼마나 자주 고통을 외면하고 침묵을 강요해 왔는가. 순이삼촌의 이야기는 과거의 서사로 남겨두어서는 안 된다. 그것은 우리가 오늘 이 자리에서 다른 누군가를 기억하고, 지지하며, 책임지는 존재로 살아가야 한다는 요청이기도 하다.

도시,
누구를 위한 공간인가

조세희, 「뫼비우스의 띠」(1976)

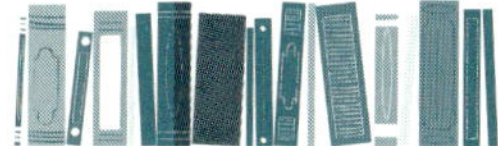

도시, 욕망, 그리고 소외

한국 사회에서 '개발'은 곧 아파트 건설을 의미하곤 했다. 1970년대 이후 급격한 도시 팽창과 산업화는 주택의 양적 확대를 도시 정책의 최우선 목표로 삼았고, 그 결과로 고층 아파트 단지가 도시의 기본 풍경으로 자리 잡았다. 이러한 개발은 주거 문제를 해결하는 방식이라기보다는 토지 가치의 상승과 자산을 형성하는 방식으로 작동했다. 땅 위에 세워지는 건축물은 점점 투자의 대상이 되었고, 도시는 주거 공간이 아닌 부동산 상품으로 재구성되었다.

이런 구조 속에서 가장 먼저 밀려난 것은 도시의 가장자리에 불안정하게 정착했던 사람들이었다. 철거민, 임시 건축물 거주민 등은 개발 과정에서 법적 보호조차 받지 못한 채 쉽게 배제되었다. 그들은 도시의 변화 속에서 '주민'이라 불리기보다, 언제든 정리될 수 있는 '잔여물'처럼 취급되었다. 주거의 권리는 소유의 여부에 따라 차등 적용되었고, 도시는 모두를 위한 공간이 아니라 자산 보유자의 이익을 중심으로 계획되었다.

프랑스 사회학자 앙리 르페브르Henri Lefebvre는 도시 공간이 자본과 권력에 의해 '생산'된다고 보았다. 그는 모든 도시 거주자가 도시의 재구성과 이용에 참여할 권리를 가진다고 보았고, 이를 '도시권the right to the city'이라 불렀다. 그러나 실제 도시 공간은 시장 논리 속에서 점점 더 비싼 상품이 되었고, 시민의 권리는 계약서와 소유권 증명서로 대체되었다. 도시 개발은 인간의 삶을 개선하기보다, 이윤 창출을 위한 수단으로 기능하게 된 것이다.

조세희의 《난장이가 쏘아올린 작은 공》 연작은 이러한 자본 중심의 개발 구조의 문제를 예리하게 드러낸 작품이다. 그중 「뫼비우스의 띠」에는 도시 개발로 인해 집을 잃고, 입주권을 헐값에 팔 수밖에 없었던 인물들이 직접 등장한다. 이들은 아파트를 분양받을 능력이 없다는 이유로 시장에서 밀려난다. 개발에 따라 보상은 주어졌지만, 그것은 실질적인 거주권을 보장하는 방식이 아니었다. 제도의 언어로는 '보상'이지만, 현실의 구조는 철저한 배제였다.

이처럼 「뫼비우스의 띠」는 자본주의 도시가 어떻게 사람을 밀어내고, 어떻게 구조적 폭력을 일상화하는지를 보여준다. 그 안에서 인물들은 법적 보호도, 정보 접근권도, 선택의 자유도 가지지 못한다. 이들은 도시에서 살아가는 존재이지만, 도시를 구성하는 주체로는 인정받지 못하는 사람들이다. 생존권을 빼앗긴 그들은 어떻게 저항을 실천했을까?

최소한의 문학

겨울 해가 지고 교실 안은 서서히 어두워졌다. 수학 교사가 교단에 섰다. 그는 학생들이 신뢰하는 유일한 교사였다. 그의 손엔 책이 들려 있지 않았다. 그가 말했다.

"제군, 오늘은 입학 시험과는 상관없는 이야기를 하고자 한다."

교사는 굴뚝 청소를 마치고 나온 두 아이의 이야기를 꺼냈다. 얼굴이 새까만 아이와 깨끗한 아이, 누가 얼굴을 씻겠냐는 물음에 학생들은 당연히 "얼굴이 더러운 아이"라고 답했다. 하지만 교사는 고개를 저었다.

"그럴 수 없네. 얼굴이 더러운 아이는 깨끗한 아이를 보고 자기도 깨끗하다고 생각할 것이고, 깨끗한 아이는 더러운 얼굴을 보고 자기도 더럽다고 착각할 걸세."

잠시 후, 그는 같은 질문을 던졌고, 학생들이 정답을 안다고 외치자 교사가 말했다.

"제군, 중요한 건…… 이 문제 자체가 틀렸다는 거야. 같은 굴뚝에서 나왔다면 둘 다 더럽거나 둘 다 깨끗할 수밖에 없지 않겠나?"

칠판에는 '뫼비우스의 띠'라는 글씨가 적혔다. 그는 겉과 속이 구분되지 않는 띠처럼, 세상을 보려면 단순한 이분법이 아닌 복잡한 곡면이 필요하다며 이야기를 시작했다.

어스름한 황혼 속, 앉은뱅이는 콩밭에 불을 피우고 있었다. 불 위엔 며칠 전까지만 해도 꼽추네 집에 깔려 있던 마룻장이 올려져 있었다. 철거였다. 쇠망치를 든 사내들이 와서 순식간에 집을 부쉈고, 입주권은 헐값에 팔아야 했다. 꼽추와 앉은뱅이는 그렇게 삶의 터전을 잃었다.

두 사람은 복수를 준비했다. 휘발유가 든 플라스틱통, 전깃줄, 폐차장에서 구해온 낡은 승용차. 차 안엔 단단한 돌, 장검, 맥주병, 긴 못이 가득했다. 약장수 사범이 쓰는 도구들이었다. 그에게서 휘발유를 얻었고, 차 구조도 배웠다.

어둠이 깊어질 무렵, 앉은뱅이는 부동산업자를 불러냈다. 자기를 속인 그 사내에게 돈을 얻어내기 위해서였다. 하지만 부동산업자가 되려 앉은뱅이를 걷어차고 피투성이로 만들자, 그때 콩밭에서 튀어나온 꼽추가 사내의 명치를 걷어찼다. 두 사람은 무력하게 쓰러진 사내를 전깃줄로 묶고 반창고로 입까지 틀어막았다. 그러고는 그가 빼앗아 간 돈과 서류를 찾았다. 그들은 이십만 원씩 돈을 챙기고 남은 가방을 뒤로했다.

앉은뱅이는 말없이 천막을 향해 기어갔다. 꼽추는 동네로 향했고, 이내 검은 하늘 아래 승용차가 폭발했다. 밤하늘에 불꽃이 피어오르고, 다시 어둠이 내려앉았다.

이야기를 마친 수학 교사는 조용히 말했다. "우주의 본질처럼 내부와 외부가 분리되지 않는 입체, 뫼비우스의 띠를 기억하라. 제군은 이제 대학에 가 더 많은 것을 배우게 될 것이다. 제군은 결코 제군의 지식이 제군에게 돌아올 이익에 맞추어 쓰이는 일이 없도록 하라." 교실엔 어둠이 내리고, 학생들의 눈빛만 반짝였다.

삶의 공간에서 상품으로: 도시를 향한 자본의 시선

1970년대 한국 사회는 도시화의 압력 속에 급격한 변화를 겪었다. 산업화에 발맞춰 도시가 확장되면서 농촌에서 이주한 노동자들과 도시 주변부 거주민들은 더 나은 삶을 기대하며 도시로 몰려들었지만, 그들을 위한 공간은 준비되어 있지 않았다. 정부 주도의 개발 정책은 주택을 '공급 대상'이자 '투자 상품'으로 간주하고 있었고, 아파트 건설은 곧 도시 발전의 상징처럼 받아들여졌다. 그러나 이러한 도시 개발의 이면에는 시민의 삶이 아닌, 자본의 논리가 깊숙이 뿌리내리고 있었다.

프랑스의 사회학자 앙리 르페브르는 자본주의 도시가 공간을 인간의 삶의 장이 아닌 이윤 창출의 수단으로 전환시킨다고 비판했다. 그는 도시가 시민들의 일상, 관계, 기억이 깃든 사용 가치를 지닌 '작품œuvre'이어야 한다고 강조하면서 현실의 도시가 점점 교환 가치, 즉 시장에서의 가격과 투기의 대상으로 전락해 가는 것을 성찰적인 시선으로 바라보았다.

이러한 도시 구조의 모순은 조세희의 「뫼비우스의 띠」 속에서 극명하게 드러난다. 이 작품은 도시 재개발로 인해 삶의 터전을 잃고 거리로 밀려난 이들의 현실을 그린다. 주인공은 입주권을 받지만, 실제 아파트에 입주할 자본이 없어 헐값에 그것을 팔고 만다. 제도적으로는 보상을 받은 셈이지만, 실질적으로는 살 공간과 권리 모두를 박탈당한 상태다. 앉은뱅이와 꼽추는 도시의 구성원이었지만, 도시의 미래에서는 제외된 셈이다.

작품 속 인물들은 단순히 집을 잃은 것이 아니다. 그들에게 집은 단순한 물리적 공간이 아니라, 가족의 삶이 응축된 공간이며, 도시의 한 부분을 구성해 온 사회적 기억의 장소다. 그러나 자본주의적 도시 개발은 이런 공간을 교환 가치의 논리로 환원시키며 파괴해 버린다. 도시를 작품이 아닌 상품으로 여기는 시선이 이들의 삶을 무력하게 만든다.

비슷한 시기의 또 다른 작품인 윤흥길의 「아홉 켤레 구두로 남은 사내」 또한 도시 개발이 낳은 사회적 배제의 구조를 정면으로 응시한다. 이 작품은 1971년 광주대단지 사건을 배경으로, 서울의 무허가촌에서 강제 이주당해 성남으로 이주한 주민들의 현실을 소재로 하고 있다. 이들은 서울에서 배제되고, 이주해야 할 곳에서도 투기꾼들의 농간으로 높은 분양가에 투쟁해야 했으며, 그 과정에서 작품 속 주인공은 중산층에서 도시 하층민으로 몰락하고 만다.

이 두 작품은 1970년대 한국의 도시화가 단지 공간의 재편이 아니라, 사람의 존재 방식 자체를 바꾸어 놓았음을 말해준다. 자본은 도시의 겉모습을 바꾸었지만, 그 속에서 살아가던 사람들의 목소리와 기억은 지워졌고, 제도는 그것을 보호하지 않았다. 르페브르는 도시를 회복하려면 시민이 도시의 미래를 함께 결정하는 참여자로 자리 잡아야 한

최소한의 문학

다고 말한다. 그러나 현실에서 도시의 주요 의사결정은 자본과 행정 권력의 손에서 이뤄지며, 시민들은 수동적 '수혜자' 혹은 '피해자'로 전락한다. 「뫼비우스의 띠」 속 인물들이 겪은 일은 개인의 불운이 아니라, 제도와 구조가 만든 필연적 결과였다.

'정상'이라는 폭력의 메커니즘

그런데 이 작품에는 또 다른 배제의 원리가 작동하고 있다. 정상성이 지닌 폭력이다. 자본주의 근대는 보편적이고 합리적인 이성을 중심적인 가치로 내세운다. 여기서 보편성이란 누구나 지닌 성질을 뜻한다. 그러나 인간은 다양성을 지닌 존재로서 보편적인 중심적 가치에서 벗어난 존재들도 얼마든지 존재할 수 있다. 문제는 보편성을 기준 삼아 사람들을 구분하고, 거기서 벗어난 이들을 무언의 기준으로 배제하기 시작할 때 발생한다. 겉보기에 합리적인 기준은 때때로 차별의 기제가 되고, 정상성이라는 이름의 폭력은 사회 속 소수자를 은밀히 밀어낸다.

조세희의 「뫼비우스의 띠」는 도시 재개발이라는 물리적 배제의 현실을 보여주는 동시에, 그 이면에는 보다 근원적인 사회적 배제, 즉 정상성의 기준에 따른 낙인과 소외를 문제 삼는다. 이 작품의 중심인물인 앉은뱅이와 꼽추는 육체적 장애를 가진 사람들이다. 그들은 단순히 빈곤하거나 무지한 존재가 아니라, 태생적으로 '정상'의 범주에서 벗어난 인물로서 이중의 차별과 소외를 감내하고 있다.

도시 개발은 일반적으로 주거 환경 개선이라는 명분으로 추진되지만, 실제로는 누가 도시의 주체로 인정받을 수 있는가에 대한 문제와 직결된다. 입주권을 받은 이들이라도 자본이 부족하면 아파트에 입주할 수 없다. 하지만 앉은뱅이와 꼽추에게 주어진 조건은 더 열악하다. 이들은 단지 가난하기 때문만이 아니라, 장애로 인해 사회와의 접촉면 자체가 줄어든 존재들이다. 정보에 접근하지 못하고, 협상 테이블에 오르지도 못하며, 심지어 동네 사람들조차 이들에게 책임을 전가하거나 이들을 외면한다.

정상성과 능력 중심 사회는 장애인을 늘 '배려'의 대상으로 다룬다. 그러나 이 '배려'는 실상 권리의 인정이 아니라 주변화의 언어다. 정상적인 몸, 경제적 능력, 언어 능력을 기준으로 한 보편성은, 그로부터 벗어난 사람들을 침묵하게 만든다. 작품 속 두 인물 역시 자신의 권리를 목소리로 말하지 못한다. 그들은 몸을 통해, 침묵을 통해, 혹은 마침내 분노를 통해 반응할 수밖에 없다.

특히 주목할 것은 이들이 겪는 무기력의 서사다. 집이 철거될 때, 다른 주민들은 울거나 몸싸움을 벌이지만, 꼽추네 가족은 아무 말도 하지 않는다. 아무도 덤벼들지 않고, 아무도 울지 않았다. 그것은 체념의 표현이기도 하고, 더 이상 항변할 수 없는 존재의 위치를 드러내기도 한다. 앉은뱅이와 꼽추는 철거민 중에서도 가장 낮은 자리에 있는 사람들이다. 사회는 이들을 보호하지 않고, 공동체는 이들에게 손을 내밀지 않으며, 제도는 이들의 언어를 듣지 않는다.

장애는 이 작품에서 단지 신체적 특징이 아니다. 그것은 사회로부터의 단절과 타자화의 상징이다. "네가 기어다니는 꼴은 더는 보기 싫다"는 말처럼, 앉은뱅이는 자기 존재가 타인에게 불편함과 수치로 여겨

최소한의 문학

지는 현실을 알고 있다.

결국 「뫼비우스의 띠」는 단순한 도시 빈민의 이야기나 재개발의 문제를 넘어, 근대 자본주의 사회가 '정상성'이라는 이름으로 누구를 내쫓는가를 묻는다. 장애는 그 자체로 차별의 원인이 아니어야 한다. 그러나 정상이라는 틀은 보이지 않게 차별을 제도화하고, 비정상이라 규정된 이들을 도시와 사회의 바깥으로 밀어낸다.

진정, 도시는 누구의 것인가

조세희의 《난장이가 쏘아올린 작은 공》은 1970년대 산업화의 그늘 아래에서 고통받은 이들의 삶을 그린 연작 소설이다. 작품이 다룬 시대는 이미 반세기 전이지만, 그 구조적 폭력은 여전히 현재형이다. 자본주의는 여전히 도시 공간을 금융화하고, 개발이라는 이름 아래 삶의 터전을 지워가고 있다. 다만 그 방식이 더욱 정교하고 광범위해졌을 뿐이다.

영국의 지리학자 데이비드 하비David Harvey는 이러한 도시의 구조를 '축적을 위한 배제'라는 개념으로 설명한다. 그는 현대 자본주의가 도시를 자본 축적의 공간으로 전환하면서, 비자산 계층을 도시 외곽으로 밀어내고 있다고 말한다. 「뫼비우스의 띠」의 부동산업자는 이 논리를 가장 잘 보여주는 인물이다. 그는 입주권을 소유한 철거민들에게 시장과 제도의 틈새를 이용해 접근하고, 헐값에 그들의 권리를 매입한다. 결과적으로 앉은뱅이와 꼽추는 공간뿐 아니라 제도적 주체로서의 권리까지 박탈당한다.

데이비드 하비가 말한 "도시의 수탈적 재구성"은 이처럼 제도와 시장이 결합해 도시를 철저히 교환 가치 중심의 공간으로 만들 때 발생한다. 이 속에서 도시의 사용 가치, 즉 사람들의 삶과 관계, 기억과 역사, 그리고 그들이 머물 수 있는 최소한의 권리는 점점 밀려난다.

이러한 현상은 오늘날 수도권뿐 아니라 지방 도시에서도 심화되고 있다. 서울과 수도권은 개발로 인한 주거 불안과 투기, 금융화가 문제라면, 지방 도시는 개발로부터의 배제, 즉 '아예 개발되지 않는 도시'로서의 소외가 문제다. 인구가 줄고 일자리가 사라지면서, 남겨진 이들은 더 이상 '개발 대상'으로조차 취급되지 않는다. 그들은 앉은뱅이나 꼽추처럼 눈에 띄지 않게 사회의 변두리로 밀려나고, 정치적 발언권과 제도적 보호도 희박해진다. 이 역시 자본주의적 도시 재편 과정에서 발생하는 또 다른 형태의 배제다.

도시란 누구를 위한 공간이어야 하는가? 경제적 논리만으로는 해답을 찾을 수 없다. 하비가 말했듯, 도시란 "거주자들의 권리로서 구성되어야 할 공간"이다. 《난장이가 쏘아올린 작은 공》의 세계가 여전히 현재형이라는 사실은, 우리가 여전히 그 질문에 대한 사회적 합의를 이루지 못했음을 의미한다. 지금의 도시가 미래에도 인간적인 공간이 되기를 바란다면, 이제는 누가 도시의 주인인가를 다시 묻고, 개발의 정의를 다시 써야 할 때다.

최소한의 문학

4부

모순의 시대, 상처를 넘어 연대로

1980년대 이후 한국 사회는 정치적 민주화와 경제적 발전을 동시에 경험했지만, 그 이면에는 여전히 풀리지 않은 모순과 상처가 깊게 남아 있었다. 거대한 변화의 물결 속에서 누군가는 중심에 서기도 했지만, 더 많은 이들이 가장자리에 머물렀다. 문학은 이렇게 소외된 존재들에 시선을 고정하며, 그들이 겪는 침묵, 고통, 부조리를 정면으로 응시했다. 그리고 그 안에서 연대의 가능성을 천천히 탐색해 나갔다.

박완서의「엄마의 말뚝」은 서울이라는 도시를 배경으로, 전쟁과 분단, 가난을 관통한 가족사를 그린다. 시대의 격랑 속에서도 어머니는 자리를 지키며 가족을 지탱하지만, 그 모습은 동시에 한 여성에게 부여된 과도한 책임을 드러내고 있다.

윤흥길의「완장」은 권위의 상징인 '완장'이 평범한 인물에게 쥐어졌을 때 어떻게 타인을 억압하는 도구가 되는지를 보여준다. 주인공은 자신이 억압받았던 기억을 토대로, 다시 누군가를 억누르는 위치에 선다. 이 작품은 권력이 제도나 지위의 문제가 아니라 인간 내면에 어떻게 침투하는지를 날카롭게 드러낸다.

임철우의「사평역」은 외진 간이역에서 서로 말을 나누지 않는 인물들이 잠시 함께 머물며, 조용한 공감과 위로의 시간을 나누는 이야기다. 직접적인 연대는 없지만, 그 침묵 속에서 우리는 함께 존재한다는 감각을 되찾는다.

최소한의 문학

　　성석제의 「황만근은 이렇게 말했다」는 한 마을에서 '바보'로 취급받았던 인물이 실제로는 공동체의 구조적 폭력 속에서 희생된 존재였음을 풍자적으로 드러낸다. 그의 삶은 느리고 서툴렀지만, 오히려 그 안에 잊힌 가치들이 고스란히 담겨 있다.

　　박민규의 「그렇습니까, 기린입니다」는 신자유주의 체제 속 비정규직 노동자의 삶을 통해, 인간이 체계에 의해 어떻게 소비되고 버려지는지를 드러낸다. 삶의 존엄조차 가격표로 환산되는 현실은, 이 시대의 비극이 누구의 몫이 되었는지를 적나라하게 보여준다.

　　마지막으로 박범신의 「나마스테」는 이주노동자 카밀과 한국 여성 신우의 관계를 통해, 타자에 대한 낯섦과 두려움을 넘어서는 진심의 가능성을 탐색한다. 경계에 선 사람들의 삶은 우리의 시선을 되묻게 하고, 공존은 물리적인 거리보다 시선과 태도에서 시작된다는 사실을 상기시킨다.

　　4부의 작품들은 격렬하게 외치기보다 조용히 응시한다. 시대의 모순이 만든 균열을 기꺼이 들여다보고, 그 틈에 남겨진 사람들의 이야기에 귀를 기울인다. 그리고 그 속에서 연대는 시작된다. 반드시 말하지 않아도 함께 존재함으로서 위로가 되는 관계, 그것이 이 시대 문학이 발견한 새로운 희망의 방식이었다.

4부·모순의 시대, 상처를 넘어 연대로

모성은 어떤
신화를 만들었나

박완서, 「엄마의 말뚝」(1980)

'엄마'라는 이름의 신화

한국 사회에서 '엄마'는 하나의 제도이자 신화다. 자녀 교육에 모든 것을 거는 엄마의 모습은 낯설지 않다. 그러나 그 헌신은 단순한 열성만으로 설명되지 않는다. 그것은 한국 근현대사를 거치며 여성들이 생존을 위해 감내해 온 시대의 무게와 연결된다.

해방과 전쟁, 산업화의 과정을 거치며 많은 어머니들은 교육을 계층 상승의 수단으로 여겼다. 제대로 배우지 못해 삶의 고통을 겪은 세대는 자녀만큼은 다르게 살기를 바랐다. 그 바람은 종종 집착과 희생으로 나타났고, 교육열은 불안과 트라우마의 또 다른 표현이 되었다.

이러한 현실은 프랑스의 사회학자이지 철학자 피에르 부르디외

Pierre Bourdieu의 개념과도 맞닿아 있다. 그는 특정 계층이 문화자본을 통해 사회적 위치를 유지하거나 상승시킨다고 보았다. 언어, 태도, 감각은 반복 속에서 습득되며, 이는 계층적 분화를 낳는 '아비투스habitus[•]'로 작동한다. 부모의 선택과 환경은 결국 자녀의 미래를 결정짓는 구조의 일부인 것이다.

이처럼 한국의 교육열은 시대의 상처 위에 세워진 집단적 전략이었다. 그 중심에 '엄마'가 있었고, 그들의 희생은 종종 가족의 생존과 직결되었다.

박완서의 「엄마의 말뚝」은 이런 모성의 초상을 생생히 담아낸다. 황해도 시골에서 딸을 억지로 데려와 서울 산동네에서 버텨낸 엄마, 전쟁으로 아들을 잃고도 그 기억에 묶여 살아가는 엄마의 삶은 하나의 말뚝처럼 박혀 있다. 이 글에서는 「엄마의 말뚝」을 통해, 교육과 분단, 모성과 트라우마가 어떻게 한 여성의 기억 속에서 교차하는지를 살펴보고자 한다.

• 아비투스: 개인이 속한 사회문화적 환경에 의해 형성된 무의식적 성향을 의미하며, '제2의 본성'으로 표현된다. 즉, 개인의 취향, 태도, 습관, 아우라 등 타인과 나를 구별 짓는 요소로, 계층 및 사회적 지위의 결과이자 표현을 말하는 개념이다. 아비투스는 하루아침에 형성되지 않고 짧게는 20~30년, 길게는 수 세대 동안 내려온 경험과 문화가 축적된 것이기 때문에 쉽게 바꾸거나 극복하기는 어렵다.

4부·모순의 시대, 상처를 넘어 연대로

　해방이 되기 몇 해 전, 황해도 개풍군 박적골. 나는 할아버지, 할머니와 함께 시골에서 맘껏 자유를 누리며 살고 있었다. 그런데 어느 날 서울에 살던 엄마가 나를 데리러 왔다.

　"여자애도 가르쳐야 해요. 이 아이를 시골뜨기로 자라게 할 수는 없어요."

　엄마는 싫다는 나를 기어코 서울로 데리고 갔다. 엄마에게 박적골은 아픔의 땅이었다. 복통을 앓던 아버지가 정상적인 치료 대신 굿판을 벌이는 통에 돌아가셨기 때문이었다. 그런 까닭이었을까? 엄마는 어떻게든 자식들을 서울로 데려가 교육하고자 했다.

　엄마는 삯바느질을 해가며 오빠를 공부시켰고, 오빠도 기대에 어긋나지 않게 효자로 자라났다. 그런 오빠가 엄마에게는 신앙의 대상과 같았다. 엄마는 오빠가 다 쓴 공책도 차곡차곡 모아 신줏단지처럼 받들었다. 엄마는 교육열이 남달라 가짜 주소를 만들어 나를 집에서 멀리 떨어진 학교에 입학시켰다. 나쁜 아이들과 섞이지 말라는 의도가 분명했다.

　우리 가족은 현저동에 작은 집 한 채를 마련했지만, 엄마는 이웃들을 좋아하지 않았다. 엄마는 이웃들에게 욕을 했고 그들을 상것, 바닥 상것이라며 나쁘게 말하곤 했다.

얼마 후 일본이 망하고 나는 중학생이 되었고, 해방 후 오빠는 어떻게 돈을 모았는지 그럴듯한 집을 장만해서 마침내 엄마의 소원을 풀어주었다.

세월이 수십 년이 흘러 어느덧 나는 중년여성이 되었고 엄마는 여든여섯의 할머니가 되었다. 그러던 어느 날 엄마가 빙판에 미끄러져 다리가 부러지는 사고를 당하셨다. 엄마는 깁스를 하기에 나이가 너무 많아서 반드시 수술을 받아야만 하는 형편이었다.

수술 준비를 서두르던 어느 날, 엄마가 헛소리를 하기 시작했다. "그놈이 또 왔다. 뭘 하고 있냐? 오빠를 숨겨야지! …… 군관 동지, 여긴 아무도 없어."

엄마는 제정신을 잃고 6·25 때 북한군에게 사살된 오빠를 떠올렸다. 엄마는 자신의 부러진 다리를 마치 오빠라도 되는 듯이 꼭 붙들더니 미친 듯이 애를 썼다.

6·25 전쟁이 터졌을 때 오빠는 피난을 가지 못했다. 해방 후 좌익에 참여했던 과거 때문이었다. 북한이 서울을 점령하자 오빠는 북한 의용군으로 나섰다. 하지만 3개월 후 국군이 서울을 되찾자 오빠는 또다시 북한 의용군에서 탈출했다. 그리고 집안에서 숨어 지냈다. 하지만 그것도 잠시, 또다시 국군이 후퇴하고 북한군이 서울에 들어오자 오빠는 더 이상 피할 곳이 없었다.

그때 생각해 낸 게 옛 현저동 집이었다. 우리 가족은 그곳에 숨어 살았다. 그러는 사이 오빠의 정신은 이상해졌고, 심지어 실어

4부·모순의 시대, 상처를 넘어 연대로

증까지 생겼다. 그러다 마침내 오빠는 북한군 군관에게 꼬리가
잡혀 총에 맞아 죽고 말았다.

엄마가 겨우 제정신이 들 때였다. 엄마는 나를 조용히 불렀다.

"나도, 늬 오빠처럼 보내줘. 네게 몹쓸 짓이지만 꼬옥 그렇게
해줘라. 알겠지?"

북한군에게 죽었던 오빠는 묘지가 없었다. 임시로 묻어뒀던
무덤을 파헤쳐 한 줌의 가루로 만든 뒤, 고향 개풍군이 보이는 강
화도에서 바람에 흩뿌렸다. 엄마는 자신이 죽게 되면 오빠처럼
해달라고 간청했다.

계층 전략으로서의 모성

박완서의 「엄마의 말뚝」에 등장하는 어머니는 헌신적인 모성의 표상처
럼 보이지만, 그 이면에는 계층 상승을 위한 전략적 실천이 자리하고 있
다. 그녀의 선택은 단순한 감정적 희생이 아니라, 사회 구조 안에서 자
녀를 통해 상징자본 symbolic capital*을 획득하려는 시도였다. 이는 피에

• 상징자본과 문화자본은 모두 사회적 지위와 권력에 영향을 미치는 자본이지만, 문화자본은 교육, 예술,
언어, 행동 등 문화적 지식과 습관, 그리고 이를 통해 얻는 사회적 지위의 잠재적 자원으로, 주로 교육과
사회화 과정을 통해 축적되는 데 비해 상징자본은 개인이 사회적 맥락에서 의미를 부여하는 상징(예: 명
성, 이미지, 사회적 네트워크 등)을 통해 얻는 자본으로, 구체적 지식보다는 상징적 가치와 사회적 인정이 중
심이다.

최소한의 문학

르 부르디외가 말한 문화자본cultural capital, 아비투스 개념과 긴밀히 연결된다.

평화롭게 자연을 즐기며 박적골에서 살아가던 어느 날, 갑자기 나타난 어머니는 딸을 억지로 서울로 끌고 간다. "여자애도 가르쳐야 해요. 시골뜨기로 키울 순 없어요." 이 말에는 도시가 제공하는 상징적 지위에 대한 인식이 담겨 있다. 서울은 단순한 도시 공간이 아니라, 미래를 바꾸는 상징자본의 장이었다.

그녀는 교육을 통해 가족 전체의 사회적 위치를 바꾸려 한다. 오빠를 먼저 서울로 데려와 공부시키고, 뒤이어 동생도 서울 학교에 보내는 결정은 모두 문화자본의 축적과 재생산을 위한 선택이었다. 특히 딸을 일부러 멀리 있는 학교에 보내기 위해 거짓 주소를 기입하는 위장전입 장면은, 더 나은 교육 환경을 통해 자녀의 사회적 품격을 높이려는 적극적인 실천으로 해석된다.

이웃에 대한 태도에서도 어머니의 계층 전략은 드러난다. 어머니는 현저동 산동네 주민들을 '바닥 상것'이라 부르며 관계를 끊고자 하지만, 오직 자녀를 좋은 학교에 보낸 물장수 아저씨만은 예외적으로 높이 평가한다. 이는 경제적 수준보다도 상징자본의 유무가 사람을 구분하는 기준이 되었음을 보여준다.

어머니의 이런 태도는 일관된 사회적 감각, 곧 아비투스로 설명할 수 있다. 과거 남편이 복막염으로 죽어갈 때 의사의 도움조차 받지 못했던 경험은, '배우지 못한 채 시골에 머무는 삶은 곧 불행'이라는 확신으로 각인되었고, 그것이 자녀 교육에 대한 집착으로 이어졌다.

아들은 어머니에게 가족의 미래를 짊어진 대표자와 같은 존재였다.

어머니는 아들의 공부에 모든 자원을 집중했고, 다 쓴 공책도 신줏단지처럼 보관했다. 아들은 사랑의 대상이자, 상징자본을 통해 계층 이동을 실현할 수 있는 수단이었다. 이는 자녀를 통해 대리적으로 사회에 개입할 수밖에 없었던 당시 여성들의 현실을 상징한다.

결국 「엄마의 말뚝」에서 어머니가 택한 모든 행위는 사회 구조 속에서 모성이 감당해야 했던 역할의 총합이었다. 말뚝은 정서적 지주이면서 동시에 상징자본을 향한 집요한 의지의 표상이기도 하다. 그녀는 자녀를 위해, 그리고 스스로의 생존을 증명하기 위해 사회적 말뚝을 박은 것이다.

욕망의 투사와 분화되지 않은 감정

박완서의 「엄마의 말뚝」 속 어머니는 자녀를 위해 헌신하는 인물로 보이지만, 그 선택은 단순한 모성의 표현이 아니다. 그녀는 자녀를 독립된 존재로 인정하기보다는, 자신의 결핍과 욕망을 대신 채워줄 심리적 대리자로 삼는다. 이와 같은 구조는 심리학자 머레이 보웬Murray Bowen의 자아 분화Self-Differentiation 이론을 통해 분석할 수 있다.

보웬에 따르면 자아 분화가 낮은 사람은 정서적으로 가족과 과도하게 얽혀 있으며, 자녀를 자신의 연장선으로 인식하는 경향이 크다. 「엄마의 말뚝」 속 어머니는 자신이 배우지 못하고 시골에서 불행했던 경험을 되풀이하지 않기 위해, 딸과 아들을 자신이 이루지 못한 삶의 보상 수단으로 삼는다. 특히 딸을 "시골뜨기로 자라게 할 수는 없다"며 억지

최소한의 문학

로 서울로 데려오고, 위장전입으로 먼 학교에 입학시키는 행위는 자녀의 교육이 곧 자신의 생존 전략임을 보여준다.

아들에 대한 태도는 더욱 집착적이다. 어머니는 그의 공부에 모든 자원을 집중하고, 다 쓴 공책을 소중히 간직하며, 잠든 아들의 머리맡조차 조심스러워한다. 아들은 어머니에게 사랑의 대상이자 삶의 의미를 대신 떠맡은 존재다. 즉, 자녀는 자아의 연장이며, 어머니는 자녀와 자신의 삶을 분리하지 못한 채 감정적으로 얽힌 상태에 머문다.

현저동 산동네 이웃을 무시하고, 딸이 그들과 어울리는 것을 단호히 막은 것도 같은 맥락이다. 어머니는 사회적 지위를 높이기 위해 자녀의 환경을 통제하려 한다. 오직 자녀를 좋은 학교에 보낸 물장수 아저씨만을 긍정적으로 평가하는 장면은, 자녀의 성취가 어머니의 정체성과 직접 연결되어 있음을 드러낸다.

이러한 심리는 오빠의 죽음을 회상하며 절정에 이른다. 어머니는 자신이 죽으면 "오빠처럼 보내달라"고 말한다. 아들의 죽음을 애도하기보다 그 고통을 여전히 자신의 것으로 끌어안고, 심지어 동일화하는 것이다. 자녀의 삶과 죽음조차 분리하지 못한 어머니는, 자기 감정의 중심을 여전히 자녀에게 의존하고 있다.

결국 「엄마의 말뚝」 속 어머니는 자아 분화의 수준이 낮은 인물로, 자녀를 통해 자신의 욕망과 정체성을 유지하고자 한다. 그녀에게 자녀는 독립된 존재가 아니라, 자신이 얻지 못한 삶을 대신 살아줄 존재다. 말뚝은 가족을 지탱하기 위한 희생의 상징이면서, 동시에 자기 욕망을 고정하려는 심리적 닻이기도 하다.

'희생'의 모성에서 '회복'의 모성으로

한국 사회는 해방과 전쟁, 분단, 산업화라는 격렬한 역사적 전환을 거치며, 생존과 성취를 삶의 최우선 가치로 삼아왔다. 개인의 존엄이나 내면의 욕망보다는, 가정과 사회 속에서 어떤 '결과'를 만들어내는지가 삶의 척도로 여겨지곤 했다. 이러한 환경 속에서 "자식만큼은 나처럼 살지 않게 하겠다"는 어머니들의 다짐은 하나의 강력한 신념으로 자리 잡았고, 이는 모성이라는 이름 아래 자기 자신을 지우는 형태로 구현되었다. 그렇게 희생적인 모성은 사회적으로 칭송받고 제도적으로 요구되기까지 했다. 박완서의 「엄마의 말뚝」 속 어머니도 그 역사적 흐름 안에 존재하며, 그녀의 선택은 시대의 상처에 응답하는 방식이었다.

그러나 이러한 모성은 종종 자기 욕망의 부정에서 비롯된 강박적 실천으로 이어졌다. 어머니는 자신이 이루지 못한 것들을 자녀를 통해 이루려 했고, 자녀를 하나의 독립된 주체로 받아들이기보다는 자신의 삶을 보상할 수단으로 여겼다. 이는 과거 역사로부터 비롯된 트라우마에 대한 심리적 대응일 수 있다. 배우지 못한 채 남편을 잃고, 전쟁 속에서 아들을 떠나보내며, 삶의 주변부에 머물렀던 경험은 '교육'과 '성공'을 통해 보상받고자 하는 강한 열망으로 이어졌고, 그것은 고스란히 자녀에게 욕망의 형태로 투사되었다.

문제는 이처럼 왜곡된 모성이 결국 또 다른 희생을 낳는다는 점이다. 자녀는 어머니의 욕망을 대신 수행해야 하는 존재가 되고, 모성은 경쟁 사회를 재생산하는 또 하나의 장치로 작동하게 된다. 교육은 자아실현의 수단이 아니라 사회적 생존을 위한 무기로 변질되고, 자녀와 부모 모두 피로 속에 갇히게 된다. 이는 한편으로는 개인의 삶을 조율하던 모성이 거대한 사회 시스템에 포섭된 결과이기도 하다. 그렇게 모성은 사랑의 이름으로 자녀에게 또 다른 무게를 지운다.

앞으로의 모성은 과거의 상처에 머무르지 않고, 그 트라우마를 직면하고 회복해 나가는 존재로 거듭나야 한다. 희생을 당연시하기보다 자기 삶의 욕망과 가치를 돌아보고, 자녀를 자신의 연장이 아니라 하나의 독립된 인격으로 받아들일 수 있을 때, 모성은 진정한 의미의 사랑으로 기능할 수 있다. 자신을 인정하고, 자녀에게는 자유를 허용하는 모성이야말로 한국 사회가 나아가야 할 새로운 길일 것이다. 「엄마의 말뚝」은 그런 전환의 출발점에서, 우리에게 조용히 그러나 분명하게 질문을 던진다.

"말뚝은 누구를 위해 박혀 있었는가. 그리고 우리는 그 말뚝을 계속 이어가야만 하는가."

미시 권력은
어떻게 작동하는가

윤흥길, 「완장」(1982)

사소한 권력이 더 강하다

현대 사회에서 권력은 특정 계층이나 고위직만의 전유물이 아니다. 눈에 띄지 않는 장소, 겉보기에 하찮아 보이는 직책, 사소한 절차의 선택권 속에도 권력은 존재한다. 관공서 민원 창구나 은행의 접수 창구, 병원 안내 데스크처럼 공식적인 직급은 낮지만, 이들이 행사하는 권력은 일상인의 삶에 실질적 영향을 미친다.

누구의 서류를 먼저 처리할지, 누락된 부분을 눈감아 줄지, 추가 서류를 요구할지 등은 모두 그 자리에 있는 직원의 '실행 재량'에 달려 있다. 법적 권한이나 행정 규정보다 더 큰 힘이 되는 이 재량권은 때로 '지금은 안 됩니다'라는 한 마디로 누군가의 일정을 무너뜨리고, 자존감을 흔든다.

이러한 작고 은밀한 권력은 사회 전체에 폭넓게 퍼져 있다. 기업의 팀장, 학교의 반장, 커뮤니티의 운영진, 아파트 동대표까지. 그들은 보통 사람들과 똑같은 위치에 있다가도, 역할을 부여받는 순간 타인을 평가하고 지시할 수 있는 권위를 획득한다. 중요한 것은 이 권력이 개인의 능력에 기반하지 않는다는 점, 즉 그 자리에 '존재한다는 사실'만으로 생겨난다는 것이다.

미셸 푸코는 권력을 '제도나 억압이 아닌, 사회적 관계 속에서 끊임없이 생성되고 퍼지는 힘'으로 설명했다. 그의 말처럼 현대의 권력은 더 이상 외형적이지 않다. 누가 명령하고 복종하느냐의 단순한 구도가 아니라, 어떤 질서를 유지할 것인지, 누구를 우선할 것인지 결정하는 과정 속에 권력은 자연스럽게 작동한다.

그렇기에 작고 은밀한 권력은 때로 더 위협적이다. 법적 감시나 책임이 따르지 않기 때문에 더 자의적이고, 쉽게 과잉되기 때문이다. 누군가에게는 사소한 권한일지 몰라도, 다른 누군가에게는 억압이 되고, 굴욕이 되며, 때로는 삶의 경로를 바꾸는 결정적 계기가 되기도 한다.

윤흥길의 단편소설 「완장」은 이러한 미시 권력의 실체와 위험성을 예리하게 드러낸다. 작품 속 주인공 종술은 평소 마을에서 하찮은 존재로 여겨지던 인물이다. 그러나 그가 저수지 감시원으로 고용되어 완장을 차는 순간, 그는 전혀 다른 사람처럼 행동하기 시작한다.

그해 이른 봄부터 이곡리를 휘젓고 다니는 종술은 참으로 가관이었다. 동네 건달이던 종술이 저수지 감시원이 된 것은 오로지 완장 때문이었다.

종술이 감시하는 판금 저수지는 47만 평이나 되는 넓은 저수지다. 인근에서 땅 투기로 돈을 모은 최 사장은 이곡리 이장의 말을 듣고 양어장을 할 생각으로 저수지 사용권을 따냈다. 그리고 저수지에서 몰래 낚시하는 일이 없도록 종술을 감시원으로 고용했는데 종술은 완장을 차고 그 권위를 누려볼 생각으로 일을 떠맡았다. 감시원이 된 후로 그는 입버릇처럼 말했다.

"권위를 세워야지, 권위를!"

종술이 직장을 얻자 종술 어머니, 운암댁은 몹시 기뻤지만 종술이 완장을 차는 것은 경계했다. 종술의 아버지가 완장 때문에 삶을 망친 까닭이었다. 일제 때 종술의 아버지는 이웃집 박씨의 밀고로 양식을 숨긴 게 발각되어 한쪽 팔을 못 쓰게 되었다. 6·25 전쟁이 터지자, 종술 아버지는 일제 때 고생한 일을 북한군에게 인정받아 마을의 치안을 담당하게 되었다. 그때 그는 완장을 차고 다니며 자기를 밀고한 박씨를 찾아내 결국 죽게 만든다. 하지만 얼마 안 가 북한군이 후퇴하자 종술 아버지도 함께 종적을 감

최소한의 문학

쳐버렸다. 운암댁은 남편의 비극을 종술이 되풀이할까 봐 항상 불안했다.

종술은 감시원으로서 낚시하러 나온 청춘남녀를 혼내기도 하고, 밤낚시꾼을 발견해서 뗏목을 압수하기도 한다. 며칠 후, 저수지에는 최 사장 일행이 놀러 와 낚시를 즐기려고 한다. 그런데 이때 종술이 나타나 저수지에서 절대로 낚시를 할 수 없다고 으름장을 놓는다. 아무리 사장 일행이라 해도 자신이 아끼는 저수지를 함부로 생각하는 게 영 못마땅했다. 최 사장은 어이가 없었고 이 일로 종술을 해고한다. 그럼에도 그는 완장을 똑같이 차고 저수지도 떠나지 않는다. 마을 이장과 최 사장은 새로운 감시원을 찾으려 했지만 허사였다. 새로 감시원을 정하려고 하면 그때마다 종술이 먼저 손을 써놓기 일쑤였다.

파국은 다가오고 있었다. 그해 날씨는 너무 가물었다. 논에 모내기는 엄두도 내지 못할 형편이었다. 결국 최 사장은 저수지를 방류하기로 결정했다. 물을 다 빼낸 뒤 물고기를 팔아 이익을 챙길 심산이었다. 문제는 종술이었다. 그는 저수지의 물을 다 빼낸다고 하자 그날 저녁부터 미친 듯이 소리를 질러댔다.

"죽어서 귀신으로 남더라도 내 저수지 내가 지킬란다! 어느 놈이고 수문만 열어봐라!"

결국 경찰이 나섰고 종술은 어디론가 사라졌다. 한편 종술과 연분이 있었던 술집 여자 부월은 종술이 해고를 당했다는 소식

4부·모순의 시대, 상처를 넘어 연대로

을 접하자 종술을 찾아가 달랜다.

"자기, 내 말 들어봐. 눈에 뵈는 완장은 별 볼 일 없는 사람이나 차는 거여! 진짜 완장은 눈에 뵈지도 않어! 면장, 군수가 완장 차는 거 봤어? 권력 중에서 실속 없이 남들이 뿌린 부스러기나 주워 먹는 게 바로 완장이여. 나랑 같이 힘을 합쳐서 진짜 완장 차보자니까."

부월의 진심에 종술의 마음이 흔들리자 부월은 종술의 완장을 저수지에 몰래 버린다.

감시하는 자의 감시

완장을 찬 종술은 저수지를 감시하는 감시원이다. 그의 임무는 낚시꾼을 단속하고, 저수지 사용 규칙을 어기는 자들을 쫓아내는 일이다. 이 단순한 감시 행위는 언뜻 보면 하찮고 사소한 행위처럼 보이지만, 푸코의 관점에서 보면 전혀 다르게 해석된다.

미셸 푸코는 《감시와 처벌》에서 "근대 사회의 권력은 감옥, 병원, 군대, 학교 등의 제도를 통해 감시를 일상화하고, 이를 통해 개인의 행동과 의식을 규율한다"고 설명했다. 이른바 '규율 권력'이다. 규율 권력은 신체를 직접 억압하지 않으면서도, 감시와 시선의 구조를 통해 사람들로 하여금 스스로를 통제하게 만드는 메커니즘이다.

종술의 역할은 바로 이 규율의 구조에 배치된 '기능인'이다. 그는

최소한의 문학

완장을 찬 순간, 감시자의 위치에 오르며 타인의 행동을 판단하고 통제할 수 있는 권한을 위임받는다. 완장은 마치 푸코가 말한 '판옵티콘Panopticon'의 중심탑처럼 기능한다. 판옵티콘은 원형 감옥에서 중앙탑에 있는 감시자가 한눈에 모든 수감자를 볼 수 있도록 설계된 구조인데, 수감자는 '언제 감시당할지 모르기에' 스스로를 통제하게 된다.

저수지를 둘러싼 마을 주민들은 종술이 차고 다니는 완장을 통해 '누가 보고 있다'는 감각을 체험한다. 누군가는 밤낚시를 몰래 하다 적발당하고, 누군가는 단지 텐트를 쳐놨다는 이유로 경고를 받는다. 종술은 이제 저수지를 중심으로 구성된 사회에서 질서를 유지하는 감시 권력의 매개자가 된다.

그러나 감시자가 곧 권력의 주체는 아니다. 감시자 역시 권력을 행사하는 장치의 일부일 뿐이다. 종술은 분명 감시자이지만, 그 역시 권력의 수직 구조 속에서 철저히 기능화된 존재다. 그는 권력을 소유한 것이 아니라, 일시적으로 '차용'한 것에 불과하다.

작품 후반부, 종술은 사장 일행에게 낚시를 금지하려다 오히려 해고당하고 만다. 감시 권력의 '정당성'은 누가 '완장'을 차고 있느냐보다 누가 지배구조 안에서 완장을 '허용했느냐'에 달려 있다는 사실이 드러나는 순간이다. 종술은 완장을 찼지만, 진정한 통제권은 그 위에 있는 사장과 마을 이장, 즉 자본과 권위에 있다. 그는 단지 감시를 수행하는 도구였고, 그 효용이 끝나는 순간 폐기될 뿐이었다.

하지만 종술은 이미 자신을 권력 장치라고 인식하고 있기에, 해고 이후에도 저수지를 떠나지 못한다. 그는 여전히 완장을 차고 저수지를 순찰하며, 마치 자신이 감시자라도 되는 듯 그 '역할'을 계속 유지하고

자 한다. 푸코적 관점에서 보면, 종술은 자신이 만든 감시의 규율 안에 스스로를 감금한 자다.

더욱 흥미로운 것은 종술이 감시당하는 자로 전환되는 과정이다. 완장 버리기를 주저하는 그의 모습은, 권력의 중심으로부터 떨어진 개인이 어떻게 사회적 시선에 의해 배제되고 의심받는지를 보여준다. 감시 장치에서 이탈한 자는 더 이상 '정상적인' 사회의 일원이 아니며, 오히려 감시의 대상으로 전락해 버린다.

결국 「완장」은 감시가 인간의 내면을 어떻게 조직하고, 또 파괴하는지를 보여주는 텍스트다. 종술은 감시자의 역할을 수행하며 권력을 휘두르지만, 그 자체로 자유롭지 못한 존재이며, 언제든지 교체되고 지워질 수 있는 도구화된 개인일 뿐이었다.

불안한 존재, 완장에 기대다

그렇다면, 종술은 왜 그렇게 미시 권력에 집착했을까? 소설 속에서 종술은 완장을 찬 이후, "권위를 세워야지, 권위를!"이라는 말을 되뇌며 살아간다. 하지만 그가 지닌 권위란 사실상 아무런 실질적 기반도 없는, 고용된 감시원이라는 제한된 역할일 뿐이다. 그러나 종술은 그 일에 집착하며, 완장을 신체의 일부처럼 착용하고 다닌다. 이는 직업 윤리도, 생계 수단에 대한 충성도 아니다. 그에게 완장은 '자기 존재를 증명할 수 있는 유일한 장치'다.

에리히 프롬은《자유로부터의 도피》에서 인간이 자유를 원하면서도, 동시에 그 자유를 감당하지 못해 스스로 권위에 투항하는 역설적 존재라고 말한 바 있다. 개인이 중세적 공동체로부터 해방되고 자율성을 얻었지만 고립, 무력감, 소외를 경험하면서 오히려 새로운 권위에 기대려는 심리를 보일 수 있다는 것이다. 종술 역시 그런 심리적 구조 안에 있는 인물이다.

그는 마을에서 늘 하찮은 존재로 살아왔다. 아무도 그를 진지하게 받아들이지 않았고, 늘 주변에 머물렀다. '동네 건달'이라는 낙인은 사회로부터 방치되어 고독하게 존재해 왔다는 것을 증명한다. 프롬에 따르면 '고립된 자아'는 불안을 유발하고, 그 불안을 해소하기 위해 사람들은 스스로 어떤 외부의 권위에 자신을 의탁하는 경향이 있다.

종술에게 그 외부 권위는 '완장'이라는 형식적 권력 장치였다. 그는 저수지 감시원으로 채용된 뒤, 비로소 존재의 의미를 느낀다. 단속하고, 제지하고, 심지어는 사장에게도 낚시를 금지하는 언행은 그가 마침내 누군가를 통제할 수 있는 위치에 섰다고 믿게 만든다. 이것은 자유로운 개인의 선택이 아니라, 불안에서 벗어나기 위한 심리적 도피에 해당한다.

프롬은 이런 인간형을 '권위주의적 성격'이라고 명명한 바 있다. 이들은 자유를 견디지 못한 나머지, 타인 위에 군림하거나 혹은 타인에게 복종함으로써 안정감을 얻으려 한다. 종술은 명백히 전자에 해당한다. 그는 감시원이 되자마자 사소한 위반도 엄격히 다스리며 타인의 삶에 개입하려 한다. 이는 단순한 성격상의 문제가 아니라, 자신의 불안을 덮으려는 권력 지향적 기제다.

흥미로운 점은 종술이 감시원으로서 실질적인 권력을 행사하지 못하는 순간에도 완장을 벗지 못한다는 점이다. 해고를 당하고 저수지를

231

떠나야 하는 상황에서도 그는 여전히 완장을 차고, 마치 아무 일도 없었던 것처럼 저수지를 순찰한다. 이는 그가 권력을 유지하려는 것이 아니라, 완장을 벗는 순간 자신의 존재가 무너질 것이라는 공포를 느꼈기 때문이다.

종술은 외부 세계에 자신을 증명할 수 있는 그 어떤 실체도 가지지 못한 인물이다. 그는 단지 완장을 통해서만 자기를 사회에 위치시킬 수 있었다. 그렇기에 그는 자신을 규정해 주는 권력 장치인 완장에 의지하며, 심리적 안정감을 유지하고자 했던 것이다.

그의 완장에 대한 집착은 곧 불안한 자유에 대한 거부이자, 스스로 택한 복속의 상징이다. 따라서 종술은 단지 폭력적이거나 과잉된 인물이 아니다. 오히려 그는 현대 사회가 만들어낸 '불안한 개인'의 전형이며, 권력이라는 장치를 통해서만 자존감을 확인할 수 있는 존재다. 이 점에서 「완장」은 개인의 권력욕에 대한 윤리적 비판에 머무르지 않는다. 오히려 작품은 종술의 행위를 통해 근본적으로 불안정한 인간 존재, 그리고 그 존재가 어떻게 왜곡된 권력 장치에 자신을 의탁하는가를 성찰하게 만든다.

진정한 권위는 관계에서 시작된다

종술이 왜곡된 권력 장치인 완장에 집착한 것은 불안한 자아 때문이다. 그렇다면 그는 어떻게 자기 불안을 잠재우고, 진정한 자기 존재의 의미를 얻을 수 있을까? 타인에게 의미 있는 방식으로 영향력을 행사하며

최소한의 문학

스스로의 가치를 높이는 길은 무엇일까? 이 지점에서 사회학자 막스 베버Max Weber의 권위 개념은 중요한 시사점을 제공한다.

베버는 권위를 크게 세 가지로 구분했다. 관습에 기대는 전통적 권위, 제도와 규범에 근거한 법적·합리적 권위, 그리고 개인의 성격이나 비전에서 비롯되는 카리스마적 권위가 그것이다. 그의 관점에서 권위란 단순한 명령이나 통제가 아니라, 타인의 인정과 신뢰에 기반한 정당한 영향력이다.

종술이 완장을 통해 얻은 것은 이러한 권위가 아니었다. 그의 권력은 마을 이장과 사장의 위임에 따른 제한적인 통제력에 불과했으며, 주민들의 신뢰나 동의와는 무관했다. 낚시를 단속하고 텐트를 압수하며 저수지를 통제하는 그의 태도는 누구의 존중도 받지 못했다. 사람들은 그를 두려워하거나 불쾌해했을 뿐, 내면적으로 인정하지 않았다.

베버가 말한 권위의 핵심은 신뢰인데, 종술은 그것을 끝내 얻지 못한 것이다. 이때 등장하는 인물이 부월이다. 그녀는 종술에게 말한다.

"눈에 뵈는 완장은 가장 별 볼 일 없는 사람이나 차는 거여! 진짜배기 완장은 눈에 뵈지도 않어!"

이 말은 작품 전체에서 가장 중요한 전환점이다. 그것은 단순한 비아냥이 아니라, 권위란 외형이 아니라, 관계 속에서 축적되는 신뢰와 역할 수행의 결과라는 통찰이다.

부월은 종술이 완장을 차지 않았지만, 그를 대등한 인간으로 대하며 함께 마을을 떠나자고 제안한다. 종술은 갈등하다가 결국 부월과의 삶을 택한다. 이 장면은 단순한 권력 포기가 아니라, 진정한 권위가 어떻게 형성되는지를 보여주는 상징이다.

이 결말은 독자에게 중요한 질문을 던진다. 우리는 어떤 권위를 인정하고 있는가? 우리가 따르는 영향력은 타인의 인격과 실천에 기반한 것인가, 아니면 직함과 상징, 숫자화된 성과에 불과한 것인가?

현대 사회는 수많은 '완장'을 만들어낸다. 직위, 인증, 지표, 팔로워 수까지. 하지만 이들 중 얼마나 많은 것이 실제 신뢰에 기반한 권위이고, 얼마나 많은 것이 위임된 권력을 모방한 허상일까?

윤흥길의 「완장」은 이 질문을 가장 날카롭게 던지는 소설이다. 종술은 권위를 스스로 만들지 못했지만, 마지막 순간에 진정한 권위의 출발점에 도달했다. 권위는 '누가 위에 서는가'가 아니라, '누가 함께 서는가'로부터 시작된다는 것을 보여준다.

최소한의 문학

소외된 삶과
고통의 연대

임철우, 「사평역」(1983)

상처받은 자들의 연대

1970~1980년대는 한국 사회가 산업화의 속도에 휩쓸려 숨 가쁘게 변하던 시기였다. 고도성장의 이면에서 수많은 이들이 밀려났다. 농민은 도시의 일용직으로 내몰렸고, 노동자는 열악한 환경에 갇혔으며, 정치적 억압 아래 교사와 학생은 거리로, 감옥으로 쫓겨났다. 세상은 더 빠르고 효율적인 것을 요구했지만, 너무 약하거나 느렸던 존재들은 손쉽게 사회에서 소외되었다.

그러나 이 시기는 고립과 단절만으로 채워지지 않았다. 공식 제도가 외면한 자리에서 사람들은 서로를 살리는 방식으로 연대했다. 가장 인상적인 사례는 1980년 광주 항쟁 때 보여준 시민들의 연대다. 계엄

군의 진압 직후 시민들 사이에서는 사망자들을 위한 장례와 부상자 치료를 위한 자발적 봉사 조직이 생겨났다. 이 돌봄 공동체는 음식과 약품을 나르고, 병원을 연결하고, 유가족을 보살폈다. 폭력과 침묵을 강요받던 시절에도, 시민들은 국가가 하지 않는 일을 해냈다. 누군가는 집을 내어주었고, 누군가는 미음을 끓였다. 남은 이들은 계엄령 아래 위험을 무릅쓰고 가족이 아니었음에도 서로를 지켰다.

또 다른 의미 깊은 연대는 해직 교사와 제적 대학생들이 모여 꾸리던 비공식 독서 모임이었다. 이들은 단순히 책을 읽기 위해 모인 것이 아니었다. 읽고 말할 권리를 박탈당한 사람들이 모여 서로의 사유를 나누며, 잊히지 않기 위해, 무너지지 않기 위해 머물렀다. 때로는 옥바라지하던 가족도, 시를 베껴 쓰던 청년도 그 자리에 함께했다. 책상이 아닌 식탁, 강의실이 아닌 다락방에서 이루어진 이 연대는 존엄과 사유의 숨구멍이 되어주었다.

이 모든 연대는 거창하거나 영웅적이지 않았다. 마을의 부녀회가 끼니를 챙기고, 누군가가 바느질을 대신 해주며, 소주 한 병을 놓고 삶을 나누던 장면들이 그 시대의 저항이자 사랑이었다. 세상은 그들을 주변부라 불렀지만, 그들은 서로를 중심으로 삼았다.

임철우의 「사평역」은 그런 사람들의 이야기다. 기차를 기다리는 낯선 이들은 대합실 난로 곁에서 묵묵히 머문다. 각자의 사연과 상처를 가진 이들이 작은 열기 하나를 중심으로 서로의 존재를 조용히 확인하는 장면은, 우리가 기억해야 할 1980년대식 연대의 얼굴이다.

최소한의 문학

"벌써 삼십 분이나 지났군."

막차는 좀처럼 오지 않았다. 늙은 역장은 손바닥을 비비며 유리창 너머로 시선을 던진다. 밖은 어린아이 주먹만 한 눈송이들이 쏟아지고 있었다. 대합실 한가운데에는 톱밥 난로가 놓여 있고 그 주위에 사람들이 모여 있다.

"야, 이러다가 기차가 영 안 올라는 갑다."

"아부지도 참. 좀 기다려 보십시다. 설마 온다는 기차가 안 오겠어요."

오래 앓아오던 병이 요즘 들어 부쩍 심해져 도회지의 병원을 찾아가는 늙은이와 농부인 그의 아들이 말을 주고받았다. 평소에는 그냥 집에서 죽겠노라던 노인이 오줌에 피가 섞여 나오자 병원엘 가자고 나선 것이다.

두 사람 옆에 있던 중년 사내는 얼마 전 출소한 사람이다. 그는 노인의 기침 소리를 듣고 감방장인 허씨를 떠올렸다. 사상범으로 25년 동안 복역 중인 허씨는 중년 사내에게 자기 어머니에게 '꼭 한 번 들러 달라'는 말을 전해달라고 부탁했었다. 그는 굴비 한 두름을 사 들고 허씨의 집을 찾았지만 정작 허씨의 어머니는 5년 전에 세상을 떠났다.

나무 의자에 웅크리고 있던 청년은 몸을 일으켜 한쪽에 누워 있는 미친 여자 쪽을 살폈다. 그는 사람이 이렇게 추운 곳에서 잠들 수 있다는 사실이 믿기지 않았다. 청년은 얼마 전까지 대학생이었다. 그는 학생운동을 하다가 유치장에 갇혔고 그 이유로 대학에서 제적을 당했다. 판사가 되기를 간절히 바라는 아버지를 생각하니 마음이 무거웠다.

덜커덩. 대합실 출입문이 열리며 한 떼의 사람들이 나타났고 멀리서 기적 소리가 울려왔다. 하지만 기차는 사람들의 기대를 무시한 채 쏜살같이 반대편으로 내달렸다. 특급열차였다. 역장은 난로에 넣을 톱밥을 양동이에 한가득 들고 나타나서 기차를 기다리는 이들과 함께 농사일과 물가, 새로 임명된 면장에 대해서 이야기를 나누다가 중년 사내와 함께 온 청년에게 공부 열심히 해서 성공하라는 덕담을 건넨다.

사람들이 이야기를 주고받는 동안 난로가 달아오르고 있다. 훈훈한 열기가 사람들의 몸을 기분 좋게 적신다. 남자들은 담배를 피우고, 여자들은 행상꾼이 꺼낸 북어를 함께 씹는다. 어느 뚱뚱한 여자도 맛이 좋다며 북어를 씹는다. 그녀는 자신이 운영하는 음식점에서 돈을 갖고 달아난 사평댁을 찾아 혼쭐을 내려고 이곳까지 왔다. 하지만 가난에 찌든 사평댁을 보자 안타까운 마음에 자기가 가진 돈까지 모두 그녀에게 주고 말았다.

또다시 특급열차가 지나간다. 청년은 생각한다. 다들 어디로

최소한의 문학

가는 것일까? 단풍잎 같은 차창들을 달고 밤 열차는 또 어디로 흘러가는 것일까?

청년은 문득 고개를 들어 사람들의 얼굴 하나하나 눈여겨본다. 모두 뺨이 발갛게 상기된 것이 아늑하기도 하고 평화스럽기도 했다. 청년은 톱밥 한 줌을 집어 가만히 뿌려 넣는다. 호르르르. 호르르르. 더 훈훈하게 달아오르는 난로.

야간 완행열차는 두 시간이 연착된 후 도착했다. 열차는 천천히 움직였다. 단 한 사람, 미친 여자만이 기차를 타지 않았다. 역장은 여자가 걱정스러웠다. 그는 톱밥을 더 가져다가 난로에 부어야겠다고 생각하며 천천히 사무실로 돌아갔다. 눈은 밤새 내릴 모양이었다.

속도의 사회와 추방당한 존재들

「사평역」 속 인물들은 각자의 사정으로 기차를 기다린다. 병든 몸을 이끌고 도시의 병원을 찾아야 하는 노인, 감옥에서 막 출소한 중년 사내, 정치적 이유로 제적당한 청년, 그리고 자신의 돈을 갖고 달아난 누군가를 찾기 위해 고향에 들른 술집 여자까지. 이들은 모두 '급행열차'가 아닌 '완행열차'를 탈 수밖에 없는 사람들이다. 소설 중간, 굉음을 내며 빠르게 지나가는 급행열차는 이들을 태우지 않은 채 저 멀리 사라진다. 그것은 단순한 교통수단이 아니라, 그들이 소속되지 못한 사회의 방향

239

과 냉혹한 속도를 상징한다.

1970~1980년대 한국은 고도성장을 국가적 목표로 삼고 산업화에 박차를 가했다. 수출 지향 경제, 중화학공업 육성, 도시 집중 개발 같은 일련의 정책은 눈부신 경제 성장을 이루었지만, 그 이면에서 많은 사회적 약자들이 방치되고 배제되었다. 복지와 인권, 사회안전망은 '성장'이라는 거대한 명분 아래 뒷전으로 밀렸고, 이는 국가가 추구하는 경제 논리 속에서 인간다운 삶의 기반이 무너지는 구조를 고착화시켰다. 국가는 '성장하면 모두 잘살게 될 것'이라는 신화를 내세웠지만, 그 혜택은 일부 계층과 지역에 집중되었고, 그렇지 못한 이들은 자연스레 소외될 수밖에 없었다.

사회학자 지그문트 바우만은 《쓰레기가 되는 삶들》에서 현대 사회가 끊임없이 변화를 추구하며, 속도에 뒤처지는 자들을 '잉여 인간'으로 낙인찍는다고 분석한다. 변화의 기준은 효율성과 유연성, 경쟁력에 맞춰져 있으며, 이에 부합하지 못하는 이들은 점차 사회 중심에서 밀려나고, 끝내는 존재 자체가 불필요한 것으로 여겨진다. 「사평역」의 인물들은 바로 이러한 추방의 결과물이다. 노인은 질병에 시달리지만 지역에는 의료 인프라가 없고, 중년 사내는 사상범이라는 낙인 탓에 공동체로 돌아가지 못한다. 청년은 제적 이후 사회적 기반을 잃은 채 방황하며, 여성들은 생존을 위해 자신의 진실을 감추고 살아가야 한다.

이들은 바우만이 말하는 '근대성의 부산물'이며, 속도 중심 세계가 만들어낸 '추방자'들이다. 그들이 사회에서 밀려난 것은 결코 개인의 잘못이 아니라, 국가가 주도한 성장 중심의 구조 속에서 의도적으로 배제되고 소외된 결과다. 작품 속 급행열차는 국가 주도의 산업화와 개발주의를 상징하며, 그 열차에 탑승하지 못한 이들이 머무는 사평역은 대한민국의 주변부이자 잊힌 공간이다. 그곳에는 급변하는 시대의 흐름과 무관하거나, 혹은 그에 저항하는 존재들이 조용히 고통을 감내하며 남아 있다. 그들의 존재는 단지 개인의 불행이 아니라, 국가 주도의 성장이 남긴 사회적 상흔이자, 근대화의 그늘에 가려진 인간의 비극을 여실히 보여준다.

책임과 응답의 윤리

그렇다면 사회에서 잉여적으로 취급받고 배제된 이들은 앞으로 어떤 삶을 영위할 수 있을까? 낙오자, 열패자로 불리는 이들은 이대로 잊히다 각자의 운명을 맞이하는 것일까? 다행히 인간은 어떤 악조건 속에서도 연대라는 대응 방식을 지닌 존재다. 나약함을 자각하는 순간, 인간은 서로의 나약함에 기대는 유전적 본능을 발휘한다. 상대가 전혀 모르는 타인이라 해도 말이다. 그래서 누군가는 깊은 밤, 폭설이 퍼붓는 한겨울의 추위를 함께 이기기 위해 난로에 톱밥을 더 집어넣는다.

대합실 한가운데 놓인 톱밥 난로는 단순한 난방 기구가 아니다. 그것은 서로 다른 이들이 일시적으로나마 경계를 허물고 마주 앉게 되는 공간이자, 고통 속에서도 연대를 가능하게 하는 중심축이다. 각자의 상처와 침묵을 안고 모인 이들은 난로 주위에서 담배를 피우고 북어를 나누며 조심스럽게 말을 건넨다. 누군가는 조용히 북어를 씹고, 누군가는 난로에 톱밥을 집어넣으며 온기를 더한다. 대사는 짧고 무심하지만, 그 안에는 말로 표현할 수 없는 공감과 배려가 스며 있다.

　프랑스에서 활동한 유태계 철학자 에마뉘엘 레비나스Emmanuel Levinas
는 인간 존재의 근본을 '타자의 얼굴'과의 마주함에서 찾았다. 그는 타
자의 얼굴이 우리 앞에 나타날 때, 우리는 그를 소유하거나 이해하려
하기보다, 먼저 책임져야 한다고 말한다. 이 책임은 선택이 아니라, 타
자의 존재 자체가 우리에게 부과하는 윤리적 요청이다. 「사평역」의 인
물들은 각자의 상처와 절망 속에 있지만, 난로 주위에서 서로를 인식하
고 침묵 속에서 체온을 나누는 순간, 타자의 얼굴을 마주한다.

　레비나스는 타자의 고통 앞에서 인간은 응답하지 않을 수 없다고
말한다. 「사평역」은 이러한 철학을 담담하게 구현한다. 뚱뚱한 여인이
돈을 훔쳐 달아난 사평댁을 찾아왔다가, 그녀의 사정을 듣고는 결국 가
지고 있던 돈까지 모두 건네주는 장면이 대표적이다. 법적 책임이나 도
덕적 판단 이전에, 눈앞에 드러난 고통은 말보다 먼저 인간의 손을 움
직인다. 뚱뚱한 여인은 사평댁의 고통을 해결할 수 없지만, 외면하지
않는다. 그것이 레비나스가 말한 '책임의 윤리'다.

　이 소설은 타인을 완전히 이해하거나 구원하는 관계를 말하지 않는
다. 오히려 그런 이해는 불가능하다는 전제를 바탕으로 한다. 그러나
인간은 고통의 외중에서도 서로를 무시하지 않고, 최소한의 방식으로
응답할 수 있다. 서로를 전적으로 알 수는 없지만, '잠시 기대는 순간'
은 가능하다. 그런 장면들이 「사평역」 전체를 따뜻하게 데우고 있다.

　기차는 정시보다 두 시간이 지나서야 도착하고, 사람들은 묵묵히
열차에 오른다. 정작 기차가 왔을 때 느껴지는 감정은 기쁨이 아닌 피
로와 허탈이다. 그러나 그들은 더 이상 낯선 존재들이 아니다. 짧은 시

최소한의 문학

간, 같은 공간 안에서 서로의 고통을 눈치채고, 말없이 응답했던 이들은 어쩌면 서로의 '타자'를 잠시나마 받아들였는지도 모른다. 단 한 사람, 미친 여자는 기차에 오르지 못한 채 역에 남는다. 역장은 그녀가 걱정된다. 그는 조용히 톱밥을 다시 퍼다 난로에 넣으려 한다. 그것은 말없는 책임이며, 공동체를 향한 소박한 윤리의 실천이다.

지금, 연대의 필요성

인간은 본래 나약한 존재다. 사나운 발톱도 없고, 이빨도 날카롭지 않으며, 기후 변화나 외부 위험에 쉽게 노출된다. 그러나 인류는 서로 기대고 도우며 사회를 이루는 방식으로 생존해 왔다. 연대는 인간이 가진 가장 오래된 생존 전략이며, 그 속에서 우리는 타인의 고통에 응답하고 함께 버틸 수 있는 힘을 키워왔다.

하지만 현대 사회는 이 오랜 생존의 지혜를 외면한 채 속도와 경쟁만을 강조하고 있다. 변화가 빠를수록 낙오자는 더 많아진다. 효율성과 성과 중심의 사회는 실패를 개인의 책임으로 돌리고, 약자에게 침묵을 강요한다. 여기에 수도권과 비수도권, 도시와 농촌 간의 격차는 사람들의 마음 깊은 곳에 열패감을 남긴다. 교육, 일자리, 문화, 의료 등 모든 영역에서 격차는 쉽게 줄어들지 않으며, 이는 개인의 고립을 더욱 심화시킨다.

「사평역」은 이런 현실 속에서도 연대의 가능성을 포기하지 않는다. 소설에 등장하는 인물들은 모두 사회의 중심에서 밀려난 존재들이지만, 그들이 머무는 공간은 낯설고도 따뜻하다. 톱밥 난로 주위에서 사람들은 이름도, 사정도 묻지 않고 조용히 체온을 나눈다. 함께 북어를 씹고, 누군가는 난로에 톱밥을 집어넣는다. 서로의 고통을 완전히 이해하지는 못하지만, 그 고통이 있다는 사실을 외면하지 않는다. 그것은 말 없는 환대이자, 침묵 속의 연대다.

우리는 지금, 이 연대를 다시 회복해야 할 시점에 있다. 인간적 따뜻함의 차원뿐만이 아니라, 사회의 지속 가능성을 위해서다. 특히 약자들의 연대, 지역 간의 연대는 현재 한국 사회가 안고 있는 불균형을 바로잡는 데 반드시 필요하다. 서울과 지역이 단절된 채 살아간다면, 그 사회는 균형을 잃고 내부로부터 무너질 수밖에 없다. 우리 사회가 지켜야 할 것은 성과가 아니라 존엄이고, 누구나 살아갈 수 있는 자리다.

「사평역」이 보여주는 공동체의 모습은 크고 거창하지 않다. 밤을 함께 견디는 낯선 이들이 난로 곁에 모여 몸을 녹이고, 말없이 북어를 씹고, 톱밥을 불에 던지는 일상의 실천이다. 그것은 사회가 잊은 인간 본연의 윤리이며, 연대의 시작이다. 지금도 늦은 완행열차를 기다리는 이들이 곳곳에 있다. 그들을 기억하고, 그들과 함께 기다리는 연대의 윤리를 회복해야 한다.

「사평역」은 느림의 가능성을, 주변부 존재들이 이룰 수 있는 조용한 유대의 방식을 보여준다. 결국 우리가 인간으로 존재할 수 있는 마지막 조건은, 느리더라도 함께 도착하려는 의지에 있다. 그것이야말로 우리가 나아가야 할 사회의 방향이며, 지금 우리에게 절실한 희망의 이름이다.

최소한의 문학

누가 그를
'바보'라 불렀는가

성석제, 「황만근은 이렇게 말했다」
(2000)

자유무역 체제의 그늘 속에서

1990년대는 세계 경제의 흐름이 근본적으로 전환되던 시기였다. 1995년 세계무역기구WTO의 출범은 관세 장벽을 낮추고 자본과 상품의 자유로운 이동을 가능케 하면서 전 세계에 본격적인 신자유주의 물결을 이끌었다. 자유무역은 생산성이 높은 수출 산업에는 새로운 기회가 되었지만, 국내의 내수 기반 산업, 특히 농업 부문은 정면으로 타격을 입었다.

한국 농촌은 오랫동안 정부의 보호 속에 유지되어 온 산업이다. 그러나 WTO 체제는 농산물의 개방을 요구했고, 각종 보조금과 보호 장치의 축소를 가져왔다. 농민들은 세계 시장과의 경쟁에 무방비로 노출되었으며, 그 결과 농산물 가격은 불안정해졌고, 생산비를 감당하지 못한 농가 부채는 눈덩이처럼 불어났다. 1997년 IMF 외환위기와 맞물리며 수많은 자영농이 폐농했고, 마을은 텅 비어갔다. 농촌의 공동화 현상은 본격적으로 진행되었고, 고령화와 저출산은 그 붕괴에 가속도를 더했다.

자유무역협정FTA은 수출 중심의 제조업에는 '시장 확대'라는 명분을 주었지만, 수입에 취약한 산업군에는 생존 자체를 위협하는 구조적 변화를 강요했다. 농업은 대표적인 희생양이었다. 경쟁력이 없다는 이유로 국가의 지원 대상에서 후순위로 밀렸고, 그 결과 농촌은 점차 국가의 '전략적 무관심'의 영역이 되었다. 사람도, 자본도, 정책도 떠난 자리에서 남은 것은 오직 빚뿐이었다. 농민들은 도시의 논리에서 벗어나 변방으로 밀려났고, 국가의 경제 전략에서 배제된 채 '사라져도 되는 존재'로 취급되었다.

이러한 구조 속에서 황만근은 등장한다. '바보'로 불리는 한 인물의 죽음은 단순히 개인의 비극이 아니다. 그는 바로 이 시대의 구조적 모순, 농촌이 짊어진 불균형의 희생양으로 읽힌다. 성석제의 소설 「황만근은 이렇게 말했다」는 농촌 공동체가 어떻게 붕괴되었는지, 자유무역 체제의 그늘에서 한 인간이 왜 고장 난 경운기를 끌고 백 리를 가야 했는지, 그리고 왜 그렇게 죽을 수밖에 없었는지를 날카롭고도 담담하게 말해준다.

한낮의 볕이 쏟아지는 마을 어귀, 평상에 모인 동네 사람들은 황만근의 행방을 두고 저마다의 의견을 늘어놓았다. 농가 부채 해결을 위한 전국 농민 총궐기대회에 간다며 경운기를 타고 나선 뒤로, 황만근은 감감무소식이었다. 마을 사람들은 농담처럼 떠들었으나 도시에서 얼마 전 귀농한 민씨만큼은 황만근을 걱정하고 있었다. 어제 궐기대회에 함께 간 사람이나 그를 본 사람은 없는지 물었으나, 모두 고개를 저을 뿐이었다. 이장은 황만근이 읍내에서 술이라도 마시고 주저앉았을 것이라며 대수롭지 않게 여겼다. 이장은 황만근에게 경운기를 끌고 꼭 참석하라고 신신당부했었다.

"글쎄, 그 자리에 꼭 황만근 씨만 경운기를 끌고 갔어야 했느냐 이 말입니다. 그것도 고장 난 경운기를."

황만근은 태어날 때부터 어딘가 모자라다는 소리를 들으며 자랐다. 아버지는 전쟁통에 일찍 세상을 떠났고, 황만근은 유복자로 세상에 나왔다. 어릴 적부터 마을 사람들에게 바보 취급을 받았지만, 그의 삶은 단순하고 순박했다. 스무 살 무렵, 그는 산에서 거대한 토끼와 싸워 이긴 후 세 가지 소원을 빌었다. 어머니가 오래 사는 것, 마누라와 아들을 얻는 것이었다. 거짓말처럼 그 소원

4부 · 모순의 시대, 상처를 넘어 연대로

은 현실이 되었다. 저수지에서 자살하려던 처녀를 구해 아들까지 얻었으니 말이다. 그러나 행복은 오래가지 않았다. 그녀는 곧 사라져 버렸다.

마을 사람 모두가 황만근을 바보라 손가락질했지만, 그는 묵묵히 자신의 역할을 다했다. 마을의 궂은일에 누구보다 먼저 나섰고, 빚만 남는 농사에 뼈를 상한다고 만류해도 아랑곳하지 않았다. 문중 땅과 힘에 부친 이웃의 땅까지 빌려 농사를 지었다. 땅에서 억지로 빼앗기보다 남는 곡물로는 술을 빚어 하늘과 땅에 돌려주는 지혜로운 삶을 살았다. 술을 좋아해 가난하다는 비난을 들었지만, 그에게 술은 밥이었으며, 생명의 근원이자 낙천의 뼈대였다. 그는 평생 어머니에게는 지극한 효자였고, 아들에게는 따뜻하고 이해심 많은 아버지였다.

그날, 이장의 권유로 그는 고장 난 경운기를 끌고 면소재지를 향했다. 약속 장소인 군청까지 백 리 길을 홀로 달렸다. 가는 동안 여러 번 차에 부딪힐 뻔했고, 먼지와 추위에 몸을 떨었다. 비까지 내리자 뼛속까지 스며드는 추위에 그는 몸을 떨었다. 힘들게 군청 앞에 도착했지만, 대회는 이미 끝나고 말았다. 그는 어머니에게 줄 생선을 사고 몸을 녹인 후, 날이 어두워지는 줄도 모르고 경운기에 올라 집으로 향했다. 결국 경운기는 길 옆 논으로 떨어졌고 수레는 부서졌다.

일주일 뒤, 황만근은 차갑게 식어버린 '뼈'로 돌아왔다. 그의 아

최소한의 문학

들이 한 항아리에 담긴 유골을 안고 왔다. 고장 난 경운기도 수레가 분해된 채 머리 부분만 트럭에 실려 바보처럼 주인을 태우지 않고 돌아왔다. 그 누구도 알아주지 않던 그의 삶은, 남의 비웃음을 받으면서도 비루하지 않았고 홀로 할 바를 이루며 초지일관 깊고 그윽한 경지였다. 민씨는 황만근의 죽음을 애도하며 다시 도시로 돌아간다.

바보라 불린 사람 : 타자화된 존재

황만근은 게으르지 않았다. 아니, 누구보다 성실했다. 이른 새벽부터 들로 나가고, 남의 일이든 자기 일이든 가리지 않고 움직였다. 빚만 남는 농사라며 모두가 포기할 때에도, 그는 포기하지 않았다. 아무리 고단한 날에도 어머니를 위해 밥을 지어 올렸고, 아들에게는 자상한 말을 건넸다. 마을의 궂은일 앞에선 늘 앞장섰고, 자기 몫은 조용히 치렀다. 하지만 마을 사람들은 그를 '만그이'라 부르며 웃음거리로 삼았다. "바보 자석 하나 때문에 소 여물도 못 주고 있다"는 식의 말들은 그가 살아가는 방식과 인간됨을 애써 외면하고, '이상한 놈'으로 밀어냈다.

황만근이 타자가 된 것은 그의 '어리석음' 때문이 아니었다. 오히려 그가 가진 삶의 리듬, 가치, 태도가 마을이라는 공동체의 보편적 기준, 즉 효율과 계산, 생산성의 논리에서 벗어나 있었기 때문이다. 그는 따지지 않았고, 계산하지 않았다. 그것이 그를 어리석어 보이게 만든 것

249

이다. 그러나 어쩌면 그는 진정으로 공동체를 살아내고자 했던 마지막 인물이었을지도 모른다.

이처럼 공동체 안에서 '정상적이지 않다'고 여겨지는 존재가 배제되는 방식, 그것은 문학평론가 에드워드 사이드Edward Said가 말한 '타자화'의 논리와 맞닿아 있다. 사이드는《오리엔탈리즘》을 통해, 서구가 동양을 비이성적이고 열등한 존재로 규정하며 지배해 온 방식을 설명한다. 그의 분석은 단지 서구와 비서구 간의 권력 관계에 머물지 않는다. 사회의 주류와 비주류가 구성되는 방식, 그리고 그에 따라 어떤 존재가 경멸받고 밀려나는가에 대한 보편적인 통찰을 제공한다.

황만근은 마을의 일원이었다. 땅을 갈고, 아이를 키우고, 제사에 참여하고, 어머니를 모시던 한 사람이었다. 그러나 사람들은 그를 늘 이질적인 존재로 바라보았다. 이름조차 제대로 불러주지 않았고, 그의 삶을 '이해받아야 할 어떤 것'이 아니라 '웃음거리'로 취급했다. 그의 실종에 대해 진심으로 걱정한 이는 오로지 외지인 민씨뿐이었고, 마을 사람들은 "어데서 술 처먹고 앉았겠지"라며 농담처럼 넘겼다.

이러한 태도는 단순한 무관심이 아니다. 그것은 '그는 우리와 다르다'는 믿음에서 시작된 판단이며, 주류 집단이 타자에게 정체성을 부여하고 그를 통제하는 권력의 형태라고 볼 수 있다. 황만근에게 '바보'라는 이름을 붙이고, 그 틀에 가둠으로써 마을은 그를 억압하고 희생양으로 삼고자 했다. 사이드가 말한 '오리엔탈리즘'이 동양에 '열등함'이라는 가면을 씌웠듯, 이 마을은 황만근에게 '어리석음'이라는 틀을 씌운 것이다.

결국 황만근은 마을 바깥으로 완전히 밀려났다. 경운기를 끌고 혼자 백 리를 달리다 쓸쓸히 죽어 돌아온 그의 마지막 모습은, 단지 개인의 사고사가 아니었다. 그것은 그가 오랜 시간 동안 공동체 내에서 어떻게 소외되었는지를 보여주는 결과이자 상징이었다. 타자화된 존재는 보호받지 못하고, 공감받지 못하며, 죽음조차 '사건'이 되지 못한다.

희생양으로서의 삶

황만근의 죽음은 그저 한 사람의 죽음으로만 읽히지 않는다. 그는 시대와 공동체의 균열이 낳은 인물이며, 어쩌면 자유무역 체제에서 밀려난 농민 전체의 얼굴이다. 그의 죽음은 예외적인 사건이 아니라, 구조적 무관심과 반복된 외면이 만들어낸 결과다. 그런 의미에서 황만근은 하나의 존재가 아니라, 하나의 질문으로 볼 수 있다. 누가, 왜, 그리고 어떻게 그를 죽음으로 몰았는가.

프랑스 철학자 르네 지라르Rene Girard는 《폭력과 성스러움》에서 사회적 갈등이 고조될 때 공동체는 그 긴장을 해소하기 위해 희생양을 찾아낸다고 말한다. 이 희생양은 공동체 내부에 있으면서도 중심에서 벗어난 '주변적 존재'이며, 다른 폭력을 유발할 위험이 없는 무력한 타자여야 한다. 황만근은 그런 조건을 고스란히 갖춘 인물이다.

그는 공동체 내부에 있었지만, 결코 중심에 있지 않았다. 늘 일을 도맡았고, 마을의 궂은일에 앞장섰지만, 그 누구도 그의 의견을 듣거나 그의 말을 주의 깊게 받아들이지 않았다. "만그인지 반그인지", 이름조차 온전히 불리지 않았던 존재. 그는 항상 곁에 있었지만, 그가 누구인지 알고자 한 이는 없었다. 그건 마치 학급의 왕따, 또는 공동체 안의 이방인이 늘 가까이에 있으면서도 타자로 존재하는 방식과 닮았다.

그가 '바보'라는 이유로 희화화되었기에, 마을 사람들은 그에게 어떤 책임이나 역할을 전가하는 데 거리낌이 없었다. 고장 난 경운기를 끌고 백 리 길을 가게 한 것도, 궐기대회에 그를 보내며 '괜찮겠지' 하고 넘긴 것도, 실종 후 조롱 섞인 말들로 상황을 가볍게 처리한 것도 모두 그 때문이다. 그는 아무런 반격도 하지 않을 사람, 그 누구에게도 위협이 되지 않는 사람, 그래서 희생양이 되기에 가장 적절한 사람이었던 것이다.

이장은 궐기대회의 책임에서 벗어나고 싶었고, 마을 사람들은 농가부채라는 커다란 구조적 위기에 대해 무력감을 느끼고 있었다. 그 모든 불만과 침묵이 한 사람에게 향했다. 지라르의 이론대로라면, 이는 공동체가 내적 위기를 외부로 전이시키기 위한 집단적 무의식의 작동이다. 황만근은 그렇게 '무능한 바보'라는 이름으로 정당하게 선택된 것처럼 보였고, 그의 죽음은 누구의 책임도 아닌 것으로 서서히 잊혔다.

하지만 지라르는 동시에 말한다. 희생양의 죽음은 공동체를 정화시키는 동시에, 그 존재를 '성스러운 것'으로 전환시키는 계기가 된다고. 황만근의 죽음 이후에 민씨가 남긴 글은 단순한 묘비명이 아니다. 그것은 마을 사람들도 꺼내지 못한 부끄러움과 죄책감을 대신 짊어진 하나의 문장이다. "하늘이 내고 땅이 일으켜 세운 사람"이라는 표현은, 희생당한 존재가 공동체의 모순을 드러낸 증언자로 격상되는 과정을 보여준다. 그는 죽음 이후에야 온전히 이름을 얻었고, 그 이름으로 공동체는 잠시나마 자신들의 무관심과 왜곡된 구조를 마주하게 된다.

황만근은 바보가 아니었다. 그는 말이 없었고, 순응했으며, 늘 자기 몫 이상을 감당했다. 그러나 그 순응과 침묵이 공동체에 의해 해석된 방식은 조롱과 배제, 그리고 방치였다. 그가 희생양이 될 수밖에 없었던 이유는, 그가 약했기 때문이 아니라, 모두가 그 약함에 안주했기 때문이다.

결국 황만근은 한 개인의 죽음 너머를 말해준다. 그는 자유무역 체제의 이면에서 국가의 수출 전략에 의해 희생당한 농민들, 공급망 변화 속에서 손해만 감당했던 농가, 지원받지 못하고 떠밀려야 했던 변방의 공동체를 상징한다. 황만근의 죽음은 농촌 공동체 전체가 시대의 한복판에서 '타자화되고 희생된 현실'을 응축해 보여주는 은유적 사건이었다. 그 뼈 한 줌은 시대의 무게를 고스란히 담고 있었으며, 공동체는 그것을 외면해 스스로의 윤리를 잃어버렸다.

지금도 계속되는 타자화와 희생양

황만근의 이야기는 과거에 머물러 있지 않다. 그의 침묵과 죽음은 지금 이 순간에도 반복되고 있으며, 그 방식은 더욱 정교하고 은밀해지고 있다. 현대 사회는 여전히 불편한 질문을 잠재우기 위해 누군가를 타자화하고, 때로는 조용히 희생시키는 방식으로 위기를 회피한다. 타자화는 그렇게 '사람을 보지 않기'에서 시작되며, 혐오와 배제라는 사회적 폭력으로 번져간다.

그 방식은 더 이상 낯설지 않다. 도시의 중심에서 벗어난 지역, 일자리와 인프라에서 소외된 곳들—전국의 수많은 농촌과 소도시가 지금도 '개발의 논리'에서 밀려나고 있다. 수도권에 비해 삶의 질이 낮다는 평가를 받는 지역은 예산에서 후순위로 밀리고, 청년들은 떠나며, 남은 이들은 '낙후된 지역 사람들'이라는 시선을 감내해야 한다. 미디어는 이들의 현실을 '문제'로만 다루며, 결국 지역 주민들은 구조적 배제 속에서 '되살릴 능력이 없는 타자'로 간주된다.

이 같은 지역 불균형은 단순한 경제 문제가 아니다. 공동체의 해체와 자존감의 상실, 그리고 '주류에서 벗어난 존재'로서의 무력감을 낳는다. 이는 「황만근은 이렇게 말했다」에서 드러나는 마을 사람들의 무관심, 황만근이 겪은 조용한 외면과 맞물린다. 그는 가장 가까이에 있었지만, 가장 먼저 잊힐 수 있는 존재였다.

르네 지라르가 지적했듯, 공동체는 위기 때 책임을 전가할 희생양을 찾는다. 그 대상은 공동체 내부에 있으면서도 주변적이고, 반격할 힘이 없으며, 폭력을 유발하지 않을 무력한 타자여야 한다. 주류에서 벗어난 지역, 계층, 성별, 나이, 신체 조건은 이러한 조건에 쉽게 맞춰지고, 집단의 안정을 위해 타자화되기 쉽다.

그러나 타자화와 희생양 만들기는 결코 완전한 평화를 가져오지 않는다. 오히려 공존의 기반을 무너뜨리는 폭력의 씨앗이다. 황만근처럼 조용히 사라지는 이도 있지만, 현실에서는 분노와 반발로 되돌아오는 경우가 더 많다. 지역 불균형을 견디지 못한 청년들이 대도시로 몰려들고, 각종 개발 계획에 소외된 마을은 조직적으로 반발한다. 농민 단체와 지역 운동이 외치는 목소리 또한 단지 지역의 이해관계를 넘어서, 존재의 자리를 요구하는 투쟁이 된다.

최소한의 문학

이 갈등은 단순한 '이견'이 아니다. 인간의 존엄, 존재의 자격을 두고 벌어지는 생존의 문제다. 그렇기에 우리는 묻지 않을 수 없다. 오늘날 우리 곁의 황만근은 누구인가? 그는 지금 어디에 있으며, 우리는 얼마나 그들의 목소리를 듣고 있는가? 누군가를 조용히 외면하고 있지는 않은가? 타자화된 존재가 있다는 것은, 그 사회가 아직 공존의 윤리를 완성하지 못했다는 증거다.

공존은 선언만으로 이루어지지 않는다. 사회의 구조가 누구도 배제하지 않도록 설계되어 있을 때에만 가능하다. 즉, 희생은 불가피할 수 있지만, 그 희생이 구조적 방치 속에서 이뤄져서는 안 된다. 돌봄 없는 희생, 보상 없는 손해는 결국 공동체 전체의 불신과 해체를 낳는다.

이제는 바뀌어야 한다. 타자를 만들어내지 않고, 희생을 책임지는 사회. 그 시작은 소외된 이들을 단순히 돕는 것이 아니라, 이들과 함께 살아가겠다는 태도에서 비롯될 수 있다.

밀려나는 사람들,
남겨진 질문

박민규, 「그렇습니까, 기린입니다」
(2004)

IMF 이후의 일상화된 위기

1997년, 한국 사회는 유례없는 경제 위기를 맞이했다. 외환 보유고의 고갈로 국가 부도 직전까지 내몰린 이른바 IMF 위기는 단지 금융 시스템의 붕괴만을 의미하지 않았다. 그것은 수많은 가정의 몰락, 삶의 기반 자체가 무너지는 사건이었다. '신자유주의 구조조정'이라는 미명 아래 대규모 정리해고가 단행되었고, 평생직장 신화는 순식간에 사라졌다. 그 자리를 대신한 것은 '비정규직'이라는 이름의 유연하고 저렴한 노동이었다. 정규직과 비정규직 사이의 극심한 격차는 한국 사회를 수직적으로 분열시켰고, 청년층은 아르바이트와 계약직을 전전하며 살아가는 새로운 노동 계급으로 재편되었다.

최소한의 문학

IMF 위기 이후의 한국은 한마디로 '비정상적인 삶의 정상화' 시대였다. 직장을 잃은 가장은 가정을 유지할 수 없었고, 돌봄은 해체되었으며, 가족은 더 이상 안전망이 아니었다. 가족 단위는 붕괴되었고, 개인은 고립 속에서 스스로를 책임져야 했다. 특히 아버지의 상징성은 급격히 붕괴되었다. 더 이상 자녀에게 꿈을 물려주는 권위 있는 존재가 아닌, 무력한 존재가 되었다. 실직한 아버지는 사회로부터도, 가족으로부터도 멀어졌다. 가장으로서의 정체성을 상실한 아버지는 말없이 자취를 감추었고, 그 자리는 결핍으로 남았다.

이러한 시대적 현실을 압축적으로 담아낸 작품이 박민규의 단편소설 「그렇습니까? 기린입니다」다. 이 소설은 주인공의 시선에서 아버지의 실직과 몰락, 그리고 자신이 푸시맨이라는 극한의 비정규직 노동에 뛰어드는 과정을 그리고 있다. 소설 속 아버지의 저임금 노동과 실종, 아들의 고된 생계노동은 IMF 이후 한국 사회에서 본격화된 노동 시장의 유연화, 고용 불안정, 가족 해체라는 키워드와 직결된다.

나는 상업고등학교를 다니는 학생이다. 무더운 여름방학 나는 오후엔 주유소에서, 밤에는 편의점에서 일을 하게 되었다. 나는 짜디짠 임금에 늘 불만스러웠다. 어느 날 코치 형이 찾아와 푸시맨 일자리를 소개했다. 몸은 힘들어도 임금이 지금의 두 배가 훌쩍 넘는다고 했다.

푸시맨은 지하철 역사에서 기차 안으로 사람들을 밀어 넣는 일을 한다. 정원이 180명인 객차 한 량에 많게는 400명이 타고 다니므로 사람들을 밀어줄 푸시맨이 필요한 것이다.

본래 나는 좀 노는 편이었다. 그런데 아버지 직장에 도시락 심부름을 다녀온 뒤로 조용한 소년이 되어버렸다. 늘 '미안하구나'라는 말만 되풀이하던 아버지는 나이 마흔다섯에 시간당 삼천오백 원을 받는 직장을 다니고 있었다. 아버지의 사무실은 쥐들이 다닐 것 같은 어둑한 복도 끝에 있었다. 문을 열고 들어가 보니 아버지는 가냘픈 표정으로 사무를 보고 있었다. 그 후로 나는 '아버지 돈 좀 줘'와 같은 말을 두 번 다시 하지 않았다.

푸시맨으로서 첫날은 잊을 수 없었다. 열차는 마치 거대하고 공포스러운 동물처럼 플랫폼에 기어와 구토물을 쏟아내듯 사람들을 토해내고 얼마 뒤 구토물을 다시 빨아들이고 있었다. 나는 코치 형의 고함을 듣고서야 엉겁결에 물컹하거나 딱딱한 것들을 마구마구 밀어넣을 수 있었다.

일주일이 그렇게 지나갔다. 온몸이 아파왔다. 이건 시간당 삼만 원은 받아야 하는 게 아닐까? 나는 다시 불만을 갖게 되었지만 어느새 적응이 되었다.

그날도 여느 때와 같이 누군가가 열차 안으로 들어가지 못한

최소한의 문학

채 튕겨 나왔다. 맙소사, 아버지였다. 나는 아버지를 밀려고 했지만 잘 밀지 못했고, 그래도 좀 밀었지만 아버지는 잘 안 들어갔다. 아버지와 나 사이에 우주의 고요와 같은 정적이 감돌았다. 결국 그날 아버지는 경력 많은 푸시맨의 도움으로 열차에 탔다.

그렇게 여름은 끝이 나고 가을이 시작되었다. 그때 어머니가 쓰러졌다. 병실을 찾아온 아버지는 잿빛 눈동자로 나를 말없이 바라보았다. 학기가 시작되었지만 나는 1교시를 빼먹고 푸시맨 일을 계속할 수밖에 없었다. 그리고 겨울이 왔다. 그해 겨울은 유독 추웠다.

그 겨울 아버지가 사라졌다. 아버지는 회사에도, 집에도 오지 않았다. 경찰은 요즘 그런 사람들이 많다고 했다. 나는 아버지의 회사를 상대로 밀린 월급을 받아냈고, 할머니를 요양시설로 보냈다. 봄이 오자 어머니의 의식이 기적처럼 돌아왔다.

완연해진 어느 봄날, 나는 역사의 벤치에 누워 잠이 들었다가 깼다. 그런데 건너편 플랫폼에 기린이 앉아 있었다. 나는 기린을 주시했다. 이상하게 그 순간 나는 기린이 아버지란 생각을 했다. 미친 듯이 뛰어갔다. 다행히 기린은 꼼짝하지 않고 앉아 있었다.

"아버지, 아버지 맞죠? 어떻게 된 거예요? 어머니가 깨어나셨어요. 할머니는 다른 곳으로 모셨고요. 이제 걱정 안 하셔도 돼요. 아버지. 아버지 맞죠? 그것만 이야기해 줘요."

하지만 무관심한 잿빛의 눈동자가 나를 바라보았다. 그리고

4부·모순의 시대, 상처를 넘어 연대로

천천히 말했다.

"그렇습니까? 기린입니다."

유연화라는 이름의 구조적 불안

1997년 외환위기 이후 한국 사회는 돌이킬 수 없는 방향으로 전환되었다. 구조조정과 정리해고는 '유연한 노동 시장'이라는 명분 아래 진행되었고, 정규직 위주의 고용 구조는 빠르게 해체되었다. 비정규직, 계약직, 일용직이라는 이름의 노동 형태가 급속히 확산되었고, 그것은 곧 개인의 삶의 리듬과 존엄성의 재편을 의미했다. 노동은 더 이상 삶의 중심축이 아니었고, 삶 자체가 언제든 대체 가능한 '부품'처럼 취급되기 시작했다.

노동 시장 유연화는 자본의 입장에선 합리적이다. 변화하는 시장 상황에 빠르게 대응하려면 고용과 해고가 자유로워야 하고, 성과에 따라 임금을 조정하는 유연한 구조가 필요하기 때문이다. 문제는 그 유연성이 특정 계층에게만 작동한다는 점이다. 자본은 위기를 기회 삼아 자신을 보호했고, 반대로 노동자는 그 유연성의 충격을 온몸으로 감내해야 했다. 유연화는 노동자의 교섭력을 약화시키고, 안정적 생계 기반을 불가능하게 만들었다. 이는 단지 노동의 문제가 아니라 가족, 교육, 돌봄 등 삶의 총체적 조건을 흔드는 구조적 균열이었다.

박민규의 「그렇습니까? 기린입니다」는 바로 이 시기를 배경으로 하

최소한의 문학

고 있다. 등장인물은 비정규직으로 생계를 잇고, 아버지는 저임금 노동에 내몰리다 결국 사라진다. 그러나 이 소설이 주는 통찰은 단지 '개인적 불행'에 머물지 않는다. 작품은 명확하게 묻는다. 왜 어떤 사람은 열차에 오르고, 어떤 사람은 밀려나는가. 왜 어떤 사람은 경쟁을 회피할 수 있고, 어떤 사람은 기를 쓰고 밀려 들어가야만 하는가.

경제학자 토마 피케티Thomas Piketty는 자본 수익률이 경제 성장률을 장기간 넘어설 때, 부는 점점 상층에 집중되며 세습된다고 주장했다. IMF 이후 한국 사회는 바로 그 공식에 빠르게 들어맞았다. 자산을 가진 이들은 위기 이후 자산 가격 상승의 수혜를 입었고, 반면 노동자들은 소득 정체와 고용 불안에 시달렸다. 20퍼센트의 부자들이 80퍼센트의 부를 차지하고, 나머지 80퍼센트는 서로를 밀쳐야만 살아남는 이른바 20:80 사회로 변해가고 있던 것이다. 이처럼 유연화가 강조한 경쟁은 평등한 조건에서 출발하지 않았다. 플랫폼에서 밀려난 사람에게 경쟁은 선택이 아니라 강요였다.

작품 속 푸시맨은 단지 직업이 아니다. 그것은 비정규직 청년이 수행해야 하는 구조의 메커니즘이다. 경쟁이 불공정함을 알면서도, 그는 시스템의 일원이 되어 누군가를 밀어넣는다. 그렇게 해서라도 자신의 생존을 확보해야 하기 때문이다.

소설의 결말에서 아버지가 열차에 오르지 않기로 결심한 것은 체제 안에 포섭되지 못한 채 탈락한 것을 의미하며, 동시에 시스템에 대한 소극적인 저항으로 볼 수 있다. 그는 기차에 타고 싶지 않았을 것이다. 삶의 모든 순간이 경쟁이 되는 사회에서, 열차에 타지 않는다는 선택은 무력하지만 동시에 가장 인간적인 선택으로도 해석될 수 있다.

4부 · 모순의 시대, 상처를 넘어 연대로

결국 소설은 노동의 유연화가 자본의 언어로는 합리였지만, 인간의 언어로는 절망이었다고 말하고 있다. 경쟁의 구조 속에서 타인을 밀쳐야만 살아남는 청년, 그리고 그 구조 속에서 자신의 존재를 거부한 아버지의 침묵은 한국 사회가 외환위기 이후 잃어버린 가장 근본적인 질문을 던진다. '우리는 왜 일하는가', '누구를 위한 경쟁인가'라고.

도시 공간이 삼킨 인간성

이 소설에서 주목해야 할 공간 중 하나는 지하철이다. 소설 속에서 지하철 역사는 단지 대중교통의 거점이 아니다. 그것은 신자유주의적 도시 질서가 가장 선명하게 구현된 장소다. 수많은 인파가 동시에 움직여야 하고, 그 흐름은 한순간도 멈춰서는 안 된다. 효율성과 속도, 정확성이 최고의 가치로 작동하는 이 공간에서 사람은 '승객'이기 이전에 '수송되어야 할 대상'이 된다. 수송의 효율을 극대화하기 위해 투입된 푸시맨은, 이 비인간적인 시스템을 물리적으로 유지시키는 도구다.

작품에서 묘사된 지하철은 '거대하고 공포스러운 동물'로 형상화된다. 사람들을 마치 '구토물을 쏟아내듯' 토해내고, 다시 그들을 집어삼키는 존재. 이 표현은 도시 공간이 인간의 이동을 위한 장이 아니라, 인간을 압박하고 소화하며 재배치하는 자본주의적 메커니즘임을 드러낸다. 이곳에서의 이동은 자율적인 행위가 아니라, 밀려 들어가고 튕겨 나오는 '힘의 게임'이다. 승차에 성공한 이들은 기계의 일부가 되고, 밀려난 이들은 시스템 바깥으로 떨어진다.

최소한의 문학

푸시맨의 노동은 이 과정을 단적으로 보여준다. 그는 누군가를 기차에 밀어넣는 사람이다. 노동의 행위는 단순하지만 그 의미는 복합적이다. 생존을 위해 어쩔 수 없이 타인의 공간을 침범하고, 자기 자신을 시스템의 연장선에 위치시킨다. 그러나 이 노동은 다른 누군가의 배제를 전제로 한다. 결국 '푸시맨'은 도시 공간의 구조적 폭력을 가장 명확하게 가시화하는 인물이다.

이러한 공간 속에서, 자본주의는 인간의 존엄성마저 평가 절하한다. 신자유주의적 경쟁 체제는 개인의 가치를 오직 '생산성'과 '경쟁력'으로만 측정한다. 효율이 낮거나 실패한 존재는 체계 안에서 무가치한 것으로 간주된다. 소설 속 아버지는 이러한 판단의 희생자다. 그는 저임금 노동에 시달리다 어느 날 지하철에 타지 못한 채 튕겨 나온다. 더 이상 시스템이 수용하지 못하는 존재가 되었음을 상징적으로 보여주는 장면이다.

이처럼 경제적 실패가 곧 사회적 소멸로 이어지는 현실 속에서, 인간은 스스로의 존엄을 지키기 위한 상징적 대안을 찾고자 한다. 소설 후반, 주인공은 플랫폼 맞은편에서 기린을 본다. 그리고 그 기린이 아버지일 것이라는 믿음을 갖는다. 이 장면은 단순한 환상이 아니다. '기린'은 사회적 기준에서 벗어난 존재, 비현실적이고 순수한 어떤 가능성이다. 사회가 규정한 경쟁의 기준에서 도망쳐 나온 존재에 대한 이해, 혹은 그런 존재로라도 아버지를 기억하고자 하는 절박한 선택이다.

이 장면은 독일 철학자 악셀 호네트Axel Honneth의 '인정 투쟁' 이론으로도 읽을 수 있다. 호네트는 인간이 자아를 형성하기 위해 반드시 '사회적 인정'을 필요로 한다고 말한다. 하지만 신자유주의 체제에서는 인정이 곧 '경제적 성공'과 동일시된다. 그렇기에 실직과 무능력은 단지 개인적 실패가 아니라, 사회 전체로부터의 배제이자 무시다. 소설 속 아버지의 실종은 이러한 인정 투쟁에서 철저히 패배한 이의 극단적인 행위일 수 있다. 그리고 아들은 그를 '기린'이라는 새로운 존재로 인정하고, 자신의 방식으로 그의 존엄을 회복하고자 한다.

존엄을 위한 대안적 사회는 가능한가

작품이 발표된 지 적지 않은 시간이 지났지만, 그 안에 담긴 질문은 지금도 유효하다. 아니, 오히려 더욱 절실해졌다. 여전히 플랫폼 위에는 열차에 오르기 위해 밀려드는 사람들이 존재하고, 그들 사이에는 누군가를 떠밀어야만 생존할 수 있는 푸시맨이 있다. 정리해고의 칼날은 이전보다 더 은밀하고 일상적인 형태로 존재하며, 비정규직과 플랫폼 노동자들은 오늘도 불안정한 계약서를 받아든 채 하루하루를 버틴다.

2023년 쿠팡 물류센터에서 근무하던 한 노동자가 과로로 쓰러졌고, 배달 플랫폼 기사들이 사고로 숨졌지만, 회사는 그들을 '개인사업자'로 분류하며 책임을 회피했다. 이는 단지 개별 기업의 문제가 아니다. 시스템 자체가 유연성을 명분으로 인간의 존엄을 침해하고 있는 것이다. 박민규의 소설 속 지하철 풍경은 이제 온라인 알고리즘의 배차 시스템으로 옮겨간 셈이다. 장소는 바뀌었지만, '밀려드는 사람들'과 '밀어야 하는 사람들'의 구도는 달라지지 않았다.

이런 상황 속에서 소설 속 아버지의 선택은 단순한 패배나 탈락으로만 볼 수 없다. 오히려 그것은 인간으로서 최소한의 자기 존엄을 지키기 위한 심리적 방어기제로 읽을 수 있다. 기차에 타기를 거부한 그는 경쟁을 거절한 것이다. 열차에 오르지 않는다는 선택은 어쩌면 삶을 포기하는 것이 아니라, '이렇게는 살 수 없다'는 절박한 외침이자 최소한의 자기방어였을지도 모른다. 그는 사회가 요구하는 생산성과 경쟁력의 언어 대신, 자신만의 언어로 존재를 지속하고자 했다. 그 언어가 "기린입니다"였다는 점은, 그만큼 현실에 대응할 말이 없다는 것을 역설적으로 드러낸다.

그렇기에 이 작품은 단지 현실을 고발하는 데서 멈추지 않는다. 우리는 이 질문에 응답해야 한다. 모두가 타야 하는 열차가 과연 누구를 위한 것인지, 그리고 기차에 타지 못한 사람들을 어떻게 대우해야 할 것인지. 정답은 간단하지 않지만, 몇 가지 단초는 이미 사회적 논의 속에 등장하고 있다. 예컨대 사회적 기업이나 협동조합은 인간을 단순한 생산 단위가 아니라 공동체의 구성원으로 보려는 시도이며, 기본소득에 대한 논의 역시 경쟁을 통한 선별 대신 존재 자체의 가치를 인정하려는 제안이다. 물론 이러한 대안들이 지금의 자본주의 구조를 단숨에 바꿔놓을 수는 없다. 그러나 적어도 '밀어넣고, 밀려나는' 구조에 질문을 던지고, 거기에서 탈락한 사람들을 '기린'이 아니라 '인간'으로 대접하려는 방향성은 분명히 필요하다.

화해와
공존을 위한 조건

박범신, 「나마스테」(2004)

경계에 선 사람들

1990년대 이후, 한국 사회는 노동 인력의 부족을 해결하기 위해 외국인 노동자들을 적극적으로 받아들이기 시작했다. 처음에는 산업연수생이라는 명목 아래 단기간 머무는 체류자에 불과했지만, 곧 제조업과 농축산업, 건설업을 중심으로 외국인 노동자들은 없어서는 안 될 존재로 자리 잡았다. 2000년대 들어 그 수는 급격히 늘었고, 오늘날에는 수십만 명이 한국 산업의 곳곳에서 일하고 있다.

이들은 대한민국의 생산력을 지탱하는 중요한 기반이지만, 여전히 법적·사회적으로는 가장 불안정한 위치에 놓여 있다. 고용 안정성은 보장되지 않고, 임금 체불, 산업재해, 주거 불안, 강제 단속 같은 위험은 일

최소한의 문학

상처럼 반복된다. 공장에서 일하다가 다쳐도 보상받기 어렵고, 임금을 제때 받지 못해도 신고조차 어렵다. 체류 자격이 곧 생존과 직결되는 이들에게, 권리를 요구하는 일은 곧 추방의 위협으로 돌아오기 때문이다.

그러나 이들의 고통은 단지 물리적 조건에만 있는 것은 아니다. 문화적 낯설음과 언어 장벽, 사회적 차별은 이주노동자들이 느끼는 깊은 고립감과 소외를 더욱 심화시킨다. 고국의 문화에 속하지도, 한국 사회에 완전히 편입되지도 못한 이들은 늘 중간 어딘가에서 흔들린다. 이들은 단지 '외국인'이나 '노동자'가 아니라, 두 세계의 경계에 선 사람들이다.

그렇기에 한국 사회가 이들을 어떤 시선으로 바라보느냐는 매우 중요하다. 우리는 흔히 이주노동자를 일시적 존재로 규정하거나, 경제적 필요에 따라 호출하는 대상으로만 여긴다. 더 나아가 이들을 '우리와 다른 사람'으로 경계 짓거나, 반대로 '한국화'되지 않는다고 비난하는 경우도 많다. 이 모든 시선은 '타자화'이자 동화의 강요이며, 하나의 인간으로서 이들의 고유한 삶을 지우려는 폭력이다.

이러한 현실은 문학 속에서도 다뤄진 바 있다. 박범신의 소설 「나마스테」는 한국에 체류하는 이주 노동자들의 삶을 사실적으로 그려낸 작품이다. 특히, 네팔 출신의 청년 카밀과 한국 여성 신우를 중심으로 펼쳐지는 이야기는 이주노동자들이 겪는 경제적 곤란과 정체성의 혼란, 그리고 사회적 편견과 폭력의 실상을 적나라하게 보여준다. 이 작품은 경계에 선 이들의 삶을 통해, 우리가 외면해 온 진실을 조용히 되묻는다.

신우는 미국 이민자다. 그러나 그녀는 LA 흑인 폭동이 일어나 가족을 잃고 작은오빠와 한국으로 되돌아왔다. 어느 날, 신우에게 낯선 사람이 찾아온다.

"세, 세상이 화안…… 해요. 나마스테."

네팔인 카밀이었다. 그는 청바지 공장에서 일하다 도망쳐 나온 외국인 노동자였다. 카밀은 성실하고 손재주가 좋았으며 음식도 잘했다. 신우는 힘들었던 이민 생활을 떠올리며 카밀에게 애틋한 마음을 느낀다. 카밀에게는 연인 사비나가 있었다. 그런데 사비나는 카밀에 비해 말수도 적고 어딘가 불안정해 보였다. 아니나 다를까 사비나는 카밀의 돈을 챙겨 달아나 버린다.

카밀이 한국에 온 것은 돈이 아니라 사비나 때문이었다. 카밀은 청소년기를 방탕하게 지냈는데 그때 그를 일깨워 준 사람이 사비나였다. 하지만 사비나의 집안은 몹시 가난했고, 그녀는 식구들을 위해 돈을 벌려고 한국에 올 수밖에 없었다. 카밀은 연락이 끊긴 사비나를 찾으러 한국에 왔다가 소매치기를 당하는 통에 불법체류 노동자가 되고 말았다.

신우는 어려움 속에서도 세상이 환하다고 긍정하는 카밀에게 사랑을 느낀다. 하지만 신우의 오빠는 카밀을 인정하지 않았다.

그는 신우의 옷가게에 찾아와 이들을 윽박지른다.

마침내 카밀은 떠나지만 신우는 카밀의 아이를 임신한다. 신우는 성산동 아파트로 이사를 하고 카밀은 신우 주변을 맴돌면서 박스 공장에서 일을 한다. 하지만 공장에 불법체류자를 단속하던 경찰이 들이닥쳤고 카밀은 이를 피해 옥상에서 뛰어내리다 큰 부상을 당한다. 카밀의 친구 로리는 이 소식을 신우에게 전했고 카밀과 신우는 병상에서 다시 만나게 된다. 새로 태어난 딸 애린과 함께.

카밀은 다리를 절지만 세 사람은 잠시나마 행복하게 살아간다. 그런데 이즈음 정부에서 외국인 근로자 고용법을 추진하며 단속이 시작됐다. 카밀과 알고 지내던 이주노동자들은 단속을 피해 신우네 아파트로 피신하기 시작한다. 그러던 중 카밀의 옛 연인 사비나가 찾아온다. 신우는 카밀이 자신을 따돌리고 사비나와 연락하며 지낸 줄로 오해한다.

"아무 변명도 듣고 싶지 않아. 나가. 니네들, 그렇게 가증스러운 인간인지 몰랐어."

신우의 말에 상처받은 카밀은 집을 떠나 곧장 명동성당으로 향한다. 그곳에서 카밀은 이주노동자 인권 투쟁에 본격적으로 참여한다. 얼마 후 오해가 풀린 두 사람은 화해하지만 카밀의 투쟁은 끝나지 않는다. 그는 예전과 달리 '세상이 환하지 않고 캄캄해 보인다'고 말하면서 투쟁을 이어나간다. 그러나 함께 농성하던 사람들이 지쳐서 하나둘씩 떠나고 정부가 강제 추방 기한을 연장하자 사람들은 투쟁을 일시 중단하기로 결정한다. 카밀은 강경하게 끝까지 투쟁하자고 주장했지만 받아들여지지 않았다. 농성이 끝난 뒤 며칠 후, 카밀은 고층 빌딩에 오른다. 그리고 그곳에 '더 이상 죽이지 마라'라고 쓴 현수막을 내건 뒤, 몸에 불을 붙이고 뛰어내린다. 카밀은 즉사하고 신우는 추락하는 카밀을 받아내려다 두개골이 함몰되어 식물인간이 되고 만다.

보이지 않는 식민지와 구조적 폭력의 얼굴

2000년대 초반, 한국의 공장과 작업장에서는 외국인 노동자들의 모습이 자주 눈에 띄었다. 값싼 노동력을 찾아 선진국으로 유입된 이들은 주로 동남아시아, 중앙아시아, 남아시아 등의 개발도상국 출신이었다. 더 나은 삶을 꿈꾸며 국경을 넘었지만, 그들이 마주한 현실은 '기회'가 아니라 고된 생존의 연속이었다.

작품의 주인공 카밀 역시 그런 이들 중 한 명이다. 네팔에서 방황하던 시절, 사랑했던 사비나를 따라 한국에 왔지만, 소매치기에게 돈을 빼앗기고 결국 불법체류자가 되었다. 청바지 공장, 박스 공장에서 일하며 하루하루를 버티는 그의 삶은 개인의 비극이 아니라, 전 세계 자본주의 시스템이 만들어낸 구조적 불균형의 실상이다.

개발도상국은 일자리가 부족하고, 선진국은 값싼 노동력이 필요하

최소한의 문학

다. 이 모순은 이주노동자들의 저임금 이주를 부추기며, 그들을 선진국 내에서 가장 열악한 위치에 놓이게 만든다. 카밀은 손재주 있고 성실하며 따뜻한 사람이지만, 한국 사회는 그를 인간이 아니라 노동력으로 본다. 인간으로서의 존엄은 무시되고, 투명 인간처럼 존재감이 없다.

이런 현실은 폭력이라는 개념으로도 설명할 수 있다. 폭력은 단지 물리적 행위가 아니라, 제도나 구조 속에 내재된 불평등 자체로 정의할 수 있는데, 카밀이 아무런 안전장치 없이 일하다 다치고, 임금을 떼이고, 단속을 피해 옥상으로 도망치다 추락하는 장면은 그러한 구조적 폭력의 대표적인 사례다. 그는 합법과 불법, 인간과 자원, 권리와 배제의 경계에 내몰린 존재였다.

그의 삶은 또한 식민주의적 구조를 연상시킨다. 이주노동자들은 법적 권리도, 사회적 보호도 없이 살아가며, 필요할 때만 호출되고 불편해지면 배제된다. 이는 과거 식민지 민중이 겪었던 통제와 착취, 배제의 메커니즘과 닮아 있다. 카밀은 처음에는 "세상이 화안해요"라고 말했지만, 농성에 참여한 이후에는 "세상이 캄캄하다"고 말한다. 그 말은 개인의 감정 표현이 아니라, 사회가 그를 어떻게 대했는지를 보여주는 절망의 언어다.

한국 사회는 이주노동자들을 일터에서는 필요한 존재로 여기지만, 공동체 구성원으로는 받아들이지 않았다. 이들은 동일한 노동을 하면서도 낮은 임금을 받고, 고용 불안과 사회적 차별에 시달리며, 안전망에서는 제외되곤 했다. 기업은 이러한 이중 구조를 통해 이익을 얻고, 국가는 이 구조를 묵인하거나 방치해 왔다.

작품은 이러한 현실을 문학적으로 밀도 있게 드러낸다. 카밀은 사랑하고, 갈등하며, 상처받고, 다시 일어서는, 우리 주변에서 흔히 볼 수 있는 인물이다. 그는 한 명의 인간이었지만, 한국 사회는 그를 오직 '타자'로만 보았다. 결국 그는 분신이라는 극단적 방식으로 사회에 질문을 던진다. 그러나 그 죽음조차 사회는 조용히 지나쳐간다. 애도받지 못한 존재, 기억되지 않는 죽음. 그것이 카밀이 처한 현실이었다.

이름 없는 자리 : 경계인의 슬픔

외국인 노동자 카밀은 단지 구조적으로 배제된 존재가 아니다. 그는 한국 사회의 경계에서 끊임없이 흔들리는 정체성과 싸우는 인간이다. 작가는 그를 단순한 피해자가 아닌, '경계인'으로 그린다. 카밀은 네팔에서 방황했고, 한국에서는 이방인이었다. 고국에도, 이 땅에도 완전히 속하지 못한 채 두 세계의 틈에 놓여 있었다.

시카고학파* 사회학자 로버트 파크Robert Park가 말한 '경계인'은 두 문화 사이에 속하지 못한 채 살아가는 사람을 가리킨다. 카밀은 한국 사회에 동화되지 못하면서도, 네팔의 전통과도 멀어져 있다. 이중적인 소외와 단절 속에서 그는 늘 타인의 세계에 사는 듯한 거리감을 지닌다. 신우와 가까워졌을 때조차 그녀를 '누나'라 부르며 자신을 낮추어 감정을 억누른다. 이는 본래 성격이 아니라, 사회가 그에게 허락한 자

리를 벗어나지 않기 위한 자기 검열일 수 있다.

안타깝지만 경계의 삶은 수치심을 낳는다. 자기 문화를 당당히 내세우지 못할 때마다 그는 스스로를 부끄럽게 여겼을 것이다. 혐오와 수치심에 대한 통찰로 유명한 철학자 마사 누스바움Martha Nussbaum은 수치심을 인간의 나약함이나 결핍에 대한 인식에서 비롯된다고 보며, 공동체가 구성원에게 부당한 수치심을 강요해서는 안 된다고 강조한 바 있다. 누스바움의 견해를 활용하면 카밀은 자신의 잘못이 아님에도 여러 상황에서 침묵하고, 물러나고, 스스로를 낮춘다. 사비나가 떠났을 때도, 신우의 오빠가 모욕을 퍼부었을 때도 그는 항의하지 않는다. 그의 침묵은 체념이 아니라, 사회의 시선에 의해 내면화된 수치심의 반영이었다.

한편 카밀은 한국 사회에 적응하려 애쓴다. 언어를 익히고, 요리를 하고, 공장에서 묵묵히 일하며 인간관계를 조심스럽게 만들어 간다. 하지만 그는 끝내 일터의 노동자일 뿐, 공동체의 일원으로는 받아들여지지 않는다. 심지어 사랑조차 허용되지 않는다. 신우와의 관계는 신우 오빠의 인종차별적 발언 앞에서 철저히 무너진다. "네팔 놈이냐?"라는 말은 단지 혐오의 표현이 아니라, 이 사회가 그어놓은 관계의 한계선이다. 외국인 노동자는 노동은 할 수 있어도, 가족이 되거나 사랑을 나눌 권리는 인정받지 못했던 것이다.

카밀의 고통은 언어로도 드러난다. 카밀은 "세상이 화안해요"라는 말을 종종한다. 하지만 그것은 긍정적 태도라기보다, 말할 언어가 부족한 자의 무력한 표현처럼 보인다. 자신의 감정과 고통을 제대로 말할 수 없는 상황에서 그는 짧고 단순한 문장만을 반복한다. 그리고 결국 말이 아닌 몸으로 마지막 의사를 표현한다. 분신이라는 극단적 선택은 그 어떤 언어로도 받아들여지지 않는 사회에 던지는 침묵의 절규였다.

작품은 외국인 노동자의 현실을 단순한 구조적 차원만이 아니라, 심리적·감정적 정체성의 차원까지 밀도 있게 묘사한다. 경계에 선 이들의 고통은 법과 제도의 밖에서만 벌어지는 것이 아니다. 그것은 말과 감정, 관계에서도 나타난다. 작가는 이 작품을 통해, 외국인 노동자가 단지 '일하는 존재'가 아니라, 고통받고 사랑하며 흔들리는 인간임을 문학적으로 증명해 낸다.

함께 살아간다는 것의 의미

한때 '외국인 근로자'라는 단어는 한국 사회에서 낯섦의 대상으로서 경계의 시선으로 소비되었다. 그러나 이제는 공장과 농장, 시장과 병원, 거리와 골목에서 이주민은 더 이상 예외적인 존재가 아니다. 한국 사회는 오랜 시간 이주노동자들을 타자화해 왔지만, 다행히 최근에는 그 경계가 조금씩 허물어지고 있다.

2000년대 초반까지만 해도 외국인 노동자들은 단순 기능 인력으로 취급받으며 최소한의 노동권조차 보장받지 못했다. 그러나 최근에는 제도와 인식 양면에서 의미 있는 변화가 일어나고 있다. 과거의 '동화주의'에서 벗어나, 이제는 다문화주의적 접근이 정책 기조로 자리 잡아가고 있다. 외국인 노동자를 '적응시켜야 할 존재'가 아니라, '같이 살아갈 동료 시민'으로 바라보려는 시도가 시작된 것이다.

최소한의 문학

고용허가제 개편, 노동권 보장 강화, 통번역 지원 확대, 다문화 이해 교육 등 제도적 기반이 꾸준히 확충되고 있다. 다국어 정보 제공, 노동자 대상 상담 서비스, 한국어 교육과 직업 훈련 등 삶의 실질적 질을 높이기 위한 노력도 함께 이루어지고 있다. 무엇보다 과거처럼 '불법'이라는 낙인이 전면에 서기보다, '인권'과 '권리'라는 언어가 더 자주 호출된다는 점은 분명한 진전으로 평가할 수 있다.

이러한 변화는 단지 정책적 전환만을 의미하지 않는다. 그것은 한국 사회의 포용력과 시민의식이 한층 성숙해졌다는 증거다. 외국인 노동자들은 이제 단지 노동의 주체가 아니라, 공동체 속에서 다양한 삶의 모습으로 존재하고 있다. 그들은 부모가 되어 자녀를 기르고, 시장에서 물건을 사고, 마을 행사에 참여한다. 예전에는 상상할 수 없었던 일들이 점차 일상이 되어가고 있다.

그러나 여기서 멈춰서는 안 된다. 제도가 조금씩 나아지고 인식도 개선되고 있지만, 외국인 노동자에 대한 혐오와 차별은 완전히 사라지지 않았다. 그리고 중요한 사실은, 혐오는 언제나 가장 약한 고리를 먼저 겨냥한다는 점이다. 경제가 위축되고, 사회가 불안할수록, 그 불안은 가장 쉽게 배제할 수 있는 존재를 향한다. 외국인 노동자는 여전히 그 표적이 되기 쉽다.

실제로 경기가 나빠질 때마다 '일자리를 빼앗는다', '범죄율이 높다'는 식의 혐오 서사가 등장한다. 현실적 근거가 없음에도 불구하고, 이들은 다시금 두려움의 대상으로 규정된다. 이는 단지 과거의 반복이 아니다. 혐오와 차별은 구조적으로 재생산될 수 있는 잠재력을 내포하고 있으며, 조금만 균형이 무너지면 언제든 되살아날 수 있다.

박범신의 「나마스떼」는 바로 그런 가능성에 대한 문학적 경고다. 카밀의 비극은 단지 한 시대의 고통이 아니라, 우리가 앞으로도 되풀이할 수 있는 미래의 장면이 될 수 있다. 경제적으로 어려워질 때, 사회적 여유가 사라질 때, 우리는 다시 타자에게 손가락질을 시작할 수 있다. 그렇기에 이 소설은 여전히 유효하며, 지금 다시 읽어야 할 이유가 있다.

최소한의 문학

5부

경계 없는 시대, 새로운 서사

21세기 한국문학은 더 이상 하나의 중심을 좇지 않는다. 거대한 이념도, 하나의 계급도, 보편적인 진실도 없다. 대신 문학은 '정상'이라는 경계 바깥에 선 존재들, 혹은 '느린 감각'으로 세상을 바라보는 이들의 목소리에 귀 기울이기 시작했다. 감정의 결핍, 생물학적 경계, 가족의 해체, 초자연의 감지, 돌봄의 윤리, 젠더와 노동의 문제까지. 이 소설들은 낯설고 은밀한 방식으로 우리 삶의 바깥을 안으로 끌어들인다. 5부는 그 새로운 서사의 전환점이다.

한강의 「내 여자의 열매」는 점차 식물로 변해가는 여성의 몸을 통해 언어로 포착되지 않는 감각과 생존의 방식을 형상화한다. 도시와 남성 중심의 시간에서 벗어난 그녀는 말 없는 존재로서, 더 깊은 감각을 회복한다. 이 소설은 근대적 인간 개념이 놓치고 배제한 '타자의 감각'을 문학적으로 복원하고 있다.

구병모의 「위저드 베이커리」는 억압적 가족 안에서 침묵하던 소년이 마법 빵집을 통해 세계와 다시 연결되는 여정을 그린다. 판타지라는 외피는 현실의 폭력과 구조적 억압을 더 선명히 드러내며, 소년의 선택은 도피가 아닌 현실을 향한 귀환으로 귀결된다.

김애란의 「두근두근 내 인생」은 조로증을 앓는 아름이와 그의 청소년 부모를 통해, '정상'의 기준과 '가족'의 정의를 되묻는다. 병과 가난, 편견 속에서도 그들은 포기하지 않고 서로를 돌본다. 이 작품은 비정상의 삶에도 책임, 존엄, 사랑이 피어날 수 있음을 보여준다.

　정세랑의 「보건교사 안은영」은 젤리를 감지하고 정화하는 보건교사의 일상을 통해, 보이지 않는 감정과 고통을 돌보는 감수성의 가치를 이야기한다. 이 소설은 판타지와 코미디의 형식을 빌려, 돌봄의 윤리와 사회적 책임을 조용히 일깨우고 있다.

　손원평의 「아몬드」는 감정을 느끼지 못하는 소년 윤재가 타인과의 관계를 통해 감정을 '배워가는' 과정을 그린다. 감정은 타고나는가, 아니면 사회를 통해 형성되는가? 이 작품은 무감각이 일상이 된 시대에, 공감이 어떻게 다시 가능해지는지를 묻는 섬세한 탐구다.

　조남주의 「82년생 김지영」은 평범한 여성의 일생을 따라가며, 가정·직장·사회 속에서 반복되는 차별과 불평등을 드러낸다. 거창한 사건 없이도 여성이 어떤 구조 속에 살아왔는지를 촘촘히 기록하며, 목소리 없는 다수의 생애에 빛을 비춘다.

　5부의 소설들은 더 이상 '한 가지 이야기'만 말하지 않는다. 대신 말 바깥의 감각, 경계 바깥의 존재, 정상 바깥의 삶에 주목하며 문학의 외연을 넓혀간다. 이 소설들 속 인물들은 대부분 비영웅적이고 때로는 무력하다. 그러나 그 무력함 안에서, 우리는 지금까지 외면해온 감정, 존재, 가능성과 마주하게 된다.

탈언어적 존재로의
귀환

한강, 「내 여자의 열매」(1997)

주변에 존재하던 가치들

1990년대 후반에서 2000년대로 접어들며 한국문학은 뚜렷한 전환기를 맞는다. 1980년대까지 한국소설이 민주화 운동과 분단 현실이라는 강력한 이데올로기 속에서 '민중'과 '민족'이라는 중심적 가치를 전면에 내세웠다면, 이후의 문학은 그 중심에서 벗어나기 시작했다. 한국 사회가 경제적 성장과 민주화를 일정 부분 달성하고 분단 서사에 대한 긴장도 느슨해지면서, 문학은 이제 '역사의 대서사'를 외치는 대신, 다양한 감각과 삶의 층위로 시선을 돌린다.

이 시기의 작가들은 산업화와 국가주의 담론 속에서 배제되거나 억눌렸던 존재들, 즉 여성, 자연, 감정, 가족 내부의 균열 등에 주목했다.

최소한의 문학

이는 당대 문학을 이끌었던 하나의 흐름이 '주변의 복권'이었다는 것을 보여준다. 동시에 이러한 변화는 포스트모더니즘의 영향 아래 기존의 '보편'과 '진리'에 대한 의심, 근대 이성과 계몽주의 해체라는 흐름과도 연결된다. 절대적 가치 대신 상대적이고 미시적인 존재들을 조명하고, 중심에서 밀려난 인물들의 내면과 환경에 귀 기울이는 방식은 이후 한국문학의 중요한 경향이 되었다.

이를테면 조경란의 「불란서 안경원」(2003)은 여성의 감각과 정서를 섬세하게 묘사하고, 김애란의 「달려라, 아비」(2005)는 비정규직 청년과 가족 해체를 통해 한국 사회의 구조적 모순을 드러낸다. 권여선의 「사랑을 믿다」(2004)는 말과 감정의 불일치를 겪는 여성 인물을 통해 가족 내부의 긴장을 포착하고, 편혜영의 「재와 빨강」(2010)은 고립된 도시인의 신체 파괴와 정체성의 경계를 탐색한다. 이처럼 작고 연약한 존재들이 문학의 중심 무대에 등장한 것은 대상의 변화만이 아니라 문학적 시선의 윤리적 전환을 의미한다.

한강의 「내 여자의 열매」는 이러한 흐름 속에서 특별한 자리를 점한다. 도시라는 근대문명의 공간 속에서 점차 식물로 변해가는 한 여성의 신체를 통해, 신체화된 침묵과 저항, 그리고 타자의 복원을 그려낸다. 어느 날 아내의 몸에 생긴 정체불명의 멍은 점차 온몸으로 번지고, 마침내 그녀는 흙 위에 뿌리를 내리고 식물이 된다. 그 과정에서 그녀는 언어를 잃지만, 오히려 언어로는 담지 못했던 감각과 존재의 방식을 식물적으로 드러낸다.

작품은 의료와 언어의 체계가 파악하지 못하는 고통, 상징계로 환원되지 않는 몸의 실재, 도시와 남성 중심 질서에서 배제된 존재들의 감각과 생존을 서정적이면서도 강력하게 그려낸다. 한강은 이를 통해 근대적 인간 개념이 수용하지 못했던 타자의 존재와 감각을 문학적 형상으로 복원하고자 한다.

결혼한 지 4년이 흘렀다. 아이는 없었다. 도시 한복판, 상계동 아파트에서 우리는 함께 살았지만, 그녀는 점점 말이 줄었다.

"여긴 숨이 안 쉬어져. 콧물도 가래도 다 새까매……"

아내는 어느 날 그렇게 중얼거렸다.

바닷가 빈촌에서 자란 아내는 도시의 폐쇄된 공기와 닫힌 창, 칙칙한 회색빛 건물들 속에서 매일 조금씩 말라갔다. 나는 그 변화가 불편했지만, 애정이라 믿음으로써 애써 참아내고 있었다.

어느 날, 그녀의 몸에 이상한 멍이 생기기 시작했다. 옆구리, 허벅지, 팔뚝…… 손바닥만 한 멍이 푸르게 퍼졌다. 병원에 가보았지만, 의사는 고개를 저으며 이렇게 말할 뿐이었다.

"정상입니다. 위, 간, 자궁, 콩팥 모두 정상이에요."

그녀는 아무 말 없이 위액을 토했고, 음식은 넘기지 못했으며, 햇볕이 비치는 베란다에서 긴 시간 무릎을 꿇고 앉아 있었다.

출장을 가야 했다. 6박 7일. 망설였지만, 떠났다. 돌아왔을 때,

아내는 인간의 형체가 아니었다.

"……괜찮아?"

내 말에 그녀의 눈이 희미하게 웃었다. 잘 익은 포도알 같았다. 가슴에는 검붉은 꽃이 피어 있었고, 허벅지 아래로 잔뿌리가 무성히 뻗어나왔다.

나는 말없이 그녀를 안았다. 그 가을, 나는 아내를 화분에 옮겨 심었다. 매일 약수를 길어다가 뿌리에 부었고, 잎에 내려앉은 진딧물을 손으로 떼어냈다. 그녀는 더 이상 말하지 않았지만, 나는 그 침묵이 가슴을 울린다는 것을 알았다.

그녀는 어머니에게, 마음속으로 편지를 썼다.

"어머니, 이제 어머니께 편지를 쓸 수 없게 되었어요. 지난겨울 두고 가신 자주색 스웨터를 입었어요. 살냄새가 그대로 배어 있었죠. 햇빛이 그 살결 같아서, 베란다에 앉아 어머니를 불렀어요."

말하지 못하게 된 그녀는 세상을 감각으로 느꼈다. 윗집에서 데치는 시금치 냄새, 아랫집 국화 다발, 간선도로를 달리는 차들의 진동, 해가 뜰 때 플라타너스가 빛 쪽으로 기울어지는 움직임. 그녀의 몸도 천천히 그 방향으로 열렸다.

밤마다 그녀는 같은 꿈을 꾸었다. 자신의 키가 미루나무처럼 자라 베란다를 뚫고, 옥상을 지나, 하늘로 뻗어 오르는 꿈. 그 끝에서 희고 연한 꽃이 피어나고, 가지마다 맑은 물이 솟구치며 도시를 떠나는 꿈이었다.

"무서워요, 어머니. 내 사지를 떨구어야 해요. 이 화분은 너무 좁아요. 뿌리 끝이 아파요. 겨울이 오기 전에 나는 죽어요."

겨울이 왔다. 그녀의 잎은 떨어지고 가지는 말랐으며, 마침내 열매 하나가 남았다. 나는 그 열매를 조심스럽게 들어올렸다. 그녀는 이제 없지만, 여전히 나를 지켜보는 듯했다. 나는 열매를 다시 화분 속에 심으며 속으로 되뇌었다.

"봄이 오면…… 네가 다시 돌아날까."

식물로의 귀환, 인간 아닌 존재로의 선언

「내 여자의 열매」는 한 여성이 점차 식물로 변해가는 과정을 그리고 있다. 이 기이한 설정은 단순한 환상이나 은유가 아니다. 도시 문명과 근대 사회가 한 개인의 육체와 정신에 어떻게 작용하는지를 집요하게 추적하며, 그로부터의 저항을 문학적으로 형상화한 것이다. 특히 이 작품은 도시가 인간과 자연, 여성에게 가하는 억압을 구조적으로 묘사하고, 그에 대한 대안적 삶의 형식을 탐색한다는 점에서 중요한 의미를 지닌다.

소설 속 '아내'는 바닷가 빈촌에서 자란 여성이다. 그녀는 결혼 후 서울 상계동의 아파트에 정착하지만, 도시의 회색빛 공간 속에서 점차 숨이 막혀오는 것을 느낀다. "여긴 숨이 안 쉬어져"라는 표현은 단순한 고통의 호소가 아니라, 도시 환경이 인간의 감각과 생명성을 억압하는 방식을 상징적으로 보여준다. 햇빛은 콘크리트에 가려 있고, 빗

최소한의 문학

물은 더러운 물이 되며, 공기는 탁하고 무겁다. 그녀는 위액을 토하고 정체불명의 멍이 몸 전체로 번져, 마침내 말을 잃고 식물로 변한다.

이러한 변화는 도시라는 공간이 인간에게 주는 신체적·정신적 피로와 단절의 상징으로 볼 수 있다. 독일 사회학자 게오르크 지멜Georg Simmel은 《대도시와 정신적 삶 Die Grosstädte und das Geistesleben》에서, 도시의 과도한 자극이 인간의 신경계를 피로하게 만들고, 점차 타인에 대한 냉담한 태도를 강화한다고 지적한 바 있다. 도시가 개인을 방어적으로 만들고 서로에 대한 감각과 관심을 상실하게 만든다는 것이다. 소설 속 남편은 아내의 고통을 인식하지 못하고 출장을 떠나는데, 이는 타인에 대해 무감각해지는 사례라고 할 수 있다. 피로가 무감각으로 이어진 셈이다. 이에 반해 아내는 도시의 피로가 무감각으로 이어지지 않고 신체의 변형으로 이어지며 보다 극단적인 전개를 보여준다.

그러나 「내 여자의 열매」는 단순히 붕괴의 서사가 아니다. 아내는 식물이 됨으로써 오히려 이전보다 더 넓고 깊은 감각의 세계에 진입한다. 인간이 잃어버린 감각들(비 내리기 전의 대기, 도로를 달리는 차의 진동, 국화꽃의 기척)을 그녀는 식물의 몸으로 섬세하게 받아들인다. 말하지 않지만, 세상과 보다 넓은 방식으로 연결된다. 이것은 도시 문명이 만든 인간/비인간의 이분법을 전복하는 존재 방식의 전환이다.

이 지점에서 우리는 생태여성주의*자인 반다나 시바Vandana Shiva의 관점을 떠올릴 수 있다. 그녀는 산업화와 기술 문명이 여성과 자연을

• 생태여성주의: 생태주의와 여성주의가 합쳐진 사상으로, 1970년대 프랑수아즈 도본느(Francoise d' Eaubonne)에 의해 처음 사용된 용어다. 여성해방론과 생태학 그리고 자연해방론이 주류를 이룬다.

유사한 방식으로 억압해 왔다고 지적한다. 그녀에 따르면 여성과 자연은 근대화 과정에서 모두 '길들여져야 할 대상'으로 간주되었고, 생명력은 통제와 대상화의 언어 속에서 침묵하게 되었다. 「내 여자의 열매」에서 아내는 그 침묵을 넘어서, 자연과 다시 연결되고자 하는 본능적 열망을 몸으로 실현한다. 그것은 소멸이 아니라 회귀이며, 수동성이 아니라 새로운 자기 선언이다.

아내는 더 이상 인간도 아니고, 언어도 없지만, 그렇기에 오히려 더 넓은 존재의 방식으로 세상에 연결된다. 그녀의 식물화는 단순히 비극적인 퇴행이 아니라, 인간이라는 좁은 범주에서 벗어난 존재의 재정의이며, 도시적 폭력성에 대한 감각적 저항이다.

나무 인간과 실재의 침입

프랑스 철학자 자크 데리다Jacques Derrida는 우리가 일상적으로 믿어온 이분법들(인간과 자연, 문화와 야만, 주체와 객체)이 실은 결코 확고하지 않으며 언제든 뒤집힐 수 있다고 주장했다. 그의 탈구축 이론은 언어와 개념의 이면에 숨어 있는 긴장과 균열을 드러냄으로써, 우리가 '의심 없이 받아들이던 것들'을 다시 보게 만든다. 한강의 「내 여자의 열매」는 바로 그런 작품이다. 이 소설은 '인간은 식물과 다르다', '우리는 동물이다', '도시에서 사는 것이 인간답다'는 보편적 전제들을 조용히 해체한다.

아내는 도시의 아파트 안에서 점차 나무로 변해간다. 그녀의 몸에 나타난 알 수 없는 멍, 위액을 토해내는 고통, 말의 상실, 그리고 마침

최소한의 문학

내 뿌리와 꽃을 피워내는 변화는 단지 상상력의 산물이 아니다. 이것은 상징계의 질서가 더 이상 감당하지 못하는 실재의 침입이다. 자크 라캉에 따르면, 우리는 언어와 문화라는 상징계를 통해 세계를 이해하고 존재를 규정하지만, '실재계'는 항상 그 틈새를 파고들며 상징계의 균열을 드러낸다. 실재계는 언어화할 수 없고, 상상할 수조차 없는 순수한 존재의 영역이며, 우리가 도무지 담아낼 수 없는 낯선 충격으로 다가온다.

아내의 신체에 나타나는 변화는 그러한 실재의 징후다. 그것은 의료 언어로 설명되지 않으며, 사회적 질서 속에서 파악되지 않는다. 병원은 '정상'이라는 진단을 반복하지만, 그녀의 몸은 '정상'이라는 말이 결코 담을 수 없는 방식으로 무너지고 재구성된다. 아내가 말하는 대신 식물의 감각으로 세상을 느끼고, 뿌리를 내리고 햇빛을 받아들이는 순간, '인간은 도시 문명 안에서 살아가는 이성적 존재'라는 상징계의 명제는 무력화된다.

'나무 인간'이라는 존재는 상징계의 언어로는 규정할 수 없는 경계적 존재다. 그녀는 더 이상 동물도, 인간도 아니다. 동시에 도시의 주거 공간에 놓인 식물이라는 점에서 자연도, 야생도 아니다. 이 모호한 변신은, 우리가 믿어온 인간 정체성의 경계가 결코 고정되지 않았음을 시사한다. 데리다의 말처럼, 모든 경계는 해체될 수 있고, 모든 중심은 뒤집힐 수 있다. 아내의 식물화는 그 상징적 탈구축의 전형이다.

한강은 상상력을 통해 실재계를 문학적으로 구현한다. 그녀는 독자가 인간 중심적 상징계를 당연하게 받아들이는 사고방식을 뒤흔든다. 이 소설에서 가장 뚜렷하게 해체되는 질서는 바로 '도시적 삶이 인간다운 삶'이라는 믿음이다. 베란다에서 햇빛을 받아들이다가 몸에 꽃이 피는 여성, 인간의 말 대신 물과 바람의 감각으로 존재를 확인하는 존재, 그리고 그것을 '정상'이라는 언어로는 전혀 설명할 수 없는 현실. 이 모든 것은 우리가 위치하고 있는 상징적 현실을 낯설게 만드는 실재의 충격이다.

「내 여자의 열매」는 궁극적으로 문학을 통해 상징계의 질서에 틈을 내고, 실재의 조각을 밀어넣는 작업이다. 인간을 동물과 구별하는 언어적 구도라든가, 여성의 몸을 통제 가능한 대상물로 취급하는 상징적이고 문화적인 질서에 작가는 은밀하게 균열을 일으키고 있는 것이다.

감각의 회복과 생명성의 등장

말이 사라진 자리에 감각이 깨어난다. 아내는 식물이 되어가며 더 이상 언어로 세상을 설명하지 않지만, 그 대신 새로운 방식으로 세계를 감각하기 시작한다. 그녀는 햇빛과 바람의 결, 흙의 온도, 이웃의 기척, 문 여닫는 소리를 몸 전체로 느낀다. 눈앞의 대상을 보는 것이 아니라, 주변에서 일어나는 모든 변화의 미세한 진동을 감지하는 존재가 된다.

도시의 한복판, 아파트 베란다의 화분 안에서 그녀는 죽지 않고, 살아간다. 그 생존은 결코 과거로의 회귀가 아니라, 다른 방식으로 세계에 존재하는 길이다. 식물화된 그녀는 인간이라는 이름으로 통제되고 분류되던 과거의 삶을 벗어나, 감각과 생명성의 근원으로 회귀하며 존재의 확장된 형태로 다시 나타난다. 이것은 소멸이 아니라 재구성이다.

이 변화는 기존 인간중심주의의 생존 개념을 전복한다. 우리는 흔

최소한의 문학

히 언어, 사고, 능동성, 생산성 등을 생존의 핵심으로 여긴다. 그러나 「내 여자의 열매」에서 아내가 보여주는 생존은 말하지 않아도 감각할 수 있는 생명, 움직이지 않아도 연결될 수 있는 존재, 뿌리를 내리고 그 자리에 머무는 방식의 생존이다. 그것은 도시적 시간성(속도, 효율, 방향성)에서 완전히 벗어난 순환적이고 생태적인 시간성이다. 계절의 흐름에 따라 가지를 떨구고, 다시 잎을 틔우는 존재. 죽음은 끝이 아니라, 다음 생명의 예고편이다.

이러한 전환은 단지 개인적 삶의 변화가 아니라, 문명 전체에 대한 대안적 상상력을 제시한다. 도시 문명이 제시한 '인간다움'의 기준이 해체되는 자리에서, 식물적인 인간성이 새롭게 등장한다. 그것은 느리지만 깊은 감각을 지닌 존재, 말보다 더 정확하게 세상을 느끼는 몸, 그리고 억압당한 자연과 여성의 감각을 회복한 삶이다.

「내 여자의 열매」는 소멸이 아닌 전환의 이야기다. 아내는 죽는 대신 뿌리를 내리고 열매를 남긴다. 그녀는 말하지 않지만, 새벽 공기, 햇빛, 나무 냄새, 그리고 물의 결로 이야기한다. 남편은 그녀가 남긴 열매를 화분에 심으며 생각한다. '봄이 오면 네가 다시 돋아날까.' 그 물음은 소망이자 선언이다. 삶은 언제나 다른 방식으로 다시 시작될 수 있고, 말이 사라진 자리에 감각이 피어나며, 도시의 경계 안에서 자연은 다시 살아난다.

일그러진 가족,
구원의 빵집

구병모, 「위저드 베이커리」(2009)

현실을 마주하는 상상력

한국 현대 소설에서 결코 간과할 수 없는 장르는 청소년 소설이다. 21세기 들어 청소년 문학은 단순히 '청소년이 읽는 책'이라는 범주를 넘어, 동시대 한국 사회의 그늘과 균열을 정면으로 비추는 문학 장르로 부상했다. 특히 2000년대 이후, 청소년을 수동적 존재가 아닌 독립적 주체로 인식하는 시선이 확대되면서, 이들을 위한 문학은 더 이상 교육적 도구에 머무르지 않게 되었다. 《해리 포터》 시리즈를 비롯한 세계 청소년 문학의 성공은 국내 출판계에 새로운 자극을 주었고, 이에 호응하듯 한국 청소년 문학도 서사적 깊이와 장르 실험을 빠르게 확장해 나갔다. 청소년 문학은 더 이상 나이로 규정되는 범주가 아닌, 동시대 감정과 사회의 균열을 진지하게 탐색하는 문학적 장르로 자리 잡아가고 있다.

2000년대 중반 이후 한국 청소년 소설은 교훈적 경향을 벗어나, 청소년이 실제로 겪는 폭력, 외로움, 소외, 불안, 정체성 혼란, 가족 갈등 같은 현실을 정면으로 다루기 시작했다. 이는 청소년 현실을 외면하지 않으려는 작가들의 태도 변화와 맞물려 있다. 동시에 판타지, SF, 추리, 시간 여행 등 다양한 장르를 결합해, 단순한 재현을 넘어 현실을 사유하게 만드는 문학적 장치로 창작되어 왔다. 이러한 경향은 특히 2000년대 후반부터 본격화되며, 청소년 문학은 한국 현대 소설의 중요한 한 축으로 자리매김했다.

그 중심에 있는 구병모의 「위저드 베이커리」는 청소년 문학이 지닌 현실성과 판타지가 효과적으로 결합된 대표작이다. 이 소설은 말더듬이 소년이 가정 내 무관심과 폭력, 억압된 일상으로부터 도피해 마법 빵집 '위저드 베이커리'로 들어가는 과정을 그린다. 빵집은 단순한 은신처가 아니라, 상처 입은 이들이 모여드는 윤리적 실험장이며 '선택'과 '책임'이라는 질문이 반복되는 공간이다. 특히 소년을 억누르는 아버지와 새엄마 배 선생은, 위계적이고 폭력적인 가족 구조 속에서 청소년이 어떻게 침묵과 도피, 무력감을 내면화해 가는지를 선명히 드러낸다.

「위저드 베이커리」는 개인의 상처에 머무르지 않고, 가정과 사회가 어떻게 소외와 억압을 정당화하는지 비판적으로 조명한다. 작가는 현실의 질곡을 환상적 장치로 우회하지만, 오히려 더 날카롭게 현실을 투사해낸다. 판타지라는 외피를 입고 있지만, 이 소설이 던지는 윤리적 물음은 날카롭고도 현실적이다. 이 작품은 청소년 문학이 도달할 수 있는 문학적 깊이와 사회적 의식을 보여주는 대표적 성취로 평가할 수 있다.

아버지가 재혼한 뒤, 나는 '배 선생'이라 불리는 새엄마와 그녀의 딸 무희와 함께 살게 되었다. 그녀는 교사였고, 나는 언제나 그 틀 밖에 있는 이방인이었다. 아버지는 회사 일로 늘 집에 없었고, 집 안에서 나는 그저 '걸리적거리지 않는 것'이면 충분했다. 끼니는 늘 아파트 근처의 빵집에서 해결했고, 내 방은 숨는 곳이자 유일한 안전지대였다.

그러던 어느 날, 무희가 성폭행을 당했다는 끔찍한 사실을 알게 되었다. 무희는 처음엔 영어학원 강사를 지목했지만, 배 선생이 전치 4주 진단서를 들고 학원으로 달려가자 강사는 명예훼손으로 맞고소했다. 그날 저녁, 무희는 다시 심문당했다. 배 선생의 분노가 그녀가 휘두르는 옷걸이에 실려 쏟아졌고, 무희는 공포에 질린 채 고개를 돌려 나를 가리켰다. 내가 범인이라고 단정한 배 선생은 망설임 없이 112에 전화를 걸었다. 나는 더 이상 그 집에 머물 수 없었다. 무희는 주춤거리며 나를 바라봤고, 나는 고개를 살짝 끄덕이며, 원망이 아니라 이해의 눈빛을 보냈다.

나는 도망쳐 골목 끝, 매일 들르던 '위저드 베이커리' 앞에 섰다. 빵집 점장은 말없이 오븐 문을 열었고, 나는 그 따뜻한 어둠 속으로 들어갔다. 빵 냄새와 함께 밀려오는 안도감. 그 뒤로 나는 그곳에 얹혀 살며 빵집 홈페이지를 관리했고, 낮엔 점장과 파랑새 곁에서 다양한 손님들을 만났다. 친구를 질투해 악마의 쿠키를 먹인 아이, 사랑을 조작하려다 공포에 떠는 여자. 그곳은 마법이 있는 공간이었다. 점장은 "마법은 언제나 '선택'의 문제이며, 그 선택에는 반드시 대가가 따른다"고 일러주었다.

그러던 어느 날, 경찰이 들이닥쳤다. 이유는 내가 아니었다. 과거에 쿠키 사건으로 빵집을 찾아왔던 소녀가 인터넷 포털에 글을 올렸고, 거짓과 비난이 뒤섞인 고발로 빵집은 순식간에 표적이 되었다. 점장은 떠날 준비를 하며 나에게 조용히 말했다. "너도 돌아가야 해." 그는 내 모습을 본뜬 부두인형과 '타임 리와인더'를 내 손에 쥐여줬다. 나는 그 물건들을 품에 안고 집으로 향했다.

현관문을 열었을 때, 집이 비어 있는 줄 알았다. 그러나 어디선가 이상한 신음 소리가 들려왔고, 나는 안방으로 향했다. 그리고 거기서 아버지가 무희를 범하고 있는 장면을 목격했다. 나는 그 자리에서 멈춰섰다. 진범은 나도, 학원 강사도 아닌, 바로 아버지였다. 배 선생은 절규했고, 분노에 가득 차 화장대 위 물건들을 쓸어버리고 칼을 들었다. 아버지에게 달려가다 멈칫한 그녀는 다시 나를 돌아봤다.

나는 생각했다. 왜 또 나인가. 배 선생의 머릿속엔 이미 '부자가 함께 무희를 범했다'는 끔찍한 서사가 완성되어 있을지도 몰랐다. 그녀는 "다 네 놈 때문이야!"라고 절규했고, 나는 본능적으로 손을 뻗었다. 바닥에 떨어져 있던 타임 리와인더(점장이 준 마지막 마법)의 뚜껑을 돌리는 순간, 짧고 또렷한 딸깍 소리가 들렸다. 시간이 다시 감기기 시작했다. 모든 것이 뒤로, 어둠 속으로 밀려들었다.

침묵 속의 외침

「위저드 베이커리」의 주인공 '나'는 이야기의 전반에 걸쳐 거의 말을 하지 않는다. 단지 말더듬이라는 신체적 특징 때문만이 아니다. 아무도 그의 말을 들어주지 않는 환경, 말하는 것이 곧 위협이 되는 구조 속에서 성장해 왔기 때문이다. 침묵은 이 소설에서 단순한 수동적 상태가 아니라, 폭력의 공기 속에서 형성된 생존 전략이었다. 특히 소년이 말을 아끼고 표정을 감추는 방식은, 정서적 안정과 신뢰를 형성할 수 없었던 가정 환경과 직결되어 있다.

소년의 아버지는 사회적으로는 성공한 완구회사 과장이자 유능한 영업사원이다. 그러나 가정에서는 무관심과 회피로 일관한다. 아내의 자살에도 무덤덤하고, 아들이 사라져도 실종 신고조차 하지 않았으며, 재혼 후에도 계모의 학대와 차별을 알아채지 못한다. 더욱이 무희의 성폭행 사건 이후 배 선생이 아들을 범인으로 지목해 폭행하고, 경찰에 신고까지 했음에도 끝내 아무런 개입도 하지 않는다. 여기서 주목할 점은, 이 소설이 가족을 단지 하나의 개인적 불행의 배경으로 삼는 것이

최소한의 문학

아니라, 가부장제가 작동하는 방식(무관심, 침묵, 외면, 그리고 방임으로 이루어진 폭력의 구조)을 날카롭게 보여준다는 데 있다.

유아 심리학자 메리 에인즈워스Mary Ainsworth의 애착 이론에 따르면, 아이는 양육자와의 안정된 애착을 통해 세상에 대한 신뢰와 자기 존재에 대한 긍정적 인식을 형성한다. 그러나 주인공은 어릴 적 청량리역에 버려졌고, 어머니는 자살했다. 이후 만난 양육자는 정서적 관심보다는 통제와 단절의 방식으로 관계를 형성했다. 이러한 경험은 불안정 애착을 낳으며, 이는 이후의 관계 속에서도 자기표현의 억제, 감정 회피, 자기혐오 등으로 이어진다. 소년이 다른 사람과 신뢰 관계를 맺지 못하고, 비언어적 세계에 은신하려는 태도는 이러한 심리적 기반과 맞닿아 있다.

특히 '말하지 못함'은 무력함의 표식인 동시에, 가정이라는 사적 권력이 어떻게 청소년의 언어와 감정을 지워버리는지에 대한 상징적 표현이기도 하다. 가정은 본래 보호의 장소로 인식되지만, 이 작품에서 가정은 폭력과 억압, 오해와 무시가 제도처럼 굳어 있는 공간이다. 특히 교사인 계모는 아이의 감정을 이해하려 하지 않고, 오히려 학교에서 훈육하듯 집에서도 아이를 통제하고 재단하려 한다. 이는 사회적으로 '아이를 사랑하고 이해해야 할 위치'에 있는 어른들이 청소년에게 가장 큰 상처를 주는 존재가 될 수 있음을 드러낸다.

그 결과 소년은 세상으로부터 소외되었을 뿐만 아니라, 자신의 내면과도 단절된다. 감정은 발화되지 못하고 응고되며, 언어는 타자와의 관계를 맺지 못한 채 무력한 잔해로 남는다.

295

상처받은 자아의 은신처

「위저드 베이커리」에서 소년은 위협과 누명이 겹친 현실에서 탈출하듯 달려 나와, 빵집으로 달아난다. 그곳은 언제나처럼 따뜻한 빵 냄새가 풍겼고, 점장은 말없이 오븐 문을 열어 소년을 받아들인다. 겉보기엔 단순한 도피처럼 보이는 이 장면은 사실, 현실의 폭력으로부터 자기 자신을 지키기 위한 본능적이면서도 절박한 행위다. 누명을 벗어날 수 없고, 믿을 어른도 없는 세상에서 소년이 선택할 수 있는 유일한 공간은 현실 너머의 세계였다.

하지만 이 빵집은 단순한 은신처나 판타지의 배경이 아니다. 미셸 푸코의 개념을 빌리자면, 이곳은 현실 질서로부터 유보되거나 해방되는 일종의 '헤테로토피아_{heterotopia}*'다. 외부의 법칙이 작동하지 않는 이 장소에서, 소년은 감시나 폭력에서 벗어나 타인의 욕망을 목격하고, 스스로의 상처를 들여다보며, 내면을 가다듬는 시간을 갖게 된다. 실제로 그는 점장의 말보다 손님들의 모습을 통해 인간의 어두운 감정(질투, 사랑, 집착, 책임 회피)을 목격한다. 이러한 경험은 곧 소년의 자아 형성과 윤리 의식의 틀을 다듬는 성장의 과정으로 기능한다.

발달심리학자이자 아동정신분석학자인 에릭 에릭슨_{Erik Erikson}은 청소년기를 '정체성 형성의 위기' 시기로 규정했다. 이는 사회와 자아의 긴장 속에서 '나는 누구인가'를 끊임없이 묻는 시기이며, 그 혼란을 넘

---

* 헤테로토피아: 현실 세계에 존재하지만 일상적 공간과는 구별되는 '다른 장소'. 일상과 비일상, 질서와 혼돈이 공존하는 공간으로, 현대 사회의 다양한 사회적 · 심리적 현상을 이해하는 데 활용되는 표현이다.

어 자신의 자리를 찾아야 하는 시기다. 이 소설에서 소년은 바로 그러한 정체성 위기의 한복판에 놓여 있다. 말하지 못하는 아이, 믿지 못하는 아이, 보호받지 못한 아이. 그러나 빵집에서의 시간은 소년이 점차 자기 서사를 되찾고, 자신을 지키기 위한 선택과 판단을 학습하는 시기가 된다. 주어진 세계에 휩쓸리는 것이 아니라, 자신만의 기준으로 옳고 그름을 바라보게 되는 과정을 소년이 겪게 되는 것이다.

이러한 점에서 「위저드 베이커리」의 판타지적 요소는 단순한 비현실의 즐거움이나 탈출의 통로가 아니라, 현실을 비추는 비판적 거울로 작동한다. 악마의 쿠키, 부두인형, 타임 리와인더 같은 마법 도구들은 인간 내면의 이기심과 파괴적 욕망을 드러내며, 현실에서 억눌린 윤리적 질문들을 극화하여 독자에게 던지는 장치로 기능한다. 마법은 인간을 구원하는 해결책이 아니라, 오히려 인간이 어떤 선택을 하는가를 시험하는 거울이다. 이는 환상 문학이 가진 알레고리적 기능, 즉 현실을 더 날카롭게 들여다보기 위한 상징적 장치로서의 역할을 분명히 보여준다.

결국 이 작품의 성장은, 어떤 힘에 의해 주어지는 것이 아니다. 빵집이라는 다층적 공간 속에서 소년은 관찰하고, 분별하며, '마법 없이' 현실을 다시 마주하는 결정을 내린다. 마지막에 그는 점장이 준 타임 리와인더를 들고 다시 집으로 향한다. 현실은 여전히 잔인하고, 진범은 가까이에 있으며, 그를 둘러싼 환경은 바뀌지 않았다. 하지만 이번엔 도망치지 않는다. 마법이 아닌 스스로의 판단으로 선택한 그 순간, 소년은 더 이상 피해자이기만 한 존재가 아니다.

연대로 완성되는 성장의 서사

「위저드 베이커리」의 세계에서는 모든 선택에 대가가 따른다. 누군가에게 복수를 하려면 그만큼의 위험을 감수해야 하고, 마법을 통해 결과를 조작하려 해도 그 부작용은 돌이킬 수 없다. 쿠키를 건넨 여학생은 친구가 죽은 뒤에야 자신의 행위를 되돌아보며 깊은 죄책감에 시달리고, 부두인형을 사려던 여자는 그 마법이 되려 자신에게 되돌아올 수 있다는 사실 앞에서 두려움에 떨게 된다. 마법을 건네주는 점장조차도, 과거에 생명을 되살리는 마법을 썼다가 되돌릴 수 없는 비극을 겪은 인물이다. 이처럼 이 소설은 마법이라는 장치를 빌려, 모든 선택에는 반드시 윤리적 책임이 따른다는 사실을 날카롭게 드러낸다.

하지만 이 소설이 돋보이는 이유는, 그러한 윤리적 선택이 철저히 개인의 몫으로만 그려지지 않는다는 데 있다. 점장은 말없이 오븐 문을 열어주었고, 파랑새는 낮에도 밤에도 조용히 곁을 지켰다. 그들은 "이건 네가 감당해야 할 몫이야"라고 말하기보다는, "네가 감당할 수 있도록 곁에 있어줄게"라고 말하는 사람들이다. 소년이 현실을 선택할 수 있었던 건, 누군가의 지지와 온기가 있었기 때문이다. 그들의 존재는 의지하지 않으면 사라지는 환상이 아니라, 선택의 순간마다 무너지지 않도록 소년을 받쳐주는 정서적 기반이었다.

소년이 머물렀던 위저드 베이커리는 단순한 도피처가 아니다. 그것은 고통을 잠시 유예하고, 삶을 되돌아보며, 상처를 들여다볼 수 있는 공간이었다. 현실에서 상처 입고 떠밀리듯 찾아든 그곳에서, 소년은 타인의 욕망과 죄책감을 지켜보며 점차 자기 서사를 회복해 간다. 누구에게도 털어놓을 수 없었던 감정들이 서서히 언어가 되고, 침묵은 차츰 자기 판단으로 바뀐다. 그렇게 빵집은 새로운 질서가 작동하는 곳, 세상의 기준이 잠시 멈춘 채 자신만의 속도로 성장할 수 있는 특별한 장소가 된다.

이처럼 「위저드 베이커리」는 말한다. 진짜 성장은 마법 같은 변화에서 오지 않는다. 스스로 고통을 들여다보고, 자기 힘으로 걸어 나가겠다고 결심하는 데서 시작된다. 그러나 그 여정이 가능하려면, 함께 울어주고 조용히 곁에 서 있는 이들의 존재가 반드시 필요하다. 성장과 책임은 개인의 몫일 수 있지만, 그걸 가능하게 하는 건 결국 관계와 연대, 공감과 지지의 힘이다.

이 소설은 청소년에게 말한다.

"너는 상처 입었지만, 그 상처는 너의 잘못이 아니야. 그리고 너는 혼자가 아니야."

그 말은 어떤 마법보다 깊고 오래 남는다.

정상성 너머에
존재하는 가치

김애란, 「두근두근 내 인생」(2011)

비정상의 서사

우리는 오랫동안 '정상'이라는 기준을 통해 세상을 이해하고 타인을 판단해 왔다. '정상'은 겉보기에 중립적인 가치처럼 보이지만, 실은 매우 강력한 사회적 규범으로 기능한다. 그것은 특정한 삶의 방식, 몸, 감정, 관계만을 긍정하고 그 이외의 것들을 예외나 문제로 간주하는 방식이다. 이러한 정상성의 기준은 단지 개인의 삶을 안내하는 데 그치지 않고, 편견과 낙인, 차별과 배제를 정당화하는 수단으로도 작용할 수 있다.

예컨대, 다르게 말하고 늦게 걷는 아이는 '발달이 늦다'는 진단 아래 교실에서 따돌림을 당하고, 감정을 과하게 드러내는 사람은 '유난스럽다'는 평가를 받으며 억눌림을 당한다. 직업이 불안정하거나 정규 교

최소한의 문학

육과정을 이수하지 않은 사람도 낙인찍히기는 마찬가지다. 외모나 체형, 성별 정체성, 성적 지향 역시 모두 정상성의 눈으로 평가받으며, 그 경계를 넘는 존재는 때로는 조롱의 대상이 되고, 때로는 투명인간처럼 외면당한다.

이러한 다양한 기준 중에서도 특히 가족 구성 방식과 신체 상태에 대한 정상성의 잣대는 가장 오래되고, 가장 뿌리 깊은 편견과 폭력의 토대가 되어왔다. 결혼한 남녀가 아이를 낳고 안정적인 수입과 살림을 유지하는 '정상 가족'은 늘 이상적인 모델로 제시되어 왔고, 그 바깥의 삶, 이를테면 청소년 부모, 미혼 부모, 한부모 가정, 혹은 혈연이 아닌 공동체적 가족 형태는 일탈이자 위험으로 간주되었다. 마찬가지로 신체 역시 '건강하고 젊고 생산적인' 상태만이 이상적인 기준으로 간주되며, 선천적 장애나 희귀질환을 가진 존재는 동정의 대상으로 축소되거나 아예 삶의 가능성 밖으로 밀려나기도 한다.

이러한 맥락에서 김애란의 「두근두근 내 인생」은 의미 있는 문제 제기를 한다. 열일곱 살의 청소년이 부모가 되어 아이를 낳고, 그 아이가 조로증이라는 희귀병을 앓으며 살아간다는 이 소설은 정상성의 기준에서 멀어진 삶에 대한 깊은 이해와 성찰을 요구한다. 작가는 이 작품을 통해 '정상'이라는 이름으로 너무 쉽게 무시되거나 삭제되어 온 삶의 결들을 포착하고, 그 안에서도 피어나는 사랑과 책임, 희망과 존엄을 섬세하게 그려낸다. 이 글은 「두근두근 내 인생」이 보여주는 비정상의 서사를 통해, 우리가 얼마나 오랫동안 정상이라는 이름으로 타인의 삶을 규정해 왔는지를 돌아보며, 이제는 그 기준들을 다시 사유할 필요가 있다는 점을 이야기하고자 한다.

한적한 지방 소도시, 열일곱 살의 대수는 태권도 유망주였다. 그는 매일 체육관에서 땀을 흘리며 전국 대회를 꿈꿨다. 그러던 어느 날 대회에 출전한 그는 시합에서 편파 판정을 받았고 이에 격분한 그가 심판에게 주먹을 날리는 일이 벌어졌다. 대회는 물론 학교에서도 징계를 받았다. 선배들의 집단 폭행까지 겪으며, 대수는 태권도를 포기할 수밖에 없었다. 같은 시기, 미라 역시 상처를 안고 있었다. 아이돌을 꿈꾸던 그녀는 자신에게 호감을 보이던 남학생 어머니에게 모욕적인 말을 듣는다. "공부 잘하는 아이의 앞길을 막지 말라." 이 말 한마디는 미라의 자존감을 무너뜨렸다.

상처받은 두 청춘은 우연히 숲속에서 만난다. 위로가 필요한 두 사람은 빠르게 가까워지고, 곧 서로에게 의지하게 된다. 그렇게 둘 사이에 아이가 생겼다. 열일곱의 나이에 부모가 된다는 건 무모한 일이었지만, 그들은 도망치지 않고 뱃속 생명을 지키기로 결심한다. 주변의 시선과 경제적 어려움 속에서도 대수와 미라는 성실하게 살림을 꾸리고 아들 아름이를 키워나갔다.

그러나 아름이는 남들과 달랐다. 선천성 조로증. 태어날 때부터 그의 몸은 남들보다 빠르게 늙어갔다. 열여섯 살이 되었을 무렵, 그의 신체는 이미 여든을 넘긴 노인의 모습이었다. 고혈압, 당

최소한의 문학

뇨, 관절염, 심지어 시력 저하까지. 하루하루가 고통의 연속이었다. 하지만 아름이는 삶을 포기하지 않았다. 병을 받아들이고, 책을 읽고, 글을 쓰며 자신의 세계를 만들어 갔다. 죽음은 늘 곁에 있었지만 그는 삶의 의미를 되묻고, 진실하게 살아가고자 했다.

경제적 현실은 무거웠다. 대수는 온갖 직업을 전전했고, 미라는 아르바이트로 병원비를 마련했다. 그러던 어느 날, 방송 출연 제안이 들어왔다. 미라를 좋아했던 옛 친구가 PD가 되어 아름이 이야기를 세상에 전하고자 했던 것이다. 처음엔 가족 모두가 망설였지만, 아름이는 자신의 의지로 출연을 결심한다. 그 선택엔 부모를 위한 배려와 죽음 앞에서도 희망을 잃지 않겠다는 굳은 결심이 담겨 있었다.

방송은 큰 반향을 일으켰다. 사람들은 아름이의 용기에 감동했고, 후원이 이어졌다. 무엇보다 아름이에게 '서하'라는 동갑내기 소녀가 이메일을 보냈다. 희귀병을 앓고 있다는 그녀의 편지에 아름이는 설렘을 느꼈고, 삶에 대한 의욕이 더 커졌다. 그러나 그것은 가짜였다. 작가 지망생이 쓴 허구의 인물일 뿐이었다. 충격에 휘청이는 아름이. 그러나 그는 곧 회복했다. 무엇보다 자신을 지켜준 가족의 사랑 덕분이었다.

아름이는 결국 죽음을 맞이한다. 그러나 그가 남긴 것은 병든 몸이 아닌 빛나는 의지였다. 짧지만 찬란했던 생애. 아름이는 그렇게, 진심을 다해 세상과 이별했다.

정상 가족의 허구성과 가족의 다양성

열일곱의 대수와 미라는 예기치 않은 임신으로 아름이를 낳는다. 법적 혼인 관계도 아니고, 사회적으로 책임질 준비가 되어 있었다고 보기도 어렵다. 그러나 그들은 도망치지 않았다. 아이를 키우기 위해 일하고, 살림을 꾸리고, 때로는 부딪히며 서로를 지탱했다. 이들 가족은 '정상 가족'의 틀에 부합하지 않는다. 하지만 소설은 우리에게 되묻는다. 과연 무엇이 '정상'인가? 그리고 그 기준은 누구를 위한 것인가?

우리는 오랫동안 결혼한 이성 부부와 자녀로 구성된 가족을 '정상'이라 여겨왔다. 이러한 정상 가족의 이상은 교육, 복지, 법제도, 문화 전반에 반영되어, 그 외의 가족은 종종 결핍으로 간주되곤 했다. 그러나 현실의 가족 형태는 이미 그 경계를 넘어선 지 오래다. 한부모 가족, 비혼 가족, 다문화 가족, 공동체 기반의 가족까지, 가족의 형태는 다양해지고 있으며, 혈연이나 혼인 여부보다 서로 간의 돌봄과 책임, 정서적 유대가 가족의 본질이라는 인식이 확산되고 있다.

대수와 미라는 그 어떤 제도적 기반도 없이 아이를 키운다. 경제적으로 불안정하고, 부모로서의 준비도 충분하지 않았지만, 그들은 최소한 서로를 포기하지 않았다. 이들이 경험한 어려움은 단지 개인의 문제가 아니다. 한국 사회에서 청소년 부모가 감당해야 하는 낙인과 구조적 무관심은 여전히 크다. 청소년 부모에 대한 지원은 극히 제한적이며, '책임감 없는 이른 출산'이라는 프레임은 이들의 선택을 존중받지 못하게 만든다. 결국 이들은 가족이라는 울타리조차 '비정상'으로 취급받는 이중의 고통을 겪고 있다.

이런 '비정상'을 향한 왜곡된 시선에도 불구하고 이들 가족은 무너지지 않는다. 특히 조로증을 앓던 아름이는 오히려 씩씩하다. 이는 대수와 미라가 부모로서 충분히 기능적이었기에 가능했다. 심리학자 도널드 위니콧Donald Winnicott이 말한 '충분히 좋은 부모'의 기준은, 완벽함이 아니라 애착과 돌봄, 정서적 안정감을 아이에게 제공하는 데에 있다. 이 기준에 비춰볼 때, 대수와 미라는 충분히 좋은 부모였다. 사회가 인정하지 않은 가족의 형태 속에서도, 아름이는 자신을 사랑하고 지지하는 부모의 존재를 통해 자아를 형성하고, 죽음을 앞두면서도 삶의 의미를 스스로 발견해 나간다.

「두근두근 내 인생」은 정상 가족의 틀 바깥에서 살아가는 이들에게 가족의 새로운 정의를 건넨다. 가족은 반드시 혈연으로만, 혹은 법적으로만 구성되는 공동체가 아니며, 서로를 돌보고 지키고자 하는 의지만으로도 충분히 성립될 수 있음을.

질병을 바라보는 편견과 정상 신체의 폭력성

「두근두근 내 인생」의 아름이는 선천성 조로증을 앓고 있다. 열여섯 나이에 여든이 넘은 노인의 신체를 가진 채 살아가는 그의 삶은, 우리 사회가 질병을 어떻게 인식하고 다루는지를 고스란히 드러내는 거울이 된다. 작품 속 아름이는 책을 읽고 글을 쓰며, 병든 몸 안에서도 온전한 자아를 지켜나가지만, 아름이를 둘러싼 사회의 시선은 언제나 그를 '정상'의 반대편에 놓인 존재로 간주한다.

우리는 오랫동안 질병에 대해 선입견을 가지고 운명의 결과로 여겨왔다. 특히 선천적 희귀병처럼 치료의 가능성이 낮고 눈에 띄는 신체적 변화를 수반하는 질환은 강한 편견의 대상이 되어왔다. 질병을 앓는 사람은 단지 '아픈 사람'이 아니라 '정상적이지 못한 존재', 심지어는 '비극적 서사의 주인공'이 되어야 했다. 이와 같은 시선은 은밀하게 주변화의 폭력을 작동시키며, 아름이처럼 병과 함께 살아가는 이들의 존재 방식을 사회로부터 분리시킨다.

이러한 인식은 미디어 속 질병 재현에서도 두드러진다. 소설가이자 평론가인 수전 손택Susan Sontag은 《은유로서의 질병》에서 현대 사회에서 질병이 도덕적 상징이나 감정적 장치로 종종 소비된다고 비판한 바 있다. 특히 TV와 영화는 병든 사람을 이야기의 대상으로, 혹은 감동을 이끌어내는 수단으로 다루며 현실을 왜곡하곤 한다. 「두근두근 내 인생」에서도 아름이의 방송 출연은 이 문제를 정면으로 제기한다. 방송국은 아름이의 질병을 '감동적인 이야기'로 포장하고, 시청자의 눈물과 공감을 끌어내려 한다. 질병을 극복하고, 밝게 살아가는 모습만을 강조하면서 장애를 영웅시하는 이런 담론은 결국 질병을 가진 이들의 삶을 단순화하고 타자화하는 또 다른 폭력이다.

그렇다면 우리는 병든 몸을 어떻게 바라보아야 할까? 아름이는 병을 극복하지 않는다. 그는 치료와 죽음 사이에서 흔들리며, 때로는 절망하고, 때로는 삶의 기쁨에 웃는다. 중요한 것은 그가 병든 몸으로도 삶을 살아간다는 점, 그리고 자신의 방식대로 세상과 관계를 맺는다는 점이다. 이때 '정상' 신체만을 기준으로 인간을 평가하는 사회의 시선은 그 자체로 폭력이 될 수 있다. 아픈 몸도 살아 있는 몸이고, 느리게

최소한의 문학

혹은 다르게 기능하는 신체 역시 동등한 존엄을 지닌 존재임을 간과한 것이기 때문이다.

이 소설은 질병을 앓는 이들이 처한 의료 현실과 자기 결정권의 문제도 환기시킨다. 아름이는 조로증의 말기에 이르면서 스스로 방송에 나서고, 삶의 마지막까지 의미를 부여하고자 한다. 이는 단지 '용기 있는 선택'이 아니라, 죽음 앞에서도 자신의 삶을 주체적으로 살아내려는 시도다.

「두근두근 내 인생」은 우리에게 묻는다. 우리는 얼마나 쉽게 병든 몸을 '정상 밖의 존재'로 규정해 왔는가. 그리고 그 규정이 얼마나 많은 이들의 삶을 투명하게 만들고, 그들의 고통을 감정적으로만 소비해 왔는가를. 이제는 '정상성'이라는 단어 자체를 의심해야 한다. 아름이의 삶이 보여주는 것은 병든 몸의 위대함이 아니라, 그 자체로도 충분히 인간다운 삶의 가능성이다.

'죽음을 살아내는' 존재

아름이는 '죽어가는 아이'로 태어났다. 생물학적으로 노화가 비정상적으로 빠르게 진행되는 조로증은 그의 신체를 매일매일 늙게 했고, 동시에 남들보다 빠르게 삶의 끝자락을 인식하게 만들었다. 그러나 아름이는 병을 이겨내려 하지 않았다. 그는 오히려 그 병과 함께 죽음을 예감하며 살아간다. 그리고 바로 그 태도가 우리에게 깊은 울림을 남긴다. 그는 죽음을 두려워하거나 회피하지 않고, 매 순간을 자신의 것으로 살아내는 방식으로 존재한다.

철학자 마르틴 하이데거는 인간을 '죽음을 향한 존재Sein-zum-Tode'로 정의한다. 그는 인간이 진정으로 자신의 존재를 인식하는 순간은 바로 죽음을 직면할 때라고 보았다. 죽음이 먼 미래의 일이 아니라 언제든 닥쳐올 수 있는 현실이라는 것을 받아들이는 순간, 인간은 비로소 '진정한 삶'을 살아갈 수 있다는 것이다. 이 관점에서 볼 때 아름이는 단순히 병든 소년이 아니다. 그는 누구보다도 존재의 깊이를 응시하며 살아가는 실존적 주체다. 그는 죽음 앞에서 삶의 본질을 묻고, 자신의 방식으로 매일을 채운다.

또한 아름이는 '삶의 의미'를 타인이나 사회로부터 부여받지 않는다. 그는 주어진 조건 안에서 스스로의 선택을 통해 의미를 만들어낸다. 미디어의 시선을 거부하지 않되, 그것을 감동 서사로 소비되지 않도록 자신의 존재를 능동적으로 조율한다. 죽음이 다가오는 와중에도 책을 읽고 글을 쓰며, 새로운 사람과 연결되고자 한다. 삶의 끝에서조차 살아 있으려는 이 의지는 빅터 프랭클Viktor Frankl•이 말한 '의미에 대한 의지'라 할 수 있다.

이런 아름이의 존재 방식은, 그가 어린아이이기 때문에 더욱 강렬하다. 일반적으로 청소년은 보호받고 의존해야 할 존재로 간주된다. 그러나 아름이는 그 어떤 어른보다 자기 삶에 대해 더 성찰적이고 능동적이다. 그는 병든 몸과 제한된 시간 속에서 삶을 외면하지 않고, 오히려

• 빅터 프랭클: 20세기를 대표하는 오스트리아 빈 출신의 사상가이자 정신의학자다. 나치 강제 수용소에서 겪은 참혹한 고통을 건조하고 담담한 시선으로 서술한 책 《죽음의 수용소에서》가 잘 알려져 있다.

최소한의 문학

그것에 의미를 불어넣으며 살아간다. 그가 보여주는 '성숙함'은 나이와 조건을 초월하는 인간성의 근원에 관한 질문을 던진다.

아름이는 영웅이 아니며, 역경 극복의 주인공도 아니다. 그는 그저 있는 그대로의 삶을 감당하며, 거기서 자신만의 윤리를 만들어간다. 죽음을 피하지 않되 절망에 휘둘리지 않고, 살아 있음 자체를 존중하며 하루하루를 살아가는 존재. 그의 삶은 짧았지만, 그 짧은 시간 안에 담긴 삶의 밀도는 오히려 더 묵직한 질문으로 남는다. 어떻게 살아야 할 것인가. 무엇이 인간을 인간답게 하는가. 아름이는 그 질문에 삶으로 답한 인물이었다.

아름이 이후, 사회가 책임져야 할 것들

아름이의 존재는 개인의 의지나 감동으로 환원될 수 없는 구조적인 물음을 우리 앞에 남긴다. 그는 왜 그토록 병원비와 생계에 짓눌려야 했는가? 왜 그의 부모는 열일곱에 모든 책임을 감당해야 했는가? 왜 우리는 병든 몸을 본능적으로 불편해하고, 사회 밖으로 밀어내는가?

한국 사회는 여전히 '정상'이라는 틀을 벗어난 존재들을 충분히 포용하지 못하고 있다. 청소년 부모는 학교에서 배제되고, 희귀질환 환자들은 치료비조차 감당하기 어려운 현실에 내몰린다. 정책은 있고 제도는 존재하지만, 그것이 당사자의 삶에 실질적으로 닿는 경우는 드물다. 아이를 낳은 책임은 개인의 몫으로, 병든 몸은 가족의 짐으로 떠넘겨진다. 그렇게 사회는 '정상적 시민'이 아닐 경우, 존재 자체를 사적인 부담으로 환원시켜 버린다.

그러나 우리는 이제 그 무관심에서 벗어나야 한다. 다양한 가족 형태를 제도적으로 인정하고, 청소년 부모를 위한 실질적인 복지와 교육 지원을 마련해야 한다. 희귀병을 앓는 이들을 위한 치료비 지원, 정보 접근성 강화, 사회적 낙인을 줄이기 위한 공공 인식 개선도 시급한 과제다. 돌봄과 지원은 더 이상 혈연 관계 안에서만 이루어져야 할 일이 아니다. 공동체가 함께 책임지는 구조가 필요하다.

무엇보다 중요한 건, 존엄에 대한 감수성이다. 질병이 있든 없든, 가족이 있든 없든, 그 누구도 배제되지 않아야 한다는 생각. 각자의 삶을 존중하고, 그 삶을 둘러싼 조건들을 함께 나눠야 한다는 책임. 아름이의 짧은 삶은 그 가능성을 보여주었다. 단지 감동의 이야기로 아름이를 기억할 것이 아니라, 그 삶이 요구했던 질문에 응답함으로써, 비로소 아름이 이후의 사회를 만들어 가는 일이 시작될 것이다.

보이지 않는 것을
보는 힘

정세랑, 「보건교사 안은영」(2010)

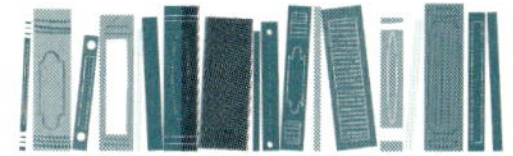

엄숙한 분위기를 벗어나다

한국소설은 오랫동안 '진지함'을 미덕으로 삼아왔다. 분단과 산업화, 민주화의 격류를 증언하는 임무는 소설을 무거운 기록물로 만들었고, 작가와 독자 모두 '엄숙해야 한다'는 암묵적인 규칙 안에 머물렀다. 그러나 2000년대 이후, 대중 서사와 서브컬처가 문학의 경계를 뒤흔들면서 새로운 흐름이 형성됐다. 웹 연재나 장르문학에서 길어 올린 유머와 상상력이 전통적인 문학의 틀을 유연하게 만들었고, 낯선 소재들이 전면으로 진입했다. 퇴마, 게임 세계, 유튜브, 인공지능 같은 비문학적 대상이 '저급'이라는 선입견을 벗고 인간의 고통과 연대를 비추는 새로운 렌즈가 되었다.

변화의 핵심은 '무게를 덜어낸 깊이'다. 과거의 서사는 독자에게 증언을 강제했다면, 오늘의 서사는 놀이 구조를 빌려 질문을 개방한다. 웃음은 비극을 감추는 얇은 베일이 아니라, 상처를 견디게 하는 완충 장치가 된다. 낯선 상상력은 현실 도피가 아니라 현실을 확장하는 통로가 되어 문학의 진입 장벽을 낮춘다.

문턱이 낮아지자 오래 숨죽였던 이야기가 쏟아졌다. 청소년 돌봄, 여성의 정서 노동, 장애·이주·퀴어 서사는 '현실 재현' 대신 '가능성 실험'의 방식으로 다뤄질 수 있었다. 또한 경쾌하다고 해서, 깊이를 포기하지 않았다. 오히려 과도한 관념의 외피를 걷어내자 숨겨진 균열이 더 선명해졌다.

'가벼움의 문학'은 독자를 향한 태도에서도 달라진다. 독자는 더 이상 권위적인 서사의 훈계를 받아 적는 수강생이 아니다. 이야기와 함께 웃고 두려워하며 능동적으로 해석을 갱신하는 공동 창작자다. SNS 밈과 팬픽 문화가 활발해진 배경에도 이런 변화가 깔려 있다. 텍스트는 굳게 닫힌 성城이 아니라 열려 있는 광장으로 재구성되고, 독자는 그 광장에서 서로의 상처와 문장을 교환한다.

정세랑의 「보건교사 안은영」은 이 전환의 지점에 서 있는 소설이다. 남들이 보지 못하는 '젤리'를 감지하는 보건 교사가 비비탄 총과 무지개 칼로 학생들을 지키는 서사는 판타지, 코믹, 학원물이라는 가벼운 외양 안에 돌봄 노동, 성장통, 권력의 그늘을 담아낸다. 학교라는 폐쇄적 공간과 장난감 같은 무기가 만나 한국소설이 오래 간직해 온 엄숙주의를 경쾌하게 흔든다. 이 작품은 말한다. 문학은 반드시 무거울 필요가 없으며, 무게를 덜어낼 때 오히려 더 멀리, 더 깊이 가닿을 수 있다고.

최소한의 문학

사립 M고에는 이곳저곳에서 젤리의 기척이 감돈다. 보건 교사 안은영은 그 젤리(인간의 감정·욕망·사건의 잔해가 응축된 덩어리)를 볼 수 있는 유일한 존재다. 그녀는 비비탄 총과 장난감 칼을 들고 젤리를 퇴치하는 일종의 퇴마사다. 그녀는 학교 지하실에 잠들어 있던 젤리가 갑자기 활동을 시작해 온 학교가 꿈결처럼 휘청이자, 한문 교사 홍인표의 푸른 기운을 칼끝에 얹어 폭주하는 욕망을 베어낸다. 그 후로 안은영과 홍인표, 두 사람은 비밀의 동업자가 된다.

어린 시절부터 은영의 세계엔 죽은 자와 산 자의 경계가 희미했다. 놀토•마다 잦는 낡은 아파트 놀이터에는 미끄럼틀에서 추락해 세상을 떠난 아이의 혼령이 저승으로 가지 못한 채 떠돌고 있었다. 다섯 살 때부터 친구였던 그 아이를 위로하며 은영은 타인의 고통을 감지하고 보듬는 감수성을 키워왔다.

젤리와 싸우다 고갈되는 힘을 충전하기 위해 은영은 한문 교사 홍인표와 함께 절·성당·명승지를 돌며 맑은 기를 쐰다. 그들

• 놀토: 토요일 격주 휴일제를 줄여 말하는 표현. 2005년부터 전국의 모든 학교 및 교육기관에서 정식으로 시작했으나, 2011년 6월 '주 5일 수업제'를 발표하면서, 토요 휴업제는 폐지되었다.

사이엔 말 없는 연대가 자란다.

하지만 같은 학교엔 위험한 '능력자'도 있다. 영어 원어민 교사 메켄지는 학생 황유정의 외로운 젤리를 채굴해 돈을 벌려 한다. 그는 '더러운 비듬쟁이'라 놀림받던 유정을 이용하고, 홍인표의 강력한 보호 기운까지 빼앗으려 하지만, 은영의 비비탄이 그의 탐욕을 꿰뚫는다. 은영은 유정을 떠올리며, "어떤 나이엔 사랑과 보호가 절실하다"는 사실을 가슴 아프게 읊조린다.

어느 날은 가로등 불빛 아래에서 크레인 사고로 죽은 옛 친구 김강선의 혼령이 은영을 부른다. 그는 은영에게 비비탄과 장난감 칼로 싸우는 법을 가르쳐 준 조력자였다.

"사람보다 크레인이 더 비싸서 낡은 걸 계속 써. 그러다 사고가 난 거야."

강선의 말은 잔혹한 현실을 드러내고, 은영은 강선에게 자신이 할 수 있는 최선의 위로한 후, 그를 바람 속에 보내준다.

새로 온 생물 교사 한아름은 길 잃은 오리 새끼를 발견해 주인을 찾아주었다. 하지만 어찌된 일인지 오리는 학교로 다시 돌아왔고, 아이들의 성화에 학교에서 기르기로 결정한다. 그러던 어느 날 고양이에게 오리가 상처를 입었는데 다행히 은영과 아름이 돌봐주어, 상처를 치유하게 된다. 그 후 오리는 새끼를 낳고, 또 새끼를 낳아 지금은 학교의 마스코트가 되었다.

한편 인표가 어머니의 성화에 못 이겨 보았던 맞선은 학교에 더 큰 재앙을 남긴다. 맞선 상대가 심어놓은 극락조화에서 악한 기운이 퍼져 학교 안에서 절도, 놀림, 성추행, 눈병 사건이 연달아 터진다. 은영과 인표가 그 꽃을 뽑아내자 그 안에서 커다란 용이 대기업 로고를 등에 달고 솟아난다. 은영의 무지개 칼과 인표의 보호 기운이 어우러져 용의 비늘을 찢고, 용은 젤리 조각으로 흩어진다. 학교는 겨우 평화를 되찾고, 치열한 싸움을 함께한 두 사람은 서로가 서로에게 가장 소중한 방패임을 깨닫는다. 젤리는 여전히 솟아오르겠지만, 보건실의 문이 열리는 한 안은영은 무지개 칼날에 새벽빛을 새기며 학생들을 지킬 것이다.

젤리, 억압된 감정의 형상들

「보건교사 안은영」은 현실과 판타지를 흥미롭게 결합한 경쾌하고 밝은 소설이다. 젤리, 비비탄, 장난감 칼, 무지개 같은 상상력의 장치들은 얼핏 동화처럼 보인다. 그러나 작품 안에 내재된 주제는 결코 가볍게만 느껴지지 않는다. 현대 사회는 외형적으로 고도로 성장해 있다. 우리나라는 경제적 성공과 민주화를 이루었고, 최소한의 복지는 누릴 수 있는 사회가 되었다. 그렇다고 해서 상처와 아픔이 사라진 것은 아니다. 그것들은 겉으로 드러나지 않더라도 억압되고 감춰진 채로 이곳저곳 잠복해 있다. 위로받지 못한 감정, 말하지 못한 욕망, 해소되지 못한 분노는 마치 젤리처럼 응고되어 공간을 떠돈다. 이 소설은 그런 감정들의 형상화다.

5부·경계 없는 시대, 새로운 서사

‘젤리’는 인간의 감정, 욕망, 사건의 잔해가 응축된 덩어리다. 하지만 이 응축된 정서는 단지 한 개인의 것이 아니다. 그것은 집단적이며 사회적이다. 심리학자 카를 구스타프 융Carl Gustav Jung은 모든 인간에게는 공유된 심층 심리, 곧 ‘집단 무의식’이 존재한다고 보았다. 융에 따르면 인간 내면에는 ‘그림자shadow’라 불리는 억압된 자아의 일면이 있고, 이것은 개인뿐 아니라 사회 전체의 억압과 부정성으로 확장되기도 한다. 소설 속 젤리는 이 개념을 직관적으로 시각화한 장치로, 감정과 욕망의 ‘찌꺼기’들이 자율적으로 형상화되어 떠도는 존재다.

이 젤리들이 출몰하는 대표적인 장소는 학교 지하실이다. 아무도 찾지 않는 그 어두운 공간에서 거대한 젤리가 등장해 교실을 휘젓는다. 이는 단순한 괴이 현상이 아니라, 오랜 시간 동안 억눌린 감정과 상처, 욕망이 집단적으로 축적된 결과다. 지하는 곧 무의식의 심층이며, 학교라는 공동체가 덮어온 상처의 응고점이다. 젤리가 폭주하는 순간은, 그 무의식이 틈을 타 드러나는 순간이며, 은영이 그것을 정리한다는 것은 이 사회가 외면해온 감정의 파편을 직시하고 다듬는 행위에 가깝다.

또 다른 공간은 놀이터다. 은영은 매주 낡은 아파트 단지의 놀이터에 들른다. 그곳엔 피투성이가 된 아이의 혼령이 있다. 다섯 살부터 은영과 함께 놀았던 아이, 그러나 그는 미끄럼틀에서 떨어져 이미 세상을 떠난 존재였다. 은영은 그의 죽음을 안 뒤에도 여전히 놀이터로 향해, 말없이 곁에 앉는다. 이 장소는 구조되지 못한 어린 생의 흔적이 고여 있는 곳이다. 무심코 던진 농담, 잊힌 사고, 처리되지 않은 기억은 놀이터라는 일상의 틈에서 부유하고 있다. 그 아이는 누군가의 기억이 아니라, 은영의 위로를 통해서만 존재를 인정받는다.

최소한의 문학

크레인 사고로 죽은 친구 김강선은 또 다른 방식의 젤리와 만나는 지점을 보여준다. 강선은 은영에게 장난감 칼과 비비탄을 쥐고 싸우는 법을 가르쳐준, 지금의 은영을 만든 인물이다. 가로등 불빛 아래 나타난 그의 혼령은 쓸쓸하게 말한다. "사람보다 크레인이 더 비싸서 낡은 걸 계속 써." 이 문장은 단순한 시스템 고장의 문제가 아니다. 한국 사회에 만연한 '생명보다 비용이 우선'인 구조를 비판적으로 드러낸다. 강선의 죽음은 결코 개인의 불운이 아니라 은폐된 사회 구조의 귀결이다. 그리고 그가 다시 나타나는 장면은 우리가 잊은 책임과 죄의식이 되돌아오는 장면이다. 은영은 그에게 다가가, 마지막까지 조심스럽게 배려하며 그를 떠나 보낸다.

「보건교사 안은영」은 상처받은 감정들이 현대 사회 곳곳에 살아 있고, 그것이 결코 무시되어선 안 된다는 사실을 말해준다. 학교와 놀이터, 도시의 빛과 그림자 속에서 억눌린 마음은 젤리처럼 부유한다. 은영이 그것을 정리하는 일을 하는 것은 그녀에게 특별한 능력이 있기 때문이 아니라, 누군가의 감정을 외면하지 않는 태도, 말없이 곁에 앉는 마음, 그리고 끝내 애도하고 책임지는 자세 때문이다.

보건 교사라는 자리와 돌봄의 윤리

「보건교사 안은영」에서 주인공이 '국어 교사'도 '수학 교사'도 아닌 '보건 교사'라는 점은 무척 의미심장하다. 보건 교사는 학교 내에서 가장 주변적인 존재로 여겨진다. 교과를 가르치지 않기에 성과로 평가되지

5부·경계 없는 시대, 새로운 서사

않고, '관리자'나 '주도자'보다는 '보조자'로 간주되곤 한다. 하지만 이 소설은 그 평범하고 비가시적인 위치에 있는 인물에게 '세상의 질서를 돌보는 힘'을 부여한다. 그것은 단순한 직책의 역전이 아니라, 우리가 무심히 지나쳐 온 돌봄의 가치를 재조명하는 선언에 가깝다.

안은영이 상대하는 '젤리'는 누군가의 상처, 분노, 슬픔, 외로움이 고여 응고된 덩어리다. 대부분은 그 존재조차 인식되지 못하고 공간을 떠돈다. 그러나 은영은 그것을 본다. 감정의 파편들을 감지하고 정리할 수 있는 사람은, 사실 무력한 주변인이 아니라 가장 예민하고 윤리적인 감각을 지닌 존재다. 그녀는 퇴마의 도구를 무지개 칼과 비비탄 총, 오리, 장난감 칼로 삼는다. 그것은 폭력의 상징이 아니라, 다정함과 유연함의 무기다. 젤리는 제거 대상이 아니라, 제자리를 찾아줘야 할 '부유하는 감정'이다. 정리란 곧 이해이고, 이해란 돌봄의 다른 이름이다.

한국 사회에서 '보건'과 '돌봄'은 전통적으로 여성에게 전가되어 온 역할이었다. 육아, 보육, 상담, 간호, 감정노동 등은 여성의 '천성'으로 치부되며 공적 책임에서 밀려나곤 했다. 그러나 산업화 이후 여성의 사회적 진출이 늘어남에 따라 이러한 사적 돌봄이 공적 문제로 이행하고 있다. 하지만 그에 상응하는 사회적 안전망은 여전히 부족한 실정이다. 이제 학교는 더 이상 교육만을 수행하는 공간이 아니며, 정서적 돌봄과 심리적 안정까지 책임져야 할 필요가 커지고 있다.

이런 맥락에서 은영이 '혼자' 싸우지 않는다는 것은 의미가 있다. 그녀의 곁에는 한문 교사 홍인표가 있다. 그는 '강한 남성 영웅'이 아니라, 부드럽고 조용히 기를 건네는 존재다. 인표는 국영수 교과처럼 결과 중심의 과목이 아니라, 고전과 해석을 중시하는 한문 교사다. 그의

최소한의 문학

직업 역시 경쟁에서 멀리 떨어진 언어의 영역에 있다. 은영과 인표는 서로를 보호하고 기운을 보태며, 비로소 연대를 이룬다. 이는 개인 영웅주의가 아닌, 공동체적 돌봄 윤리의 서사로 확장되는 지점이다.

돌봄은 흔히 감정노동, 여성성, 희생 등과 결부되며 그 의미가 평가절하된다. 하지만 「보건교사 안은영」은 이 '보이지 않는 노동'이야말로 사회의 가장 깊은 층위에서 질서를 유지하는 기반임을 강조한다. 젤리는 늘 다시 솟아오르지만, 그것을 정리하고 돌보는 일이 멈추지 않는 한, 세상은 어쩌면 조금씩 나아질 수 있다는 희망을 남긴다. 이 소설은 바로 그 희망을 보건 교사의 자리에서 보여준다.

특별하지 않은 사람들의 특별한 감각

「보건교사 안은영」이 독자에게 오래 남는 이유는 단순히 판타지적 설정이나 유쾌한 서사 때문만은 아니다. 이 작품은 전통적 영웅 서사와는 다른 결을 지닌 인물을 주인공으로 삼는다. 안은영은 세계를 구하는 초인도, 선천적인 영웅도 아니다. 그녀는 외모도 평범하고, 직업도 화려하지 않다. 교실도 아니고 교무실도 아닌, 학교의 가장 변두리 공간인 '보건실'에서 하루하루를 살아가는 인물이다. 하지만 이 평범함이야말로 오늘날 가장 필요한 '영웅성'이 된다.

안은영이 하는 일은 마법처럼 보이지만, 실은 매우 일상적이다. 타인의 고통에 민감하게 반응하고, 누군가의 혼란을 감지하며, 말없이 곁에 있어 주는 것. 그녀는 이기려 하지 않고, 없애려 하지 않는다. 젤리

5부·경계 없는 시대, 새로운 서사

를 '퇴치'하는 대신 '정리'한다는 표현은, 그가 파괴보다 이해와 수용을 중시하는 인물임을 보여준다. '정리'란 곧, 있는 것을 지우는 것이 아니라, 그것이 있어야 할 자리를 찾아주는 행위다. 그것은 싸움이 아니라, 삶의 감각이다.

이러한 영웅의 이미지 변주는 현대 사회의 변화를 반영한다. 사회적 갈등이 거대 담론보다는 일상 속 불균형과 감정의 층위에서 일어나고, 대립보다는 관계와 이해가 요구되는 시대, 우리는 더 이상 거대한 서사를 끌고 가는 인물이 아니라, 자신의 자리에서 묵묵히 타인을 감싸는 사람을 필요로 한다. 안은영은 그 조건에 가장 가깝게 다가간다.

그녀의 무기 역시 이 새로운 영웅성의 표상이다. 무지개 칼, 오리, 장난감 칼, 비비탄 총. 이들은 전통적인 '힘'의 상징과 거리가 멀다. 오히려 유치하고 가볍고, 장난스러워 보인다. 하지만 그 안에는 누구도 다치게 하지 않으면서 상처를 직면하는 방식이 담겨 있다. 강한 무기를 들지 않더라도, 세상의 병리와 마주할 수 있다는 가능성. 안은영은 이를 통해 평범함 속에 잠재된 힘을 증명한다.

이 소설은 영웅을 새롭게 상상한다. 대단한 능력이나 출신, 지위가 아닌, '보는 감각'과 '곁에 있는 자세'가 진짜 힘이라는 사실. 그것은 독자에게 질문을 던진다. 지금 당신은 어떤 방식으로 누군가의 젤리를 보고 있는가? 공동체는 안은영 같은 이들의 무수한 감각과 실천 위에 간신히 버티고 있다. 평범한 누군가의 다정한 손짓이, 사실은 세상을 바꾸는 진짜 무기일 수 있음을 이 작품은 일러준다.

최소한의 문학

무감각의 시대,
공감은 가능한가

손원평, 「아몬드」(2016)

느끼지 못하는 시대의 얼굴

2000년대 이후, 우리 사회에는 이전과는 결이 다른 범죄들이 점차 늘어났다. 생계를 위한 절박함도, 구체적인 원한도 아닌, 이해할 수 없는 분노와 혐오, 설명되지 않는 감정이 폭력의 동기가 되는 경우들. 가해자는 피해자를 전혀 모르는 이들이고, 범행의 이유는 '기분이 나빠서', '눈이 마주쳐서'라는 말로 끝나는 경우가 많다. 피해자는 말할 기회조차 없이 사건에 휘말리고, 주변에 있던 사람들은 두려움에 눈을 돌린다. 이처럼 동기 없는 폭력이 반복되면서 사람들은 어느 순간부터 경악보다 무력감을 먼저 떠올리게 되었고, 그것은 일상 속에서 감정이 점점 무뎌지고 있다는 하나의 징후처럼 느껴지기도 한다.

사람이 타인의 고통에 무감각해지는 일은 어느 시대에나 있었지만, 후기 산업화 이후의 사회에서는 그 무감각이 훨씬 빠르고 조용하게 퍼져간다. 뉴스에서, 거리에서, 삶의 주변 곳곳에서 일어나는 사건들은 점점 더 잔혹해지지만, 우리는 그 고통의 얼굴을 오래 응시하지 않는다. 멈춰서 생각하기보다, 스쳐 지나가듯 외면하는 일이 많아졌다. 누군가 쓰러져 있어도 쉽게 다가가지 못하고, 위험한 상황을 봐도 '괜히 엮이지 말자'는 생각이 먼저 든다. 고통은 그 자리에서 실재하고 있지만, 우리는 스스로를 지키기 위해 점점 더 감각을 접어두고 살아가는 듯하다.

「나마스테」에서도 언급했던 철학자 마사 누스바움은 공감을 인간 존재의 윤리적 기초로 보며, 그것이 사회를 구성하는 데 필수적인 감정이라고 말했다. 그러나 지금 우리는 그 공감을 실천하기보다 거리 두는 방식에 익숙해지고 있다. 타인의 슬픔은 곧 망각되고, 고통은 당사자의 몫으로 남겨진다. 감정 자체가 사라진 것은 아니지만, 그것에 반응하고 책임지려는 능력은 분명 약해지고 있다.

이처럼 감정의 흐름이 점점 더 억제되고 조절되는 사회에서, 태어날 때부터 감정을 느끼지 못한 한 소년의 이야기가 등장한다. 기쁨도 슬픔도, 심지어 공포조차 모른 채 살아가는 인물은 그 자체로 낯설지만, 동시에 그를 둘러싼 세계는 더 낯설다. 손원평의 「아몬드」는 감정의 결핍을 타고난 인물을 통해, 감정을 잃어가고 있는 시대의 얼굴을 조용히 비춘다. 감정을 느끼지 못하는 존재가 이상한 것이 아니라, 그런 존재를 둘러싸고 아무렇지 않게 돌아가는 사회 자체가 이미 감각을 잃고 있는 것은 아닐까? 이 소설은 그 질문을 우리에게 던진다.

최소한의 문학

　사람들은 내가 이상하다고 말했다. 나는 감정을 느끼지 못했다. 아니, 느끼지 못한다기보단 느껴야 할 때 느끼지 못하는 거였다. 의사가 붙여준 이름은 '알렉시티미아', 감정 표현 불능증. 기쁨도, 슬픔도, 심지어 공포조차도 나에게는 먼 나라의 언어처럼 낯설었다.

　엄마와 할멈은 그런 나를 위해 세상의 감정을 하나하나 설명해주었다. 책을 읽어주며 이럴 땐 슬퍼야 하고, 저럴 땐 웃어야 한다고 알려주었다. 우리는 그렇게 조용하고 단단한 세계 속에서 살고 있었다.

　하지만 세상은 가만히 있지 않았다. 어느 날, '묻지마 폭행'이라는 이름의 불행이 우리에게 들이닥쳤다. 거리 한복판, 수많은 사람들이 지켜보는 가운데, 엄마와 할멈은 피를 흘리며 쓰러졌다. 나는 그 순간조차 아무 감정 없이 서 있었다. 심장은 고요했고, 머리는 깨끗했다.

　할멈은 세상을 떠났고, 엄마는 식물인간이 되었으며, 나는 혼자가 되었다. 헌책방을 열고, 고등학교에 진학했다. 엄마의 친구 심 박사가 간간이 도와주었다. 나는 최대한 눈에 띄지 않게, 조용히 살아가기로 했다.

그러던 어느 날, 곤이라는 소년을 만났다. 그는 나와는 정반대였다. 거칠고, 폭력적이고, 감정이 넘쳤다. 그는 나를 때렸고, 괴롭혔다. 하지만 내가 아무 반응도 하지 않자, 그의 눈에 이상한 호기심이 떠올랐다. 그렇게 시작된 곤이와의 관계는 곤이 엄마의 장례식에서 새로운 전환을 맞이했다. 나는 곤이 아버지의 부탁으로, 죽어가는 곤이 엄마 앞에서 '아들' 역할을 대신했다.

곤이는 헌책방에 자주 찾아왔다. 그는 자신의 엄마에 대해 물었고, 나는 기억나는 대로 말해주었다. 그 대화들 사이사이에 곤이의 눈빛이 흔들렸다. 그는 상처투성이였고, 나는 그걸 느낄 수는 없었지만, 이해하려 애썼다.

그 무렵 도라라는 아이가 나타났다. 육상을 하는 그녀를 보면, 이유 없이 심장이 뛰고 관자놀이가 쿵쾅거렸다. 처음 느껴보는 감각이었다. 심 박사는 내 뇌의 편도체에 변화가 생겼을지도 모른다고 말했다.

곤이는 다시 어두운 곳으로 빠져들었다. 소년원 시절 알게 된 선배를 따라 범죄 조직에 들어간 것이다. 나는 망설임 없이 곤이를 찾아갔다. 공포를 몰랐기에 가능한 일이었다. 그곳에서 나는 목숨을 걸고 그를 데리고 나왔는데, 그 순간 내 안에 무언가가 움직였다.

마침내 감정이란 것이 나를 스치기 시작했다. 그리고 기적처럼, 오랜 시간 의식이 없던 엄마가 서서히 눈을 떴다. 나는 곤이

최소한의 문학

와 친구가 되었고, 사람들과의 관계 속에서 조금씩 온기를 배워 나갔다.

세상은 여전히 차갑지만 나는 알고 있다. 누군가는 내게 물었고, 나는 대답했다.

"멀면 외면하고, 가까우면 두려워한다. 하지만 나는 그렇게 살고 싶지 않았다."

감정은 타고나는가, 배우는가

손원평의 「아몬드」는 타고난 감정 표현 불능증을 지닌 소년 '윤재'의 내면을 좁고 단단한 시선으로 따라간다. 윤재는 기쁨도, 슬픔도, 심지어 공포도 느끼지 못한다. 정확히 말하면, 뇌의 편노체가 작아 생물학적으로 감정이 형성되지 않는 상태다. 그의 일상은 일정하고 조용하며, 폭력적인 자극에도 요동치지 않는다. 그러나 이야기의 핵심은 윤재가 그러한 상태에 머물러 있는 데 있지 않다. 「아몬드」는 감정을 '가지지 못한' 존재가, 그것을 '배워가는' 과정을 통해 '감정이란 무엇인가, 그리고 그것이 정말로 선천적인가'라는 질문을 던진다.

윤재는 가족의 부재를 겪고 지식으로나마 감정을 배워나가던 기회마저 상실한 채 홀로 살아가게 된다. 감정의 부재는 곧 관계의 단절로 이어진다. 그는 무표정한 얼굴로 책방을 지키고, 질문에 정해진 문장으로만 답하며 사람들과 최소한의 접촉만 유지한다. 그런데 이런 상태를 흔히 말하는 '비인간적'이라 단정할 수는 없다. 오히려 윤재는 감정을 모르기에 누구보다 조심스럽게 타인을 대한다. 감정을 해석하는 능력이 없다는 것은 곧 그만큼 타인을 해치지 않으려는 주의와 맥락에 대한 충분한 이해를 필요로 하는 삶이다.

전환점은 두 인물, 곤이와 도라를 통해 시작된다. 곤이는 윤재와는 반대로 감정에 휩싸여 사는 소년이다. 분노와 불안, 상실과 슬픔을 제어하지 못한 채 폭력적으로 자라온 곤이는 처음엔 윤재를 괴롭히지만, 윤재의 무반응 속에서 처음으로 멈칫한다. 이후 둘은 조심스럽게 서로에게 스며든다. 곤이는 윤재의 안정을, 윤재는 곤이의 격렬함을 통해 감정의 온도를 익혀간다. 한편 도라는 또 다른 세계의 감각을 가져온다. 운동으로 자기 몸을 밀어붙이며 살아가는 도라는, 윤재에게는 설명할 수 없는 설렘의 기원이다. 도라 앞에서 처음으로 윤재의 심장이 빨리 뛴다. 이 작은 반응은 단순한 로맨스의 장치가 아니다. 이는 윤재가 감정을 '느끼는 존재'가 되었다는 증거로 기능한다.

이러한 과정은 유태계 러시아 교육학자 레프 비고츠키Lev Vygotsky의 이론을 떠올리게 한다. 그는 인간의 모든 심리적 기능이 사회적 상호작용을 통해 발달한다고 보았다. 특히 언어와 감정 같은 고등 정신 기능은 타자와의 관계에서 '중재'되는 구조 속에서 성장한다고 강조한다. 윤재가 감정을 느끼기 시작하는 것도 곤이와 도라, 그리고 주변 어른들과의 접촉을 통해서다. 이는 곧 감정이 단순히 뇌의 기능에 의해서만 좌우되는 것이 아니라, 환경과 맥락, 관계라는 사회적 요인을 통해 학습되고 길러질 수 있음을 보여준다.

「아몬드」는 감정이란 단지 '있는 것'이 아니라, 관계 속에서 '형성

최소한의 문학

되어가는 것'임을 설득력 있게 제시한다. 윤재는 감정을 배우려 애쓴 적이 없지만, 타인과의 연결을 통해 자연스럽게 변화한다. 이는 감정이 능력이 아니라 태도이자 경험임을 보여주는 장면이다. 단절된 세계 속에서도 감정은 마치 언어처럼, 접촉을 통해 조금씩 익힐 수 있는 무엇이다. 결국 이 작품은 감정이라는 것이 타고나지 않아도, 충분히 '살면서 배울 수 있다'는 가능성을 열어둔다.

타자와의 관계, 인간다움의 조건

"너, 왜 날 구하러 왔냐?"

"네가 내 친구니까."

이 짧은 대사는 「아몬드」 전체를 관통하는 질문에 대한 윤재의 가장 단순하고 분명한 대답이다. 그는 감정을 느끼시 못하는 인물이다. 그러나 곤이가 위험에 빠졌을 때, 윤재는 스스로 목숨을 걸고 그를 찾아간다. 그 행동은 이성이나 이익으로 설명되지 않으며, 말로 표현하기 어려운 무언가에서 비롯된다. 감정을 알지 못하는 소년이 감정의 극한 상황 속에서 내린 선택. 그것은 윤리나 도덕의 문제가 아니라, 윤재가 경험한 관계의 결과다. 「아몬드」는 이 장면을 통해 '인간다움이란 무엇인가'라는 질문을 다시 묻는다.

곤이는 사회가 낳은 분노의 결정체다. 어린 시절 가족에게 버림받았고, 이후 소년원과 거리 생활을 오가며 스스로를 방어하는 방식으로 폭력을 선택해 왔다. 그는 누구도 믿지 않고, 감정을 드러내는 대신 공격적인 태도로 일관한다. 하지만 그런 곤이조차도 윤재와의 관계 속에서 조금씩 균열을 드러낸다. 윤재는 곤이의 폭력 앞에서도 감정을 드러내지 않고, 그저 곤이의 말에 귀를 기울인다. 처음엔 그 무반응이 곤이의 분노를 더 자극하지만, 시간이 흐를수록 윤재의 침묵은 오히려 곤이의 고통을 받아내는 그릇이 된다. 이는 말로 설득하거나 가르치는 방식이 아닌, 존재 자체로 감정에 응답하는 방식이다.

윤재는 도라와 곤이를 통해 감정을 배우고, 그들과의 관계 속에서 선택을 실행한다. 도라 앞에서 생긴 가벼운 떨림은 곤이 앞에서는 진심 어린 응답이 된다. 감정의 성장은 그렇게 구체적인 관계 속에서 축적되고 연결된다. 이 과정은 철학자 레비나스의 '타자의 윤리'를 떠올리게 한다(242쪽 참조). 레비나스는 타자의 얼굴 앞에 섰을 때 인간은 책임을 느끼며, 윤리는 타자의 요청에 응답하는 데서 출발한다고 했다. 윤재는 곤이의 얼굴 앞에서 아무 계산도 없이 응답한다. 감정이 아니라 관계가 먼저였고, 그 관계가 윤재를 감정 있는 존재로 만들었다.

이처럼 「아몬드」는 인간이란 결국 관계 속에서 구성된다는 사실을 다시 확인시킨다. 감정의 유무는 중요한 것이 아니다. 누군가를 위해 행동할 수 있는가, 타인의 고통에 어떻게 응답하는가가 인간다움의 기준이 된다. 공감 능력이 뛰어난 사람이지만 아무 행동도 하지 않는 것보다, 공감을 모르지만 누군가를 위해 위험 속으로 들어가는 것이 더 '인간적'일 수 있다. 곤이의 질문에 대한 윤재의 대답은 그래서 단순하지만 깊다. "네가 내 친구니까." 이는 어떤 감정보다 강한 관계의 언어이며, 인간 존재가 타인과 맺는 끈의 가장 명료한 표현이다.

최소한의 문학

감정의 회복과 오늘의 자리에서

「아몬드」는 감정을 느끼지 못하는 한 인물을 통해, 우리가 감정을 어떻게 잃어가고 있는지를 되묻는 소설이다. 그 질문은 단지 소년의 변화에 머물지 않는다. 이야기를 덮고 나면 독자는 자신의 자리에서 묻게 될 것이다. 나는 오늘 누구의 고통에 반응했는가, 내가 지나쳐온 장면 속에서 나는 어떤 표정을 짓고 있었는가.

작품 속 윤재는 끝내 감정을 완전히 이해하거나 섬세하게 표현하지 못한다. 그러나 그는 누구보다 진심으로 타인을 바라보며, 그 관계 속에서 자신의 삶을 움직여 나간다. 감정이란 결국 그렇게 관계 속에서 피어나는 움직임이며, 그것이 반드시 거창한 언어나 눈물이어야 할 필요는 없다. 작은 떨림, 짧은 응답, 머뭇거리는 발걸음조차 감정의 시작일 수 있다. 중요한 것은 그것을 감지할 수 있는 민감성, 그리고 그것에 응답할 수 있는 의지다.

현대 사회는 점점 더 개인화되고, 감정은 효율과 자기 관리의 틀 안에서 다뤄진다. 공감은 피로하게 느껴지고, 타인의 고통은 종종 부담으로 전환된다. 그러나 바로 그런 시대일수록, 감정의 회복은 더욱 중요하다. 우리가 말하는 '인간다움'이란 사실 아주 작은 감각에서 출발한다. 손을 내밀지 못해도 멈춰서는 것, 말하지 못해도 귀를 기울이는 것, 이해하지 못해도 곁에 남는 것. 「아몬드」는 그 감정의 출발점이 결코 멀리 있지 않다는 사실을 보여준다.

이야기의 끝에서 윤재는 변화했고, 그의 주변도 조금씩 움직인다. 그것은 대단한 기적이 아니다. 오히려 누구나 할 수 있는 변화, 누구나 닿을 수 있는 감정이다. 우리는 그 이야기를 통해, 다시 질문을 던져야 한다. 나는 지금, 누군가에게 어떤 감정으로 닿고 있는가. 그리고 그 감정은, 나를 어떤 존재로 만들고 있는가.

최소한의 문학

가장 평범한 이들의
고단한 삶

조남주, 「82년생 김지영」(2016)

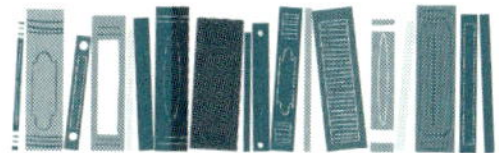

한국문학과 페미니즘 소설의 흐름

한국문학사에서 여성주의 문학은 꽤 오랜 전통을 지니고 있다. 현대문학 초기 나혜석이라든가, 강경애와 같은 작가가 있었는가 하면, 박완서, 최명희, 박경리와 같은 걸출한 작가들에 의해 강인한 모성성, 여성성 등이 그려지고는 했었다. 또한 1980년대 이후 산업화와 민주화의 긴장 속에서 등장한 여성 작가들은 가부장제에 균열을 내는 서사를 펼치며 '타자의 목소리'를 문단 한복판으로 끌어올리는 데에도 성공한 바가 있다. 가족 내부의 침묵·폭력, 직장과 도시 공간에서의 성별 권력 관계를 고발하는 서사가 늘어났고, 독자들은 이를 통해 타자의 시선을 넘어 자기 경험을 인식하게 되었다.

이러한 페미니즘 서사는 곧 생태와 소수자, 그리고 포스트모더니즘의 실험적 담론과 교차하며 장르의 외연을 확장했다. 자연과 여성의 몸을 함께 착취하는 구조를 드러낸 에코페미니즘, 정체성 경계의 불안과 해체를 전면에 내세운 퀴어 서사 등은 '여성 문학'이라는 장르를 기꺼이 넘어서는 주제가 되었다.

2000년대 이후 여성의 경제 활동과 사회 진출이 가속화되자, 문학은 소재의 스펙트럼을 한층 넓히고 세밀하게 구체화했다. 대기업의 유리천장, 육아 휴직과 경력 단절 같은 제도적 문제뿐 아니라, 일상 언어와 생활 습관 속에 스며든 미세한 차별의 결도 작품 속으로 끌어들였다. 회의 시간 호명 순서, 회식 자리의 배치, 은밀하게 이뤄지는 도착증적 시선과 언어처럼 거대 서사에 가려졌던 미시적 억압들이 서사의 중심 무대로 이동하면서, 무의식적 차별 구조가 지닌 파편적이고 구체적 얼굴이 소설화되었다.

이 흐름을 정점으로 끌어올린 작품이 조남주의 「82년생 김지영」이다. 출간과 동시에 베스트셀러가 되며 지지와 반발을 한 몸에 끌어안은 이 소설은 '평범한 한국 여성'이라는 이름 아래 집적된 차별의 스펙트럼을 압축적으로 배열했다. 주인공은 뚜렷한 내면 변화를 보여주지 않은 채 시스템의 벽 앞에서 파열음을 낼 뿐이지만, 바로 그 모습이 독자에게 거울처럼 반사되어 '그건 내 이야기야'라는 집단적 체험을 불러냈다.

물론 일부 평단은 작품이 여성의 삶을 표준화해 개별 경험의 고유성을 지우고, 거대 서사의 논리로 섣부르게 환원한다고 비판했지만, 그럼에도 소설이 100만 부 이상 판매되고 영화로까지 확장된 사실은, 부정적 평가마저 그 영향력의 한 부분이었음을 역설적으로 증명한다. 작

최소한의 문학

품은 논쟁과 모순을 안은 채 독자들을 토론의 장으로 끌어내고, 성별·세대 간 의제의 경계를 선명히 드러내며 오늘의 페미니즘 문학에서 빠질 수 없는 좌표로 남았다.

겨울비가 흩뿌리던 어느 날, 정신과 진료실에 앉은 한 여성. 그는 때때로 다른 사람(죽은 할머니, 대학 선배, 심지어 남편의 직장 상사)으로 빙의되어 말한다. 그럴 때마다 남편 정대현은 공포와 죄책감 사이에서 흔들린다.

1982년, 이 땅에 김지영이라는 이름으로 한 여자가 태어났다. 평범해 보였던 그녀의 삶은, 사실 태어나면서부터 사회가 드리운 그림자 속에서 시작되었다. 아들이 귀하게 여겨지던 시절, 지영은 환영받기보다 어머니의 눈물을 먼저 마주해야 했다.

어린 시절부터 지영은 알게 모르게 차별을 경험했다. 아침 식사 자리에서 아빠와 할머니가 먼저 밥을 받는 것을 보며 가부장적인 문화에 익숙해졌고, 초등학교에서는 남학생이 선을 넘는 장난을 쳐놓고도 '좋아해서 그랬다'는 어처구니없는 변명으로 넘기려는 상황을 마주해야 했다. 급식 배식 순서도 남학생 우선이었고, 항의를 해야만 불합리가 겨우 고쳐지곤 했다. 중학교 시절에는 여학생에게만 엄격한 복장 규제가 적용되었고, 학교 안팎에서 벌어지는 성범죄의 책임은 언제나 피해자인 여성의 몫으로 돌아왔다. 대중교통을 이용하다 불쾌한 일을 겪었고, 고등학교 시절에는 스토킹에 시달리며 남성 공포증까지 얻었다. 더군다나 아버지로부터는 '피하지 못한 잘못'이라는 2차 가해를 받기도 했다.

대학에 진학하고 취업을 준비하면서도 여성이라는 이유로 번번이 고배를 마셨다. 어렵게 입사한 홍보대행사에서는 남성 동기들과의 차별이 노골적이었다. 여성 직원들은 커피를 타거나 더 어려운 일을 맡아야 했고, '얼마 못 가 퇴사할 것'이라는 이유로 새로운 팀에서 배제되거나 입사 때부터 남성 동기보다 낮은 연봉을 받았다. 직장 내 화장실에 몰래카메라가 설치되는 충격적인 사건까지 겪으며, 동기는 정신과 치료를 받기까지 했다.

결혼 후, 아이를 낳으면서 김지영은 회사를 그만두게 된다. 누군가는 아이를 돌봐야 했는데, 남편과 자신 중 남편의 수입이 더 많았기 때문이다. 모든 일상이 육아와 가사에 집중되면서 그녀는 사회로부터 고립되고 있다는 소외감을 느끼기 시작했다. 어느 날, 카페에서 아이와 함께 1,500원짜리 커피를 마시던 중 '맘충'이라는 모욕적인 말을 듣고 큰 충격에 빠진다.

최소한의 문학

이후, 김지영은 점차 이상 증세를 보이기 시작한다. 마치 친정 엄마나 죽은 동아리 선배에 빙의된 것처럼 행동하는 일이 잦아졌다. 특히 추석 시댁에서 식사 후 설거지를 하던 중 친정엄마로 빙의되어 시어머니에게 "아이고 사부인, 사실 우리 지영이 명절마다 몸살이에요"라고 말하며 시댁을 발칵 뒤집어 놓기도 했다. 남편은 아내의 이상 증세에 홀로 정신과를 찾아 상담을 받는다.

결국 김지영은 정신과 상담을 통해 자신의 병이 단순히 개인적인 문제가 아닌, 사회 속에서 겪었던 수많은 여성 차별과 그로 인한 스트레스가 누적되어 발현된 것임을 깨닫게 된다.

몸에 새겨진 질서 : 아비투스와 상징폭력

「82년생 김지영」이 보여주는 일상의 장면들은, 단순한 우연이나 개별적 불운이 아니다. 눈에 보이지 않지만 끊임없이 반복되고, 어느새 몸에 밴 어떤 감각들—그것은 프랑스 사회학자 피에르 부르디외가 말한 '아비투스'와 '상징폭력 symbolic violence*'의 개념으로 읽어볼 수 있다. 물리적인 강제 없이도 모두가 순응하게 되는 사회의 질서, 그리고 그 질서가 너무 익숙해져 낯설게 느껴지지 않는 상태. 「82년생 김지영」은 바로 그 익숙

• 상징폭력 : 물리적 폭력 없이도 권력 관계가 유지되고 지배가 재생산되는 방식을 가리킨다. 아비투스, 즉 개인이 속한 사회적·문화적 환경에 의해 형성된 무의식적 성향으로 인해 가해지는 폭력이다.

5부·경계 없는 시대, 새로운 서사

함의 폭력을 드러내 보인다.

가령 가정이라는 공간. 지영은 어려서부터 할머니와 아버지, 남동생에게 밥상이 먼저 차려지는 모습을 당연하게 받아들였다. "딸은 언젠가 남의 식구가 되니, 아들에게 더 해줘야 한다"는 말을 들으며 자랐고, 별다른 반문 없이 익숙해졌다. 그렇게 여성은 자연스럽게 '나중에 먹는 사람', '먼저 챙기면 안 되는 사람'이 된다. 부르디외가 말한 아비투스는 이처럼 일상적인 행동과 말, 분위기 속에서 형성되고, 상징폭력은 '예의'나 '관습'이라는 이름으로 그 위에 덧칠된다.

학교에서도 마찬가지다. 여학생들의 치마 길이를 재며 복장을 단속하던 선생님의 시선, 남학생의 장난을 '좋아해서 그런 거'라며 웃어넘기던 교사의 말. 누구도 이를 폭력이라 말하지 않았지만, 그 순간부터 '여성은 항상 조심해야 한다'는 감각이 내면 깊이 새겨진다. 이처럼 '정상'이나 '질서'처럼 보이는 말과 행동들이 성차별을 몸에 각인시키는 장치로 작동하게 된다.

직장에서는 더 정교한 방식으로 이 감각이 재생된다. 회의 시간마다 여성 직원이 커피를 준비하고, 팀 발표 시간에는 남성 직원에게 질문이 먼저 향한다. 아무도 문제라고 지적하지 않지만, 여성 직원은 본능처럼 커피포트를 확인하고, 자신을 조연처럼 위치시킨다. 상징폭력은 바로 그렇게 작동한다. 그것이 폭력인지조차 인식하지 못하는 상황에서 여성들은 그렇게 스스로를 검열하고, 자신을 작게 만든다.

더 깊은 문제는 이것이 세습된다는 점이다. 만약 지영이 명절 음식을 준비하며 자기 엄마와 할머니에게서 듣던 말, "여자들은 원래 이렇게 바빠"를 딸아이의 손을 잡고 무심코 던지는 순간, 아비투스는 세대

최소한의 문학

를 건너 다시 자리를 잡는다. 교육이나 논리적 설명이 아니라, 반복된 행동과 말투, 침묵을 통해 전수되는 이 감각은 더 견고하게 개인을 지배한다.

지영이 겪는 빙의 현상은, 바로 그 오랜 침묵의 파열음이다. 한 사람의 언어로는 도저히 말할 수 없었던 것들이, 죽은 할머니나 대학 선배의 목소리를 빌려 튀어나온다. 침묵 속에서 몸에 새겨졌던 감정들이 사회적 트라우마가 되어 튀어나오는 장면은, 단순한 정신병이라기보다는 집단적 억압이 개인의 몸을 통해 말하기 시작한 순간으로 볼 수 있다.

「82년생 김지영」이 강한 울림을 주는 이유는 어떤 거창한 메시지나 결말 때문이 아니다. 오히려 밥상, 커피, 교복 치마, 명절 음식처럼 작고 반복적인 장면들을 통해 우리가 '별일 아니라고 여겨온 것들'이 어떻게 폭력의 구조로 이어지는지를 보여주기 때문이다.

보이지 않는 노동과 여성의 퇴장

「82년생 김지영」에서 가장 뚜렷하게 드러나는 현실 중 하나는 출산과 양육, 그리고 그로 인한 경력 단절의 문제다. 많은 여성이 결혼과 출산을 기점으로 직장을 떠난다. 지영 또한 마찬가지였다. 처음에는 아이가 너무 어려서, 다음에는 남편의 수입이 더 많아서, 또 친정과 시댁 모두 손을 놓았기 때문에 지영은 자연스럽게 '그만두는 쪽'이 되었다. 하지만 이 '자연스러움'은 오랜 시간 반복되어 온 사회적 아비투스의 산물이다.

출산과 육아의 책임이 거의 전적으로 여성에게 부과되는 현실은, 단순한 가족 내 역할 분담의 문제가 아니다. 이는 오랜 시간 사회 전체가 여성의 몸과 시간을 '양육을 위한 자원'으로 간주하고, 그것이 너무나 당연하다는 식의 문화를 누적시켜 온 결과다. 부르디외의 개념에 따르면, 이런 무의식적이고 체화된 감각은 '누가 돌보아야 하는가'라는 질문 자체를 무력화시킨다. 여성은 '원래 돌보는 존재'가 되고, 이는 퇴직의 이유로, 육아의 조건으로 기능한다.

더욱 근본적인 문제는 이처럼 여성에게 전가된 재생산 노동이 사회에서 '일'로 인식되지 않는다는 점이다. 페미니즘 경제학은 이 무급 노동의 가치를 꾸준히 제기해 왔다. 식사 준비, 아이 돌보기, 청소, 감정 노동 등은 가정이라는 공간에서 보이지 않게 이뤄지지만, 실제로는 남편의 안정적인 노동과 사회의 생산 활동을 가능하게 만드는 기반이 된다. 마르크스주의 관점에서 보자면 이는 자본주의 시스템이 비용을 외주화하는 방식 중 하나다. 여성의 시간과 에너지는 임금이 아닌 '사랑'과 '희생'이라는 말로 대체되며, 자본은 돌봄의 비용을 지불하지 않고도 지속 가능성을 확보한다.

지영의 삶에서도 이 구조는 분명하게 드러난다. 보이지 않는 시간 동안 그녀가 감당해 온 수많은 돌봄 노동은 이력서에 남지 않는다. 반면 사회는 그녀가 없는 사이 남자들에게 더 많은 기회를 주고, 승진의 계단을 오를 수 있게 한다. 이는 지영의 문제가 아니라, 수많은 '김지영'들의 반복된 현실이다.

결국 이 작품은 묻는다. 왜 여성의 퇴사와 육아는 당연시되며, 돌봄이라는 노동은 '일'로 인정받지 못하는가. 출산과 육아를 여성의 몫으로 고정하는 아비투스적 감각과, 재생산 노동을 체계적으로 은폐하는 자본주의의 구조가 겹쳐질 때, 여성은 단지 일을 그만두는 것이 아니라 사회로부터 소외되는 것이다.

「82년생 김지영」은 바로 그 소외의 감각을, 너무나 평범하고 익숙한 일상의 언어로 보여준다. 그리고 그 평범함 속에 숨겨진 구조적 불평등을 드러내며, 다시 묻는다. 누가 이 사회를 떠받치고 있는가. 그리고 왜 그들 중 누군가의 이름은 남지 않는가.

말할 수 없던 것들의 귀환

「82년생 김지영」에서 가장 강렬하게 남는 장면은 단연코 지영의 '빙의' 현상이다. 때로는 죽은 외할머니의 말투로, 때로는 대학 시절 동아리 선배의 어조로 말하며, 지영은 더 이상 자신이 아닌 누군가로 존재한다. 이는 단순한 정신질환의 발현이라기보다, 오랜 억압과 침묵이 축적되어 사회적 트라우마로 분출된 결과로 읽을 수 있다.

지영은 평범한 가정에서 자라, 평범한 학교를 다니고, 평범한 회사를 다녔다. 그녀의 삶을 지배했던 건 물리적 폭력이 아니라, '원래 그런 것'으로 포장된 침묵과 순응, 끊임없는 자기절제였다. 상처는 컸지만 분명하게 의식되지 않았고, 항의는 언제나 '예민함'이나 '피해의식'으로 뒤바뀌곤 했다. 이처럼 표현되지 못한 감정은 내부로 침잠하고, 마침내 타인의 목소리를 빌려야만 말할 수 있는 상태에 이른다.

정신과 상담실에서 남편은 말한다. "제 아내는 가끔 다른 사람이 돼요." 의사는 그것이 하나의 병명이 아니라, 오랜 시간 내면화된 차별이 만들어낸 심리적 파열이라고 설명한다. 말할 수 없었던 여성들의 말들, 표현하지 못했던 감정들, 반복된 침묵의 무게가 '빙의'라는 방식으로 비로소 모습을 드러낸 것이다. 이는 지영 한 사람의 병리가 아니라, 이 시대 여성 전체가 공유하는 집단적 상처이자 트라우마다. 더욱 비극적인 점은 이 문제가 단절되지 않고 다음 세대로 이어질 가능성이다.

그런 점에서 이 소설의 마지막 질문—"우리 딸은 다를 수 있을까?"—는 단지 희망이나 소망이 아니라, 사회 전체에 던지는 윤리적 과제다. 그러나 현실은 여전히 암울하다. 최근 몇 년 사이, 20대 남성들 사이에서 드러난 강한 여성 혐오 정서는 이 문제의 복잡함을 보여준다. 과거에 비해 혜택이 줄어들었다는 상대적 박탈감, 경쟁 심화와 고용 불안, '공정'에 대한 왜곡된 감각은 혐오를 새로운 정치적 언어로 삼게 만들었다. 문제는 이들의 감정이 단지 감정에 그치지 않고, 실제 혐오 콘텐츠 소비, 나아가 극우 정치 세력과의 연대 가능성까지 띠고 있다는 점이다.

이처럼 사회적 트라우마가 해소되지 않고 또 다른 갈등과 혐오마저 나타날 때, 그것은 새로운 피해를 낳고 다음 세대의 공존을 어렵게 만든다.

「82년생 김지영」은 여성의 이야기만이 아니다. 감정의 위계, 기회 불평등, 공정에 대한 오해로 뒤엉킨 우리 모두의 사회 감각을 재조정해야 한다는 요청이다. '빙의'는 말할 수 없는 시대의 증상이자, 동시에 말해야만 했던 사람들의 절박한 방식이었다. 이제는 말할 수 있게 만드

최소한의 문학

는 사회, 서로를 이해할 수 있는 언어를 다시 배우는 사회를 만들어야
한다. 그래야 비로소, "우리 아이들은 다를 수 있을까?"라는 질문에 '그
렇다'고 답할 수 있을 것이다.

교과 연계표

작품명	연도	2015교육과정	2022개정	수능 및 학력평가 시기
무정	1917	미래엔(문학)		2022(예시), 2026 수능특강
고향	1926	창비(문학), 동아(문학), 비상(국어)	동아(문학), 해냄(문학), 창비(국어)	
소설가 구보 씨의 일일	1934	지학사(문학), 미래앤(문학), 금성(문학)	동아(문학), 미래(문학)	2008(6월), 2021(10월)
날개	1936	천재(문학),지학사(문학), 동아(문학)		2008(9월)
사하촌	1936			2024 수능특강
복덕방	1937		2024 수능특강, 2002(11월), 2007(9월)	
치숙	1938			2022 수능특강
역마	1948	비상(문학)		2013(9월)
학	1953			
유예	1955	지학사(문학)		
수난이대	1957			
오발탄	1959	천재(문학),비상(문학), 동아(문학), 금성(문학)	비상(문학)	2002(11월)
광장	1960	지학사(문학), 비상(문학), 미래앤(문학), 동아(문학), 금성(문학)	미래엔(문학)	2006(11월), 2014(9월)
닳아지는 살들	1962			2015 인터넷 수능, 2007(5월)
후송	1962			2023 수능특강

무진기행	1964			2015(9월)
소문의 벽	1971			2022 수능완성, 2019(10월)
삼포 가는 길	1973	천재(문학), 창비(국어), 미래엔(국어)		
순이삼촌	1978			2022 수능완성, 2019(11월)
뫼비우스의 띠	1976	창비(문학), 지학사(문학), 신사고(문학)	동아(문학)	
엄마의 말뚝	1980	창비(문학), 신사고(국어)	지학(문학), 해냄(문학), 창비(국어)	2005(9월)
완장	1982	동아(문학), 금성(국어)		
사평역	1983	천재(문학),창비(문학),비상(문학)		
황만근은 이렇게 말했다	2000	비상(문학), 동아(문학), 금성(문학), 천재(국어), 동아(문학), 창비(문학)		2021(6월), 2018(7월)
그렇습니까, 기린입니다	2004			2017(6월)
나마스테	2004			2015 인터넷 수능
내 여자의 열매	1997	미래엔(문학)		
위저드 베이커리	2009			청소년문학상(창비)
두근두근 내 인생	2011	천재(문학), 지학사(문학), 천재(국어), 비상(국어)		
보건교사 안은영	2010			
아몬드	2016	지학사(문학)		
82년생 김지영	2016	지학사(문학), 동아(문학)		

부록

새로운 서사의 시대에 우리가 알아야 할

최소한의 문학

1판 1쇄 인쇄 2026년 1월 25일
1판 1쇄 발행 2026년 2월 9일

지은이 강영준

발행인 이성현
책임 편집 전상수
디자인 방유선

펴낸 곳 도서출판 두리반
주소 서울특별시 종로구 사직로 8길 34(내수동 72번지) 1104호
편집부 전화 (02)737-4742 | **팩스** (02)462-4742
이메일 duriban94@gmail.com

등록 2012. 07. 04 / 제 300-2012-133호
ISBN 979-11-88719-30-3 03810